凌越——著

汗淋淋走过这些词

译林出版社

图书在版编目（CIP）数据

汗淋淋走过这些词 / 凌越著.—南京：译林出版社，2020.10

ISBN 978-7-5447-8201-2

Ⅰ.①汗… Ⅱ.①凌… Ⅲ.①世界文学 – 文学评论 – 文集 Ⅳ.①I106-53

中国版本图书馆 CIP 数据核字（2020）第 076638 号

汗淋淋走过这些词　凌　越 / 著

责任编辑　焦亚坤
特约编辑　李　蕊
装帧设计　周伟伟
校　　对　戴小娥　孙玉兰
责任印制　颜　亮

出版发行　译林出版社
地　　址　南京市湖南路 1 号 A 楼
邮　　箱　yilin@yilin.com
网　　址　www.yilin.com
市场热线　025-86633278
排　　版　南京展望文化发展有限公司
印　　刷　南京爱德印刷有限公司
开　　本　787 毫米 ×1092 毫米　1/32
印　　张　9.75
插　　页　4
版　　次　2020 年 10 月第 1 版
印　　次　2020 年 10 月第 1 次印刷
书　　号　ISBN 978-7-5447-8201-2
定　　价　58.00 元

序　言

本书收录我2010年至2017年间撰写的二十四篇文章，最早的《不死的俄罗斯之魂》发表于2010年8月19日的《时代周报》，最晚的《伫立在两座废墟上的爱情歌手》发表于2017年7月22日的《新京报》。八年一本差不多十几万字的评论集，作者显然难称勤奋，考虑到这些年我在历史、文化随笔方面也花了些功夫，同时也写了不少诗，这才略感宽慰一些。原本，对于写作数量根本不必纠结，如果你自信多数文章和诗作都不会让自己丢脸的话。但是年岁渐长，对于写作只不过是日复一日的工作开始有更深的认识，所谓杰作不过是一系列刻板工作中的偶尔闪光罢了，最终，也许连是不是杰作也不该在写作者考虑的范围之内，他需要做的只是固守于思想和语言两端，持续地为这两者搭建最直观或者最复杂的桥梁而已。

作为我的第二本评论集，本书可以视作第一本评论集《寂寞者的观察》的延续。在主题上，两本书都以文学评论为核心。很幸运，从一开始我就可以评论自己感兴趣的那些书籍，和我打交道的编辑们在这方面一直给予我较大的自由空间。在篇幅上，本书里的文章普遍要长于《寂寞者的观察》里的文章，这完全是吸取了编辑《寂寞者的观察》时的教训——所有在写作时抱持任何一点敷衍态度的文章，最终都将留下难以弥补的遗憾。因此，在后来的写作中，我总会全力以赴，将想说的话尽可能说完。这些文章质量当然参差不齐，但对我来说并无太多遗憾，对于这些文章里某些灵光闪动的部分和笨拙木讷的部分，我一样可以坦然认领，而且并不会特别强调后者只是作为前者的铺垫才得以出现。

前不久，我通读了一遍全书的校样，除了几个明显的别字，主要删除了好几处作为最高级修饰语的“完美”以及“完整”，这也反映出我对自己评论写作的一个期望——每篇评论文章都应该是建立在准确表达基础之上的发现，一种契合于好奇心同时又迎合了词语本质上冒险气质的发现。也许是诗的写作方式对我影响过于内在和深刻，当我坐下来撰写一篇评论性文章时，对于即将出现在电脑闪烁的光标之后的文字同样充满期待。一本我喜欢的书，并不能天然成为有关它的评论的质量保证，每篇文章只有在它完成的时刻，以一种事后的打量回顾的时候，我才能大致判断这是一篇不错的抑或令人失望的抑或中规中矩的文章。和写诗一样，我也希望我的每篇文章里有那么几段或者至少有那么几句令我自己惊讶的文字，它们仿佛自在自为，仅仅是写作这一持续的勤勉工作本身偶尔将它们邀请出来。我们彼此互相打量，带着一丝羞涩和喜悦的意味。

这样的写作打腹稿是不可能的，在写作正式开始之前，顶多也就是有几条大致的脉络，它们孤悬在语言茂密的气根之外，根本无法给写作者带来任何信心。只有在写作过程中，语言之手恰到好处捋顺了主题的皮毛时，写作的愉悦感才会适时到来。T. S. 艾略特曾经在《批评批评家》一文中将批评写作恰当地归纳为："有学养的大脑所做的直觉活动。"也就是说，敏感的出色的批评不可能拥有一把先在的尺子，并用以衡量所评的作品，立竿见影地评判出它们的高矮胖瘦。这是痴心妄想，到头来受辱的一定是批评本身。批评的谦卑在于它敏感地意识到它和语言至少是一种共生关系，它的魅力在于和语言携手进行的探险活动，和创作一样，好奇心依然是这一类批评写作最本质的动机。自然，在语言的密度和强度方面，批评显然要逊色于诗歌，这大概也是批评家在一流的诗人面前总是自惭形秽的原因，但是较低的写作预期，也使批评家得以在介绍性的文字里锤炼耐心，并以传递资讯的较低姿态隐藏自己梦想拥抱缪斯的渴求。

这样的批评写作理想看起来更适用于文学批评，甚至有陷入形式化窠臼之嫌，但是谁都不能否认历史、社会批评，同样要用语言来达致，因此从语言的视角反观自身，也是追求深度的历史、社会批评的必由之途。如何将一个复杂的历史、社会观念准确表达出来，同样考验作者对于语言的运用，一种恰如其分的分寸感是一把柔软的尺子，是批评家手中堪当大用的唯一武器，尽管学会使用它本身就考验着批评家全部的智慧，并且必然会涉及道德和心灵。

逐渐地，我意识到自己变得更社会化，比年轻时更关注社会，而且也由于我们现在所处时局的特殊性，我和许多写作者一样对于种种社会不公问题变得敏感，甚至于激愤。这种转变直观地体现在阅读领域的拓展上，书架上的书更多了，在种类上也变得更加庞杂，纯文学书籍所占比例日益缩小，历史、社会学和政治学开始引发我持久的兴趣。而在我倾注许多精力的文学批评内部，我也更关注那些更具社会性和责任感的文学作品，我很好奇在引发强烈“效果”的语句背后，道德在其中究竟发挥了怎样的作用。关于道德和语言、社会责任和诗歌的关系，我在多篇文章里都有论及，但是当我脱离评论文本孤立地谈这个问题时，我的头脑立刻变得一片模糊，我知道那是一种根深蒂固的怀疑——在这方面真有什么重要的发现要像箴言般被挑选出来、被镂刻出来吗？说到底是文学作品本身令这些过于抽象的问题在虚幻中显形，使这种讨论不仅可行而且令文学作品本身“变得”更具深度，在这个意义上，批评的确参与了作家和诗人们的创作。没有道德意识的文学作品一定是轻浮的，被道德意识捆束太紧的文学作品则是僵死的，而语言如何在道德和社会的夹击下左右腾挪保持自身柔软迷人的身段，则是对作家和批评家的共同考验。

和《寂寞者的观察》里的文章一样，本书里的大多数文章也是应报刊编辑的约稿而作，这种方式为写作提供了一个现实的直截了当的理由。我喜欢在截稿日即将到来的催促声中开始写作，否则为一篇文章所做的准备工作将是无穷无尽的。对于我，每一篇文章都像是仓促下笔，可是有了第一句话，语言之流才可能在电脑屏幕上从容流淌。更为重要的是，这种应约而作的方式令写作自然获得了一种客观性，有一定创作经验的写作者都知道，在写作中“自我”是一个多么令人厌恶的魔障，就像我现在做的这样——我的写作，我的想法，诸如此类。当然我马上要为自己辩解的是，差不多八年才有这么一次机会谈论自己的写作，这个缓慢节奏大概可以抵偿由自我打量带来的虚荣和羞惭。

固然，写作总是以写作者个人经验为源头，哪怕像批评这种主要以二手材料为基础的写作也是如此，但是经常性地、不厌其烦地谈论“我，我”显然是一件无聊的事情，况且还可能因为自以为是而显得有失风度。评论一本书则会使总是怠惰地沉溺于自我的注意力转向他人，当然在厘清他人思路时，恍惚间写作者有时像是在谈论自己的经验，这种邂逅在批评性写作中是常有的事，反映出两者经常性的相互影响。可是，一件他人的面具依然是极为重要的，这不仅仅是换个角度那么简单，它在抑制写作者的自我，使其获得一种低调姿态的同时，也解放了他的想象力，使自我真正成为被观察的对象，而不是发起狂飙的盲目的热带气旋。这种感觉有点类似于抒情诗人向戏剧诗人的转变，人物的增加将把习惯性沉浸在自我中的诗人唤醒，逼使他对外部世界产生真正的兴趣。诗人天性的敏感、对语言的敏感，只有和投向外部的广阔视野相结合，才有可能产生真正激动人心的作品。

如果以此为前提，我们就可以迅速得出，批评写作对于诗人并不是一件可有可无的事情。波德莱尔早就讲过，现代诗人是体内携带批评器官的诗人。创作过程中的自我打量早已成为现代诗人的必修课和基本功，那么当他投身真正的批评写作，多年在诗歌写作中对于词语的掂量，将会对他人作品的品评产生影响，尤其对作品难言的微妙之处会产生本能的兴趣，这大概是诗人出身的批评者惯有的批评路径吧。反过来，批评写作和训练对诗歌创作是否会有助力呢？对这个问题，我难以给出自信的肯定的答案，太多批评家的创作给我们留下的是相反的印象，意念的表达往往挤占了语言自行生长的空间，使得许多批评家的诗歌写作变成观念的奴隶。可是对于艾略特、瓦雷里、奥登这样的批评家，由于清醒地意识到卓越的批评写作本质上也是直觉活动，他们的批评写作因此和诗歌写作处在创作的同一纬度上，牵引他们的是同一种直觉和灵感，他们的批评写作也因此保持了和诗作同样的魅力和神秘。不用说，这样的批评写作是我的榜样。

在这篇序言里，我没有直接论及本书里任何具体文本，这些文章中自然有我所偏爱的篇章，但是我很清楚这并不能替代读者自己的选择，所以在这篇所谓的序言里，我其实有意偏离自己的批评文本，说了一些远距离的“题外话”，实质上是希望在完成这篇序言的同时，仍旧可以保持对自己作品的沉默态度。在写下差不多十几万字之后还奢谈“沉默”大概多少有造作之嫌，但是如果读者朋友们有兴趣进入文本阅读，也许就能明白我的苦衷。一种旨在弃绝自我的写作，不可能索取太多。

我要衷心感谢诸位编辑朋友，没有他们对我的宽容和耐心，这本书是难以想象的。他们是《新京报》吴永熹、《经济观察报》朱天元、《天南》沙湄、《书城》彭伦、《文景》顾文豪、《诗建设》泉子、《凤凰周刊》徐伟。我尤其要感谢安徽教育出版社的何客先生，他也是我上一本评论集《寂寞者的观察》和访谈集《与词的搏斗》的责编，原本这本书将会是我们的第三度合作，可是在所有编辑工作都已经完成的情况下，由于不可抗的原因这本书最终流产了，我相信他比我自己还要遗憾。无论如何，我要感谢何客为这本书所做的工作——“无用”或许恰恰是高贵的证明吧。感谢译林出版社陆志宙女士，十几年前当我还在纸媒做书评编辑时，我们就有过很好的合作，在这本书出版受阻的情况下，她很快接受了它，使它得以漂亮的方式继续“降生”。感谢译林社年轻编辑李蕊，她细致的工作纠正了文稿中的一些错漏。

凌越

2019年8月23日于广州

目　录

辑三　经典的惯性

辑一

从道德看文学

作为词语见证者的推销员和守门员

对于读者而言，《守门员面对罚点球时的焦虑》（以下简称《守门员》）是一本充满挑战性的书。读完全书，读者脑海里多半漂浮着一些孤立无援的句子和纷乱的细节。连贯的故事情节，鲜明的小说人物——这些传统小说里最典型的因素，在这部小说里已经被稀释到极其次要的地位。

《守门员》收入小说四篇，较长的两篇《推销员》和《守门员面对罚点球时的焦虑》分别写于1967年和1970年，两个短篇《监事会的欢迎词》和《一个农家保龄球道上有球瓶倒下时》分别写于1967年和1969年。写这些小说时，彼得·汉德克不过二十多岁，年轻人特有的朝气和突破成规的勇气在这些小说中打下了很深的烙印，早在1965年，汉德克发表他的成名作剧本《骂观众》之前，就已经在“四七社”文学年会上暂露锋芒，在他的宣言性质的文章《文学是浪漫的》和《我是一个住在象牙塔里的人》中，汉德克阐明自己的主张：“文学对他来说，是不断明白自我的手段；他期待文学作品要表现还没有被意识到的现实，破除一成不变的价值模式，而传统的追求现实主义的描写文学对此则无能为力。”

另一方面，《守门员》也不可避免地带有那个时代欧洲文学风尚的印记。在阅读《守门员》的过程中，在被那些精致优雅的细节轮番“轰炸”的过程中，我不止一次地想起法国新小说，尤其是新小说的理论家纳塔丽·萨罗特。她的著名论文《怀疑的时代》是1950年首次发表于萨特主编的《现代》杂志上，我不知道汉德克是否读过这篇重要论文，但是对《怀疑的时代》中的许多观点，汉德克通过他的这些小说无疑是亮出了大拇指。萨罗特在文章中断言 :“重要的不是继续不断地增加文学作品的典型人物，而是表现矛盾的感情同时存在，并且尽可能刻画出心理活动的丰富性和复杂性。”而汉德克的小说则在实践着这一观念。

《推销员》倒是以“推销员”这个人物作为线索展开的，可是看完整篇小说，我们获得的这个人物的信息是如此之少，唯一可以确认的是，这是一个被现代小说观念彻底清算的人物形象。我们不知道他的衣着、身躯、相貌，我们也不知道他的家庭状况、居住环境、社交状况、种族背景，甚至于我们不知道他的名字是什么，在小说中，他主要是以“推销员”的头衔出现，另一些时候，应该是出于行文的方便，“推销员”变成了更加孤独又坚定的“他”。小说中的这个推销员没有鲜明的轮廓，没有历史和过去，其目的显然是为了腾出手来全力去发掘日常生活细节的表面下，隐藏着的某种不平凡的、更强烈的事物。而侦探小说的外套，则赋予这种巨细靡遗的细致观察以合理性，汉德克使读者在一种貌似鬼祟紧张的气氛中不得不跟随推销员到处仔细观察。

小说一开始就以某种唐突的方式，将推销员带至“舞台”的中心：“推销员踩在那飘落的纸片上。”此后，整部小说的叙述部分都是以推销员的视角展开的——“推销员用一支铅笔敲打着墙。”“当他抬头看去时，有几只苍蝇落在他手上。”“他跌跌撞撞地走着。”“他计划好自己的每一个动作。”汉德克似乎在这位推销员的眼睛上安装了一台高速摄像机，而且镜头还是放大的。汉德克借助推销员之眼观察着一切，记录着一个个哪怕再微不足道的细节，因为对于汉德克来说，这个凶杀案的具体情况和过程他其实一点也不关心，对他来说最重要的就是旨在发现表象之下深藏的事物的努力和探索。当然没有比对一件凶杀案的探查更细致耐心的观察和描摹了，而这正是汉德克借用侦探小说的外套的原因所在。在第二章《最初的无序》的理论部分，汉德克其实已经交了底：“或者是再次对周围所有那些平平常常的事情不厌其烦地一一列举，借以能够产生强烈的震撼效果。”

一个细细被打量的世界，自然而然地循序渐进地就会获得某种超自然的力量，也许我们可以说得更明白一点——这个力量来自语言本身。文字所描述的一切场景、动作，如果改变文字通常被当作工具使用时的语速和空间距离，它就会逐渐从通常的意义轨道上脱离，进而自动呈现出它的本质——某种神奇的符号系统。它既指向物质世界，也同时指涉精神世界。正因为这个原因，汉德克数次忍不住在小说的叙述中提到“词”：“他听到每一个词都跟随着另一个词。”“他的无动于衷是如此完美，所有的言语都没有受到打扰。”“所有的词他都说错了。”“他写字的动作像是竭力在寻找什么似的。”这无疑是一种充满强烈自省精神的写作，汉德克和许多杰出的现代作家一样，在用语言指涉现实的同时，他们也都马上意识到语言这种特殊中介的脆弱和懒惰。但是完全抛开语言，人只会更深地陷入混沌和虚无，所有有抱负的作家都知道那是一条必经之路，尽管沿途布满荆棘。但是反过来，我们也可以说，正是在词与物的罅隙之间充满了创造的紧张感和兴奋感，汉德克也是在此处为他貌似琐碎的小说找到了结结实实的主旨。

这种对客观世界具体而微的呈现，当然使《推销员》立刻和过去追求对世界和历史全景式描述的传统小说区分开来，同时也使文学传统的社会功用趋于瓦解，而作品的政治和伦理意义只是在反讽的意义上才得以建立，或者也可以说，它们只是在反抗文学作品通常的政治和伦理意义时才能被读者悖论般地感知到。汉德克对于细节和语言的信赖，使他的小说语言有一种奇特的字斟句酌的特点（近似于诗歌语言），尽管它们的具体指涉只是日常生活中最不起眼的那些物体和事件。这些都使汉德克的这些早期小说汇入了欧洲大陆二十世纪中叶正在形成的文学革新的洪流。

《守门员面对罚点球时的焦虑》比《推销员》的写作时间晚了三年，在文学创新的力度方面似乎要比后者来得柔和。这部小说的主人公终于有了自己的名字——约瑟夫·布洛赫，小说第一句话就告诉我们，布洛赫如今是个安装工，而退役之前他是一位著名的足球守门员。他有过婚姻并有一个孩子，但是早已离异，偶尔他会给前妻打个电话，前妻的回答总是敷衍式的“一切都好”，如果是孩子接的电话，孩子就会“立刻开始说早已会背的那句话‘妈妈不在家’”。这篇小说在时间上的处理是线性的——开始于某天早上布洛赫突然离开自己安装工的岗位，他毫无目的地在维也纳游荡，偶然和电影院女售票员格达有了一夜情，却无缘无故地掐死她。随后布洛赫乘车到边境上的一个小镇隐匿起来，故事最后，布洛赫来到球场，目睹一个守门员一动不动地扑住点球。

《守门员》的主题和《推销员》有某种延续性，其实质都是在探讨词与物的复杂关系，但由于《守门员》有更清晰的故事线索和人物形象，它潜藏的语言探讨的主题被弱化了，只是通过布洛赫在和他人交往上的障碍带出这一主题。从极端自省的意义上，我们可以说布洛赫是莎剧中那个著名的人物哈姆雷特的现代变种，甚至更为极端，以至于他说的每句话都让他自己吃惊：“他对她说道：‘我忘了留张纸条给你。’但他并不知道他自己想用‘留’和‘纸条’表达什么。”在布洛赫和格达有了一夜情之后，他们之间的交流更是磕磕绊绊充满障碍：“所有她提到的一切都让他没法搭话，而让他心烦的是，他所说的话，他都能毫无拘束地——这是他的印象——使用。”这种词不达意后果如此严重，最终造成两个刚刚有过密切身体接触的男女之间充满陌生感和敌意，“她变得不安起来，在房间里走来走去”，而当她躺到床上时，“突然他扼住了她的脖子”。这种似乎没有明显现实动机的杀戮，其实从反面证明汉德克对于词语的力量有着多么大的恐惧。

对于语言符号系统的质疑，在小说末尾部分达到高潮：布洛赫藏匿在边境上的小镇，他在报上看到对他的通缉令，也许是紧张情绪的作用，每个人对他说的话都让他反复掂量：“那就是说，稽查员刚才所说的话看来真的就是那些字面意思。”当他在小说最后独处一室时，“他依次看到一个‘柜子’，‘然后’‘一张’‘小’‘桌子’，‘然后’‘一个’‘纸篓’，‘然后’‘一块’‘窗帘’”。接下来，当他重新打量眼前的物体时，语言符号终于被物体本身所替换，在小说里，他看见的“椅子”“床”“桶”都是用具体的绘画符号所代表的，汉德克大概是想以此来表明词语在具体物品面前的溃败？或许也就是艺术在现实面前的脆弱状态？在此，汉德克很自然地使用上贝克特所擅长的“犹豫表达”的叙述技巧，小说主人公的观察细致入微，但是“真实”却在这些细节中幻化了，这很像我们长时间盯着某个局部细节时的感受。他不知道自己从何处而来，去往何处，他甚至不知道自己身在何处，他对世界对语言都深感惶惑不解，这导致他的外部言行僵硬且不自然，有那么一瞬，你甚至会觉得小说语言带着他似乎要在奇特的惊愕气氛中飘浮起来。《守门员》看来非常合乎罗兰·巴特对于“零度创作”的描述，在这种创作中，“文学被征服了，人类错综复杂的问题群被暴露出来，只是不详细地阐述。作者变得诚实地不可救药”。

当然对于一般读者，布洛赫对于词语的纠结感受，他们可能不会太过在意，而布洛赫神经质般的行为则会引发他们的好奇。和《推销员》一样，在《守门员》里极尽客观的描写占据统治地位，也就是说，汉德克并不准备对布洛赫的怪诞行径提供任何心理上或者动机上的解释。布洛赫怪诞地出走，毫无缘由地杀人，他一路走来，言行有着木偶般的生硬和突兀。这样的人物在生活中可不容易遇见，但是作为小说人物我们却并不感到陌生。他在精神气质上和加缪小说《局外人》的主人公默尔索非常接近。他们俩对外界事物都持冷漠的态度，他们都没有具体缘由地杀了人，当然默尔索要健谈得多（《局外人》是以第一人称展开叙说的，语言的流畅自然不在话下），而且在《局外人》的末尾将自己身上携带的冷漠气质定义为“动人的”。（原话是：“现在我面对着这个充满了星光与默示的夜，第一次向这个世界动人的冷漠敞开了心扉。”）布洛赫则一路麻木到底，《守门员》结尾处，守门员一动不动将射入自己怀中的足球抱住，则是这种麻木感登峰造极的象征。更为重要的是，当默尔索希望自己遭处决时可以听到更多仇恨的喊叫声，而布洛赫在小说里根本没有被抓获，而是在边境小镇藏匿漫游，这也暗示着汉德克所持有的更为极端的道德立场。善恶的道德甄别，这一传统小说重要主题，显然已经被汉德克抛弃，或者这原本就是一部试图从反面的"恶"触及事物本质的小说，同时这样的处理也为上文讲过的对词语与感受的探讨腾出了空间，至少不会被热情的道德所打扰。

无论如何，《守门员》体现了西方上世纪六七十年代压抑的社会气氛，同时它也是对那个时代文学革新思潮的回应。默尔索、布洛赫，还有美国小说家约翰·巴斯小说《路的尽头》的主人公雅各布·霍纳，他们是同一类文学人物，从文学史的角度看，他们是"新人"，但是他们的出现绝非偶然。一方面，工业社会的迅猛发展强化了人的异化；另一方面，人类对于自身而言极为重要的语言系统的反思，助长了人和感觉的脱离倾向。至于它们共同造成的冷漠是否动人，那则是见仁见智的事情了。

原刊于《新京报》2013年5月19日

汽车里的奥赛罗

《迷狂》这本小说自始至终几乎定格在一个画面上：雾气蒙蒙的十月的夜晚，一辆大型沃尔沃汽车在群山环抱中、在树枝弯曲交错的大道上穿行，伴着飒飒风声。人物只有两个，正在开车的是一位四十九岁的女人埃斯特，她有着丰满的身体、黑色的宽脸盘，坐在后座上的是五十五岁的大学教师沙乌尔。需要注意的一个细节是，沙乌尔的左腿从脚踝粉碎性骨折到膝盖，正压在一只陈旧掉毛的靠垫上。他们时而交谈时而沉默，只是偶尔通过汽车里的后视镜相互观察一下对方。

这貌似寻常的生活场景，由于车内两个人物暴风骤雨般的内心活动逐渐变身为梦魇，而那辆在暗夜里穿行的汽车则成为冲破日常生活藩篱以及人性圆形囚室的象征。和许多杰出的后现代小说家一样，格罗斯曼放弃传统小说家高屋建瓴的宏大叙述视角，这对于他来说其实并非易事，大屠杀、巴以冲突等主题或深或浅地萦绕在犹太作家的作品中，而格罗斯曼更著名的小说《证之于：爱》和《走到人类尽头》都是政治意味浓重的小说，而《迷狂》却剔除一切政治因素，试图让语言和人性主宰一切——把手中的望远镜换为放大镜，凑到事件和人物的近前细细观察。他们的信念是，只要足够细致地呈现事件、事物本身的肌理和脉络，那么这些被带电的语言激励的细节会自动找寻到一种既飘忽又丰富的意义，而后者闪烁不定的身影里其实蕴含着作家们所渴望的真相，也许这真相并不清晰并不黑白分明，但是他们知道真相无法脱离暧昧的灰色状态而存在。在这样的小说中，精微和晦涩往往相伴，简单的情节收缩为充满能量的核——为语言丰富的意旨腾出了空间。

在《迷狂》中，故事的情节多是通过人物的述说和内心活动带出，因为沙乌尔正处于对妻子外遇极度郁闷的狂想中，他纷乱纠结的内心使他的述说充满了摇摆不定的歧义，也就顺便对应了现实实质上的暧昧不明。许多事实在小说里并没有得到澄清：这辆破旧的沃尔沃车将驶往何处？沙乌尔的妻子艾莉舍瓦真的每天抽出一小时和情人约会吗？而那位情人保罗确有其人吗？沙乌尔的腿是怎么受的伤（小说里沙乌尔的解释是：我开车回家，我撞进了人行道。但随后作家就以埃斯特“打开收音机以驱散他沉重的谎言”来反驳）？他跟踪过艾莉舍瓦吗？沙乌尔的述说是基于倾吐衷肠还是引诱？所有这些，小说里要么根本没有提及，要么就在刻意回避。格罗斯曼很清楚，他的目的绝不是清晰流畅地叙述一个不幸的爱情故事，清晰的故事情节反倒有可能破坏他对于人物迷狂内心的把握，反而有可能使他无法获得他所渴望的事物内在的真实以及词语内在的真实。

受伤的刺痒的腿，车窗外雾气浓重的黑夜，后视镜里埃斯特神秘莫测的表情，正从嘴里倾吐而出的妻子外遇的隐情，所有这些使得沙乌尔的叙述带有一种奇特的梦幻色彩，他支支吾吾吞吞吐吐，“紧张与放松不时交替，仿佛承载着某些无穷无尽的内在激流”。这样的语言交流显然强化了汽车里怪异的气氛。另一方面，埃斯特作为沙乌尔的弟媳这一层关系，则进一步造成这种不自然的别扭的氛围。在这犹如没有紧紧咬合的齿轮相互生硬的碰撞中，沙乌尔内心的迷狂通过支离破碎的语言，通过汽车内越来越紧张的气氛成功地传递给驾驶座上的埃斯特。她从最初的平静渐渐变得晕眩以至于激动，因为“躺在她后面的那具身体放射出温暖，因为那具身体的内部似乎正在被撕裂”。

埃斯特的回忆之流逐渐被带动，“她深深吸气，吸到她体内的一块还炽热的余烬，它被小心地掩盖在一堆冰冷的炉灰下面，能感觉到它发红，小小的火焰在闪耀”。——她想起了自己被一堆巨大庸常的碎屑淹没夯实的生活，想起自己的五个孩子，想起丈夫麦卡（也就是沙乌尔的弟弟），还有她深深埋在心底的青年时代的恋人哈该，从他那里她曾获得了最饱满的激情但却从未对人透露过。显然，在沙乌尔真假莫辨的叙述带动下，一条回忆之缝正在埃斯特貌似幸福的生活中悄悄变宽扩大，那是所谓的生活的真相吗？埃斯特甚至不敢去正视它，遑论承认它。埃斯特作为倾听者，她逐渐失态的言谈举止（猛然停车趴在方向盘上，颠三倒四的回应，后视镜里更趋频繁的眼神交流），从反面激发了沙乌尔倾诉的热情，他说得更多更细致，或许因此会显得更不真实？但没关系，汽车内迷狂的火焰已经越燃越旺，沙乌尔和埃斯特最终的拥抱已经可以预期。语言之流——哪怕是虚假的语言之流依然可以改变事实改变世界，这是格罗斯曼想说的话吗？

为了对应人物情感上的迷乱状态，在叙述方式上，小说人物的交谈和回忆交织，回忆的情景往往在一行字之内就已经嫁接到现在时的车内，过去和现在在语言之流中自由出入，人称转换也非常灵活，甚至在一个句子里人称已经几易其主。事实因而被翻转，语言和想象力开始显现它们的威力。这样的手法增添了阅读的障碍，但却更形象地刻画出小说人物内心的恍惚、不安和纠结。另一方面，小说人物的迷狂之心也激活了语言本身，小说词语因而摆脱了工具语言迟钝的根茎，在漂浮中在和小说人物恍惚的邂逅中赢得了自己的生命。

在表现心灵的迷醉方面，语言似乎总是那么跃跃欲试，试图一展身手，这次在《迷狂》中也不例外，漂亮的语句比比皆是，这正像埃斯特从沉闷的“幸福”的日常生活中摆脱出来，在“危机中”整个人反倒焕发出生机和光泽。这是书中的两段：“现在，似乎由那里伸出来的触须又将她聚集在了一起，而她再也无力抵抗。她跳进一眼由气味、触摸、潮湿和图像碎片构成的漩涡，那些在夜里侵扰过她的梦的记忆，她在自己体内新发现的岛屿，自那时起就被孤立的岛屿——”“埃斯特开得很慢，感觉沃尔沃似乎没有在移动。看上去仿佛环绕着他们的巨大的群山在向着黑暗延伸，然后被缓缓地推平，向后退成为平原，接着又被新出现的平原吞噬。”这些诗歌般优美的语言和书中复杂的主题相得益彰，小说的境界亦随之而被提升。在这个意义上，小说终究是一门语言的艺术，其主题开掘的深度、人物的生动往往和美妙的语言相对应，而《迷狂》在此方面堪称不可多得的佳构。

说到底，《迷狂》是一部探讨人类激情的小说，而男女之间的性嫉妒大概也是人类激情中最古老最有生命力的一种。在莎士比亚著名的悲剧《奥赛罗》中，摩尔人奥赛罗因为坏人伊阿古的谗言，在盛怒中将自己一直深爱着的妻子苔丝狄蒙娜掐死，当他得知真相后，悔恨之余又在妻子的尸体边自刎而死。这样的悲情让无数读者唏嘘不已，但人性之恶如何可以杜绝？甚或人性之恶的存在仿佛是人性之善的显影液，没有恶的激发，善也就无从诞生。《迷狂》里的沙乌尔堪称现代版的奥赛罗，他忍着腿伤的剧痛在汽车里长吁短叹，他的嘴唇为了一个幻想的亲吻而收缩。对妻子的性嫉妒迷乱了他的心神，在恍惚中，在和自己弟媳紧张的语言交流中，长久以来压在生活厚厚的尘埃下面的心愿、渴望似乎终于慢慢呈现出来。一切都被黏稠的情感所玷污，一切似乎只能在“一吻里收场”，其情感的强度直追他的“前辈”奥赛罗。

但和莎士比亚笔下因悔恨自杀的奥赛罗不同，《迷狂》尽管整部小说调子灰暗，就像小说主要意象——一辆在黑暗中疾驰的汽车所带来的阴暗氛围，但格罗斯曼在结尾保留了一抹罕见的亮色，最终埃斯特和沙乌尔在情感的悬崖边撤回。埃斯特用后背挡住了那间有艾莉舍瓦的小屋，“艾莉舍瓦在她的床上翻腾，跟一个男人，也许是两个，也许是世界上所有的男人”。——这些都不再重要，因为沙乌尔毕竟虚弱地说:“我想我们该回去了。”这里的“我们”明白无误地指向他和埃斯特。嫉妒的激情终究会被另一种激情——同情——所救赎？对此，格罗斯曼显然有所期望却并不肯定，因为在书的末尾，当沙乌尔和埃斯特再度启程，他们仍然不知道去往何处。

原刊于《新京报》2014年2月22日

天堂沦为屠宰场

这是《蝇王》第三章《海滩上的茅屋》的末尾："夜色倾泻开来，淹没了林间的通道，使它们变得像海底那样昏暗而陌生。初升的群星投下了清光，星光下，无数蜡烛似的花蕾怒放出一朵朵大白花微微闪烁，幽香弥漫，慢慢地笼罩了整个海岛。"这是第九章《窥见死尸》里的一段："藤蔓摇动不已，成群的苍蝇从内脏上嗡地飞开，发出邪恶的噪声，又一窝蜂地落回原处。西蒙站了起来。光线是神秘的。蝇王悬挂在木棒上，像个黑色的球。"最初明亮抒情的笔调慢慢地为阴郁邪恶的场景所替代，与此对应，在这个远离尘嚣的荒岛上，一出人性泯灭的大戏正上演。

《蝇王》的故事情节并不复杂，它甚至就是对发表于1857年英国文学中尽人皆知的儿童小说《珊瑚岛》的改写，后者描写拉尔夫、杰克、彼得金三个少年因船只失事漂流到一座荒岛上，他们团结友爱、抗强扶弱、智胜海盗、帮助土人。《蝇王》则是对这一老生常谈故事的反转，故事的时间被往后挪到某次核战争之后，一架飞机带着一群男孩从英国本土飞向南方疏散，然而飞机被击落，孩子们乘坐的机舱落到一座世外桃源般的、荒无人烟的珊瑚岛上。起初孩子们齐心协力准备共渡难关，后来由于愈来愈多的分歧分裂为两派，而最终以崇尚本能的专制派压倒了讲究理智的民主派而告终。提炼故事情节，对于评论者永远是一桩艰难的事，去除丰满的血肉，在概述中裸露出来的故事框架总有一种难以避免的寒碜味道。优秀的小说总是拒绝被提炼拒绝被归纳，它有本事让看起来最简单的情节充满魅力，让读者欲罢不能，这也许就是艺术的高明和神秘之处吧。《蝇王》正是一部具备这种艺术的小说。

威廉·戈尔丁毫不避讳地将《蝇王》的两个主人公命名为拉尔夫和杰克，但是他的重点不是在于文明和理性战胜野蛮和本能，而是将批判的锋芒直指人性的阴暗面。在他的笔下，最初田园牧歌般的海岛渐渐沦为人们相互厮杀的屠宰场，他关注的焦点始终是恶如何侵蚀了理性的肌体。为此，对比是他经常使用的手段，比如金发少年拉尔夫所象征的理性和正义，红发少年杰克所象征的邪恶和本能；故事开始时杰克所领导的教堂唱诗班，最终则沦为嗜杀嗜血的野蛮人。不少细节都有着耐人寻味的对比，在第一章《海螺之声》中描写了杰克率领小伙伴进行的一次不成功的围猎，由于心慈手软他们让一头小野猪逃脱了："孩子们很清楚他为啥没下手，因为没有一刀刺进活物的那种狠劲；因为受不住喷涌而出的那股鲜血。"到第八章《献给黑暗的供品》围猎老母猪时，杰克已然心狠手辣："杰克骑在猪背上，用刀子往下猛捅。罗杰发现猪身上有块地方空着，他用长矛猛戳，并用力地往里推，直把自己身体的全部重量都压在长矛上。长矛渐渐地往里扎，野猪恐怖的尖叫变成了尖锐的哀鸣。接着杰克找到猪的喉咙，一刀下去，热血喷到了他的手上。"严酷的自然环境，对生的渴望，对死的恐惧——这一切都在拆卸着文明那虚弱的铠甲，而貌似从海中从空中而来的令人畏惧的野兽，其实正是出自人们的内心，出自那暂时被文明和律法压制的恶。它潜伏在人性深处，躁动不安，一有机会就要展示其可怕的摧毁性的力量，而这个荒凉的珊瑚岛则给恶的现身提供了绝佳机会。

荒岛杜绝了既有的文明规范，它封闭的环境放大了人们隐蔽的内心活动，同时也使对于外部环境的观察更为细致敏感。荒岛生存使人和自然的距离拉近，而海水、天空和星群这些恒久的自然意象则直接成为人内心活动的隐喻。在这方面，戈尔丁大显身手，在对故事情节的描述和推进中，有关自然景观的描写熨帖地穿插其中，成为了解主人公内心活动的有效渠道，因为众所周知，对人物心理活动的直接描写多半是才华平庸的标签。当然，由于整本小说情节都是在荒岛上展开，这些对于自然意象的精彩描摹显得非常自然，毫无斧凿的痕迹。多数时候，自然意象在人物的对话和行动之间闪现，诸如："拉尔夫把眼镜片前前后后，上下左右地移来移去，夕阳的一道亮闪闪的白光落到一块烂木头上。”“西下的夕阳就像一滴燃烧着的金子，一点点滑向海平线。当夕阳和温度趋弱之际，他们几乎同时察觉到傍晚闪闪来临。”“在他们面前挂着的，是那繁星闪烁的椭圆形夜空，此外还传来了一阵阵浪拍礁石的空洞的响声。”这样的例子很多，自然意象恰如其分地成为人物行动和对话的某种注解——一种更隐晦更高明的注解，除此之外，在作为表征的行动、对话和内心活动之间，你找不到沟通两者的桥梁。

当故事情节推进到自然意象的领地，戈尔丁则会毫不吝惜笔墨地予以浓墨重彩的描写，通常这些描写都很精彩，它们在相对静止的时间点上从横向上拓宽着经验的广度，很多时候广度也就是深度。这样的描写在书中至少有这么几处：第二章《山上之火》中对于迅速蔓延的火势的描写，第九章《窥见死尸》开头对于暑热的气流的描写，在这一章的末尾，则是西蒙被虐杀后对于自然环境的描摹和渲染，最后一段文字尤其精彩，将西蒙之死和更广大的因素联系起来，从而赋予西蒙之死特别的含义：“在地球曲面的某个黑暗部分，太阳和月亮正在发挥着引力；地球的固体部分在转动，地球表面的水却被牵住，在一边微微地上涨。潮水的大浪沿着岛屿向前推移，海水越涨越高。一条由充满了好奇心的小生物组成的闪亮的边镶在西蒙尸体的四周；在星座稳定的光芒的照耀下，它本身也是银光闪闪的；就这样，西蒙的尸体漂向辽阔的大海。”戈尔丁是公认的杰出的寓言小说家，除了他的小说主人公通常拥有某种抽象的品质（这也是复杂的寓意所要求的）外，他擅长的对于细节（自然细节和情节细节）剥丝抽茧般的描写也使戈尔丁小说的寓意变得立体和精微，甚至无处不在。试想，如果戈尔丁小说只是像平庸的批评指出的那样，呆板地对应着那些粗线条的善恶，他的小说该有多乏味，还好，乏味只是属于批评家的，戈尔丁的小说自然有其难以言传的魅力，我几乎要懒惰地说这种魅力主要来自于语言，来自于那些细致入微描写的罅隙处，来自于被戈尔丁完整呈现出的场景自身所拥有的神秘。

销量惊人的通俗小说家斯蒂芬·金为《蝇王》撰写了导言，在导言末尾，他为普通读者的“着迷”辩护，“‘这本书让我着迷’，是每一个读者都希望在他掩卷之时能够说出的话，不是吗？”他进一步补充说：“我作为作家和读者的首要原则——这主要就是在《蝇王》的影响下形成的——就是先感觉，再思考。”的确，作为杰出小说家，戈尔丁对于气氛的渲染以及对于人物内心的把握是一流的，他并不用为小说意义深刻与否殚精竭虑，他清楚地知道，只要立足于对感觉的精微把握，立足于对场景的丰满呈现，所谓的寓意和意义是水到渠成的，并且永远比作家自己预设的要深远。舍本逐末的事通常是批评家和小作家的专利。

整本《蝇王》精彩段落很多，它们像一串闪闪发亮的珠子赋予小说晶莹的质地，可是要论最高潮，那颗最大最亮的珠子非西蒙之死莫属。西蒙是小说里一个重要角色，虽然着墨并不多。他是一个先知先觉的神秘主义者，为人腼腆，不善发言，但有正义感，洞察力强。在大伙儿对所谓“野兽”争论不休的时候，西蒙第一个提出：“大概野兽就是咱们自己。”他想说最肮脏的东西就是人本身的邪恶，孩子们却把他轰了下来，连胆怯的猪崽子都骂他“放屁！”为了搞清“野兽”的真相，西蒙独自上山一探究竟，中途在一块空地休息时，看到当中竖着叮满苍蝇的猪头，在神志恍惚中，他觉得那个叮满苍蝇的猪头化身为硕大的苍蝇之王。书中有一大段蝇王和西蒙的对话，这在以写实手法精微刻画细节的整本小说里显得异乎寻常。但由于有之前情绪和气氛渲染的铺垫，并不让人感觉突兀。借助于蝇王之口，戈尔丁道出本书的主旨：“你心中有数，是不是？我就是你的一部分？过来，过来，过来点！我就是事情没有进展的原因吗？为什么事情会搞成这副样子呢？”也就是说，那个在书中被细致地描述为从水中从空中来的野兽，其实来自于我们的内心，来自于我们那个因为长久遮掩似乎已经不存在的阴郁的自我。

西蒙在山上获悉令大家惊恐万状的野兽，不过是已经死亡多时的发出恶臭的飞行员的尸身，是“无害而又是恐怖的”，尽管已经疲累至极，他还是踉踉跄跄跑下山，急于把这个消息告诉小伙伴们。而山下杰克和拉尔夫争权的好戏也正进入高潮，杰克极力拉拢人们进到他的队列，他和拉尔夫的争斗进入白热化了，此时一场暴风雨裹挟着雷电也莅临现场，“大滴大滴的雨点落在他们中间，每一滴打下来都发出一记声响”。在风雨雷电的感召下，人们也渐入癫狂的境地，孩子们跳起狂野的舞蹈，口中念念有词的“杀野兽哟！割喉咙哟！放它的血哟！”则进一步将孩子们推至嗜血的边缘。恰在此时，“有一个东西正从森林里爬出来”，孩子们并未看清那就是撑着疲惫的身体来向大家报信的西蒙，一条条木棒砸向西蒙，然后又跳到“野兽”身上，叫着、打着、咬着、撕着，“没有话语，也没有动作，只有牙齿和爪子在撕扯”。当滂沱大雨驱散了孩子们，西蒙已经静静地躺在雨中死去，戈尔丁的语调也从激昂转入沉郁和沉静，他细述着西蒙在灰白的海滩上蜷缩成一团的形状，甚至不放过银色的小生物在西蒙脸上镶上的一条银边，“弯弯的肩膀就像是大理石雕出来的”。整个西蒙之死的段落有着震撼人心的力量，恶在闪电和惊雷的修饰下被推向极致，而死亡却以自身的平静获得尊严。

至此，书的节奏在加快，拉尔夫所象征的正义的一方在加速溃败，当我们看到拉尔夫的忠实伙伴猪崽子，后来被杰克的随从罗杰撬下的巨石砸死，也就不足为怪了。拉尔夫被迫在丛林里东躲西藏，而杰克所带领的野蛮人（从前的唱诗班）拉网式的搜索则愈来愈迫在眉睫，气氛越来越紧张。眼看拉尔夫将走投无路，准备承受进一步的种种恐怖，但神奇的是，出现在他面前的竟然是一个英国皇家海军的军官。原来杰克为了逼使拉尔夫走出隐身处，在岛上到处生起呛人的烟，竟意外地被海上的军舰发现。一个阴森可怖的故事突然被一个喜剧的结尾强行结束，只有在这个结尾处读者才缓过劲来——这到底是一部儿童读物。我这么说的意思是，相对于整本书阴森可怕的主题，尤其是对于这一主题纤毫毕现的呈现，这个稍嫌明亮的结尾显得多少有点随意和仓促，尽管戈尔丁后来也意识到这个问题，他补充说：“成人拯救了孩子们，但是谁来拯救成人呢？”但这只是事后的弥补，是小说之外的挽回，并不能解决小说结尾所存在的问题。

《蝇王》整本小说强烈的道德倾向，以及对于人性恶持续深入的关注，使它在当代英语小说中显得非常特别，果然在一次访谈中，戈尔丁坦率承认当代文学对他影响很小，他说：“要是我真有什么文学源头的话——我不明白为什么一定要有——但要是我真有的话，我将列出诸如欧里庇得斯、索福克勒斯，也许还有希罗多德这样大名鼎鼎的人物。”的确，和古希腊的几位大戏剧家一样，在戈尔丁的小说中，道德占据着绝对中心的地位，只要有利于对道德问题的讨论，他就不惜代价予以呈现，而不会让别的作家操碎了心的当代生活—— 一种表征——蒙蔽自己的眼睛。这使《蝇王》别具一种直接的震撼人心的力量，其文字总是紧紧围绕最重要的主题展开，绝不让趣味来分散自己的注意力。事实上，《蝇王》和欧里庇得斯的《酒神》确有相似之处，前者着力描写的人性恶，同酒神代表的非理性力量有内在的传承关系。而且，《酒神》中忒拜王彭透斯被酒神女信徒在极度狂热中，把他当作“野兽”撕得粉碎的情节，显然孕育了《蝇王》中的西蒙之死。

但是和最好的古希腊戏剧相比，《蝇王》在复杂性上还是有所不足，像索福克勒斯的《俄狄浦斯王》等戏剧，善恶的谱系是混杂在一块的，它并不是按照绝对的善恶来塑造人物，事实上在一个人物内部，善恶的交战就已经堪称惊心动魄了，对此，席勒的一句总结非常准确，他说："所谓悲剧就是将善恶打一个结，再在两端抽紧，这时候只有上帝才能解得开。"应该说，这才是古希腊那些著名悲剧最核心的力量。《蝇王》尽管在描写恶对人性的侵蚀方面入木三分，但是其人物所象征的善恶显得过于绝对，拉尔夫这个正面人物，由于没有恶的修饰而失之单薄，他从头至尾不断强调烟的重要性，到后来的确给人以了无生趣之感，他的善由于实用性匮乏到底是缺乏魅力的。而逐渐被邪恶控制的反面人物杰克则有点失真，他的嗜血倾向虽因小说中意象和气氛的渲染而颇富感染力，实质上却不太符合生活的一般逻辑——在严酷环境下的内讧只会使所有人趋向于死亡。当然，寓言总是善于将善恶提纯出来加以演绎，以突出炫目的效果，但是戈尔丁撰写这部小说显然不只是劝人向善，在更高的抱负上《蝇王》到底露出一丝疲态。就像小说的结尾，一个一身干净的海军军官突然结束了拉尔夫在丛林里绝望慌乱的奔跑，结束了西蒙在神志恍惚下疲惫的死亡之旅，也结束了杰克带领一众涂着花脸的野蛮人堕落的狂舞。大幕突然落下，既让人回味感叹，也不免生出一丝怅惘和遗憾。

原刊于《腾讯·大家》2015年5月14日

你必须吞下整个世界

每本书都有一个属于自己的形象。读毕《午夜之子》，呈现在我们印象里的首先是一个饕餮者——他健壮、生机勃勃、挥舞着刀叉正在大快朵颐，他酷爱素菜水果但也大口喝酒大口吃肉，我们甚至可以看见他因为用力咀嚼而扭曲的脸部肌肉。他的胃口好极了，面前的餐盘里琳琅满目地摆放着十几个人物鲜活的故事。他吞食他们的爱情、苦恼和喜悦，他吞食他们内心的嘶喊和不为人知的秘密，他吞食流动的历史所洗刷的光荣和耻辱，他吞食战乱、背井离乡、宗教冲突，他吞食欺骗和忠贞，他也吞食死亡和哀悼。这是欢快的语言的洪流，放纵和收敛杂陈，粗粝和敏感兼顾，这洪流从云端直冲而下，任何对它的疑问都将被毫不留情地摧毁，最终当我们合上书卷，我们将不知不觉爱上这位饕餮者，你会发现他的狼吞虎咽里有一种特别的优雅和打动人心的魅力。

对于这场飨宴，萨尔曼·鲁西迪其实早有暗示，在《午夜之子》第一部最后一节《嘀嗒嘀嗒》中，有这样一句话：“我可以肯定的告诉你，要想理解一条生命，你必须吞下整个世界。”也就是说，这是一次有预谋的盛宴，它以世界为食，目的则是要将其浸泡在语言的胃液里，塑造出众多活灵活现、纤毫毕露的生命，顺便也为势必要降临的经典的标签打下属于自己的烙印。在那句打开整本小说理解之门的钥匙般的话语之后，鲁西迪继续写道：

> 还有渔人，布拉甘萨王室的凯瑟琳和蒙巴德维椰子水稻；湿婆雕像和梅斯沃德的山庄；一个形状像英属印度的游泳池和两层高的小丘；中间分开的头发和贝尔热拉克传下来的鼻子；一座不肯好好报时的钟楼和一个小小的圆形凹地；一个热爱印度讽喻以及诱奸了手风琴手的老婆的英国人。虎皮鹦鹉、吊扇、《印度时报》，这些都是我带到世上来的行李……那么，你对我分量很重这一点还会奇怪吗？蓝色的耶稣渗透到我身上；玛丽的绝望，乔瑟夫革命的狂热，艾丽斯·佩雷拉的反复无常……这一切也造就了我。

在这段话里，鲁西迪对自己的写作方式做了进一步近乎直白的阐明，他显然认为，人和世界是一种对等的关系，为了呈现出一个鲜活的人的灵魂，则要从围绕这个人的物象世界入手，越细致地对外部世界加以描摹，人的形象也就越生动具体。以此种观念为出发点，《午夜之子》慢慢衍生为一部庞杂丰盛的史诗般的巨著也就顺理成章了。众所周知，这是一部光怪陆离的家族史，家族人物主要有："我"外公阿达姆·阿齐兹和他妻子纳西姆·阿齐兹；满怀怨恨终身未嫁的姨母艾利雅；颇有几分风情的艾姆拉尔德姨母和姨夫佐勒非卡尔将军；公务员舅舅穆斯塔法和患有精神病的舅母索尼亚；电影导演哈尼夫舅舅和美貌的女演员舅母皮雅；"我"父亲穆斯林富商阿赫穆德·西奈和"我"母亲阿米娜；"我"妹妹歌手贾米拉；当然最重要的人物自然是作为小说叙述者的"我"——午夜之子萨里姆·西奈。绝大多数家族人物都在小说中相继死去，时间是最大的杀手，而笼罩在这个家族之上的某种奇特氛围则将生命的神秘遗留在寂寞的纸页上，因为"他们要摒弃隐私，被成千上万个群众消灭一切的漩涡所吸收，他们既不能安宁地活着也不能平静地死去"。

为了塑造整个家族群像，将他们每个人的故事鲜活地呈现于读者眼前，鲁西迪采用第一人称，以萨里姆·西奈的角度和口吻叙述整个家族史。这是一位多么杰出的叙述者啊，滔滔不绝的语言之流从其口中涌出，他既能以精彩的比喻写景状物，又能以全能视角追溯前尘往事，事实上要到第一部快结束时（小说的三分之一处），"我"才得以于1947年8月15日——也就是印度取得独立的时刻——顺利降生。鲁西迪还为"我"

安排了一位现在时的女友博多，整部小说最外层的结构其实就是萨里姆在和现女友博多讲述自己的家族故事。博多的存在实质上是鲁西迪设置的一个叙述机关，她的存在打乱了小说的线性叙述时间，随着博多的不断插话、问询和反诘，小说被随时从过去时拉入现在时，故事得以自由地在过去、现在甚至未来之间随意穿梭，这赋予小说叙述者某种天马行空般的自由度。《午夜之子》有如热带植物般四处扩张的强劲的繁殖能力，应该说首先来自于这种预先设置的复杂的叙述结构，其次才是鲁西迪超强的语言能力，文字在他笔下好像在经历一个又一个核裂变，每一个单词都在膨胀着，试图建立自在自为的意义的宇宙。

博多也可以就萨里姆的叙述展开评论，甚至参与到小说情节的营造之中。在《多头妖怪》这一章节中，萨里姆叙述了他母亲阿米娜只身前往孟买红城堡去拜访算命大师希里·拉姆拉姆·赛思的经过：阿米娜沿着越来越暗的楼梯井往上爬，而楼梯井里的空气就像一块暗黑的海绵，把她的意志以及她对世界的控制力吸收掉。与此同时，萨里姆的叙述也变得越来越踌躇，游移不定，他甚至因为算命大师有一对丰满、肉嘟嘟的嘴唇（和阿米娜的初恋胖诗人纳迪尔汗一样）而心生疑窦："现在，我不合情理的疑心问这最后一个关键问题……无比纯洁的阿米娜会不会真的……由于她对长得像纳迪尔汗的男人很有好感，她会不会……在她那种奇怪的心理状态中，算命大师突然发病感动了她，她会不会……”这时候，博多怒气冲冲地插话进来：“不行！你怎么敢说这样的话？这个好女人是你的亲生母亲！她会吗？你什么都不知道，但还是要乱说。”由于博多的参与，更凸显了萨里姆叙述的不确定性，而这显然正是鲁西迪所追求的，或者说这也是当代小说的一大特点——语言自省的后果则是意义本身的摇摆，其潜台词则是这种意义摇摆也许更接近语言和记忆的本质，更接近事实本身。

为了追求这种摇摆不定的意义碎片，鲁西迪不仅用倾听者博多的参与、辩论和反驳来强化这一倾向，有时叙述者萨里姆也立刻对自己之前言之凿凿的事实加以纠正。在书的第三部倒数第二节《午夜》末尾，萨里姆讲述了另一个午夜之子湿婆少校之死（因为出生时被护士调包，萨里姆和湿婆的命运发生了倒转，这也是全书较核心的情节）：湿婆在四处风流时，和一个钢铁大王的老婆罗莎娜拉·雪提发生私情，可生下的私生子不肯说话脾气还很任性，这位贵妇人气不过通过行贿和卖弄风情混进关押湿婆的号子，然后“从手提包里掏出一把她丈夫的巨大无比的德国手枪，朝他心脏开了枪”，据说他马上就死掉了。可是在随后的整本小说的最后一节《阿巴卡达巴》中，萨里姆劈头就写道：“说老实话，有关湿婆之死我扯了谎。”撒谎的原因是恐惧，萨里姆害怕湿婆发现出生时被调包的秘密而来寻仇，“让两只超人的无情的膝盖给活活夹死”。萨里姆还从语言层面解释了自传的某种虚构本质：“自以为既然往事只是存在于个人的记忆和徒劳无功地企图进行概括的词语之中，因此只要说以前有过什么什么事，就完全可以把往事编造出来。”这样的叙述设置有一种间离效果，提醒读者留意叙述者的角色身份。同时摇摆不定的意义碎片，也和书中的魔幻情节相互配合，共同产生令人炫目的艺术效果，作为二十世纪下半叶的一部公认的小说杰作，所谓“真实”已经不再是鲁西迪关注的焦点，相反，一种对真实的艺术解构才是他心之所系。

整本小说从现在追溯既往的总体结构，赋予小说在数个时间里自由腾挪的空间，在萨里姆的叙述主线中，有大量对未来情节的暗示，但一般都点到即止，引发读者要不断阅读下去的好奇心。在第一部《嘀嗒嘀嗒》一节中，已经暗示了两位姨母艾利雅和艾姆拉尔德未来的命运：“还有我姨母艾利雅的聪明，后来她终身未嫁，这种精明变成了仇恨，最后爆发出来，进行了致命的报复；还有艾姆拉尔德和佐勒非卡尔的爱情，它使我发动了一场革命；还有新月样弯刀，那致命的月亮恰好是我母亲对我的昵称。”诸如此类的提示在书中比比皆是，在引发读者兴趣和想象力的同时，也增添了整本小说的魔幻色彩。这当然是说故事者古老的技法，它们和《午夜之子》里透露出的带有很强自省色彩的现代语言观相得益彰，总体上赋予小说打动人心的魅力。只是在小说结尾处，萨里姆的叙述逐渐从过去推进到现在，整部小说的时间才和博多的时间交汇为一条语言的叙述之流。“我就坦白到这里，这会儿我已经危险地接近我回忆的结尾了。”“这会儿”的现在是在夜间，博多在萨里姆身旁坐着，他们头上方的墙壁上，一只壁虎刚刚吞掉了一只苍蝇。此时在隆隆的火车声中，博多执意要嫁给萨里姆，虽然稍带羞涩，态度却是坚定不移的。尽管萨里姆暗示自己丧失了性功能，博多也不改初衷。这大概是因为博多已经完全被萨里姆叙述的家族故事所打动吧，是啊，谁不会被这精彩、离奇、悲剧性的故事所打动呢？

如果说叙述方式的灵活多变反映出《午夜之子》在结构上的过人之处的话，整部小说的魔幻色彩则赋予小说语言绚丽斑斓的质感。一般来说，魔幻现实主义是拉美一些作家（马尔克斯、博尔赫斯、科塔萨尔、卡彭铁尔、阿斯图里亚斯等）在上世纪五六十年代兴起的一种文学思潮，其突出特点是，所有这类文学作品中都出现过鬼怪、巫术、神奇人物等超自然现象，都带有印第安神话传说和土著传统观念的奇异、神秘、怪诞的色彩。《午夜之子》写作于上世纪七十年代末，当时魔幻现实主义正处于鼎盛时期，《午夜之子》受到魔幻现实主义影响再正常不过，而且其家族史的小说结构，也有马尔克斯著名小说《百年孤独》的某种印记（《午夜之子》1981年出版，一年后马尔克斯凭借《百年孤独》获得诺贝尔文学奖）。但是，《午夜之子》的魔幻色彩自有其独特魅力，这种魔幻色彩之于《午夜之子》，犹如翅膀之于飞翔、肌肤之于灵魂——非常自然和贴切，这固然和鲁西迪运用文字的天赋有关，但更重要的是，印度本身就是一个文化传统丰富、种族宗教关系极其复杂的国家，而在其炎热气候里快速滋生的幻想、非理性和欲望，则使印度拥有适合魔幻现实主义生根发芽、茁壮成长的绝佳土壤。无论是算命大师赛思对于萨里姆命运的准确预言，还是以萨里姆和湿婆为代表的五百多名印度独立日出生的午夜之子们所拥有的种种惊人能力，都体现着这种魔幻色彩。午夜之子中最核心的两个人物正是小说叙述者萨里姆和湿婆，湿婆被赋予神力和武功，而萨里姆则被赋予最高的智慧——洞察人内心世界的能力。这些显然有违“真实”的故事情节，进一步摧毁了传统小说对于真实的过度依赖，而鲁西迪全力以赴经营的复杂的叙述方式本身，则在虚虚实实中配合着小说魔幻情节的发展。那些随着想象力的飞升而神奇无比的情节拔高了平庸现实，神奇的幻象则让小说得以摆脱经验的羁绊，朝艺术的中心奋力迈出决定性的一步。

《午夜之子》核心情节立足于家族史，但“吞下整个世界”的企图则呼之欲出。书中时间跨度长达六十二年，覆盖的地域包括克什米尔、德里、孟买、巴基斯坦和孟加拉国等。鲁西迪有意识地将小说中的人物命运和重大历史事件编织在一起，以求得一种恢弘的史诗效果。书中涉及到的重大历史事件包括1919年英军在阿姆利则对手无寸铁的印度人的大屠杀、印度独立前的宗教冲突、印巴分治、中印边界冲突、巴基斯坦政变、孟加拉战争、英迪拉·甘地的铁腕统治等。当然所有这些重大历史事件在小说中的嵌入都处理得比较自然，是作为远景切入的，鲁西迪始终将小说人物和情结摆在近景，他深知决定一部小说是否成功主要还是在于人物是否灵动，语言是否有魅力，而史诗效果必须以此为基础才可能产生锦上添花的作用。自然，对于具有雄心抱负的写作，对于历史和社会的深层揭示也是题中应有之义。在这方面，他比拉美的那些魔幻现实主义大师更为自觉（也可以说是更为刻意，如果对于宏大的追求压垮日常经验的细节的话），小说里的主要人物都被明确置于历史洪流的裹挟之中。小说借助小说人物和重大历史事件的巧遇开启迈向史诗的征程，反过来更深一层的意义也许在于，鲁西迪也想以此说明历史本身的虚无感——它不过是一众虚构人物碰巧营造出的"真实"罢了。

阿姆利则惨案是这样进入小说的：萨里姆的外祖父阿达姆是医生，在1919年的抗议示威中一直在为被踩伤挤伤的人提供医疗救助，4月13日阿达姆同样被人流拥着来到弄堂口，凑巧的是他的出诊箱因为一个喷嚏而摔开，当他趴在地上扒拉，急着想把散落在尘土中的瓶子、针筒等捞回来时，"接着便响起了咯咯的声音。就像冬天人冻得牙齿咯咯打战的声音一样"。阿姆利则惨案就此发生，死伤一千五百多人，而阿达姆则成为事件的见证人。1957年2月孟买造成十五人死亡、三百多人受伤的冲突（在联合马哈拉施特拉党和大古吉拉特党之间），在小说里被描述为是萨里姆凑巧引发的，当时萨里姆在他爱恋的女孩伊维面前学踩单车，少年笨拙的勇气使他随同失控的单车冲入游行队伍，“我大声惨叫着，骑着一辆失去控制的女式自行车冲到历史的洪流中”。1958年9月，萨里姆和家人“乘坐闷热而灰尘扑面的火车抵达拉瓦尔品第”，显然，《午夜之子》准备直接闯入巴基斯坦的历史中。在小说里描述的姨母艾姆拉尔德家一场非同寻常的晚宴上，十一岁的萨里姆亲眼目睹阿尤布将军宣布：“我将接管整个国家。”又是一件重大历史事件，又这么轻描淡写地被嵌入小说铺陈的细节中。

所有这些日常生活细节和重大历史事件的嫁接，都说明这是一部雄心勃勃的小说，从一开始鲁西迪就明确知道自己在创作一部史诗。对于才力一般的作者来说，有时候创作野心是一种破坏性因素，才力不继的语言建设很容易被宏大的主题压垮。但是在《午夜之子》里，史诗的雄心、鲁西迪超群的语言天赋、对日常生活细节杰出的刻画能力、神话宗教对现实经验的提升，这四者自如地贴切地均衡地交融在一起，成功塑造出一部真正的有关印度当代历史的史诗杰作。总体而言，小说的第一部和第二部显得更从容一些，时间在其中似乎流淌得更为缓慢，众多生活细节都得到细致呈现，少年的一次偷窥（《洗衣箱中的事件》描写的萨里姆偷窥母亲阿米娜手淫）就足以构成一个章节，而萨里姆十岁生日则引发对众多午夜之子的描述。在小说第二部最后一节《萨里姆如何得到了净化》中，萨里姆家族大多数人都死于1965年9月22日印度的大空袭，萨里姆几乎是孤身一人进入小说第三部。也许是因为前两部写得太厚了，到第三部鲁西迪似乎已经在有意控制过于蔓延无际的笔触，也许是因为时间原本就有加速度的特点，整个第三部的笔触都更为粗粝急躁一些（少了前两部的优雅和从容），小说里的时间感觉变得更快，小说的基调也从前两部的五色斑斓渐渐过渡到由灰色控制全局。直面战争的篇幅更大，因为萨里姆直接参与了作战，死亡的气息也随之愈益浓重。

在书的最后一节，萨里姆回忆的时间之流终于和现在汇合，博多热烈地要嫁给虽然并不苍老（不到三十二岁）但已饱经沧桑的萨里姆，而萨里姆则强烈地暗示着自己的死亡，"我怎么能告诉她死亡的事实呢？"但是还好，鲁西迪在死亡主题上及时刹住车，安排萨里姆和"画儿辛格"一起进入孟买秘密的午夜机密俱乐部。在俱乐部光线幽暗的房间里，萨里姆吃到一种味道熟悉的辣椒酱，往事之门随即打开。按照辣椒酱标签上的指示，萨里姆找到了他当年的保姆玛丽·佩雷拉（没错，正是她在独立日午夜将萨里姆和湿婆调换，从而彻底改变了两人的命运）经营的辣椒酱公司。鲁西迪以此作为全书结束场景，并不是着意描画萨里姆和那位午夜罪犯的重逢，而是想要充分利用辣椒酱本身的隐喻作用："我在配置中能够加进我的回忆、梦想、观念，结果一开始大规模生产以后，凡是吃过它的人就会知道胡椒瓶在巴基斯坦起了什么作用，或者在桑德班斯丛林里会有什么感觉。……对某些人来说，它们也许味道太重，它们的气味也许有点冲鼻子，也许会激得人眼泪直流。不过我还是希望能够说它们的味道完全货真价实，反映了真相。”——显然，作为一部史诗杰作的结尾，隐喻比死亡更合适。

原刊于《经济观察报》2015年11月30日

汗淋淋走过这些词

从十九世纪中后期开始直至民国初年，随着清王朝趋于没落，在西方列强加紧侵华的大背景下，众多外国传教士、学者、商人、官员，以及形形色色、身份迥异的探险家，纷纷进入中国广袤的西部从事探险考察。这些探险家一般会撰写两类著作，一类是有关地理、历史、考古等学科的考察报告，另一类是通俗的旨在面向大众读者的探险纪实。作为稍晚在中国西部展开探险考察的法国学者，维克多·谢阁兰同样著有类似的这两种著作，学术著作是《中国西部考古记》和《中国，伟大的雕塑》，而记述历次考察活动经历的著作则是《路条》。但是和斯文·赫定、斯坦因这样典型的探险家不同，谢阁兰本质上是一位诗人，因而和那些探险家主要的寻宝和测绘的目的不同，谢阁兰对自己中国之行的另类目的，一开始就了然于胸，在来华之初的旅行笔记《砖与瓦》中，谢阁兰写道："《中国之魂》、《中国手册》、《三百页中国大全》——把这些书名带回欧洲，带回法国，让我们欣赏他们那可笑的概况吧！隐士的作风！小学教师的论文！我想我不属于这种人。问题不在于说出我对中国人的看法（其实我什么看法也没有），而在于说出我对他们的想象；不是可笑地模仿文献资料，而是要创作出超越一切现实的、活生生的、真正的艺术品。”在给朋友德彪西的信中，谢阁兰讲得更明确："我来这里寻找的既不是欧洲，也不是中国，而是中国的幻象。”因此，和别的探险家相比，谢阁兰为自己的旅行多备了一双诗人的眼睛，《出征》《碑》《画》等著作则显然出自那双敏锐的诗人之眼。他对这些著作倾注了大量心血，以至于考古考察倒像是他的副业，尽管这些考察本身也是高质量的，有许多重要贡献。

《碑》是一部以中国古代碑文的形式创作的独具特色的诗集，而《画》则是以描绘中国绘画的形式创作的诗集。两者都以大量的中国典故为创作素材，这些典故非常庞杂，谢阁兰在原书稿中又没有注明，后来的学者在考证这些典故的出处时恐怕是煞费苦心，而且对于这些典故的理解，谢阁兰也没有遵循固有的观念，而是按照自己的需要任意发挥：有的和典故固有的寓意相符；有的则对典故的原意加以否定，反其道而行之；有的则和典故原意风马牛不相及。当然谢阁兰写作《碑》和《画》，目的并不在于对中国典故的考证和梳理，而是在于对他所追求的“中国幻象”的落实，而中国典故不过是刺激诗人诗思的一个外在的偶然缘由而已，它们和带给另一些诗人灵感的某个现实场景和事件并无本质不同。对于中国典故似是而非的理解无损于谢阁兰对内在真实的表达，无损于被解放的词语作为个体生命的生发和成长。《碑》和《画》的着力点都在于语言本身的优美和张力，在于语言本身意旨的丰富性，在这一点上，两部书都堪称杰出的诗集，谢阁兰所言的“中国幻象”其实就是语言本身的幻象。

《碑》和《画》可以说是谢阁兰所秉持的象征主义诗观的产物，对这种本身极其细微复杂的观念的思考则集中展现在《出征》一书中。这是理解谢阁兰全部文学著作的一把钥匙，一部谢氏文学理论著作，同时《出征》本身也极富文本魅力。在这本书中，谢阁兰将对文学的思考、现实的描述和诗意的表达熔于一炉，你甚至很难分清这是一部诗意的理论著作，还是一部以观念本身为素材的诗集，而且其间还夹杂着大量对于旅行途中所见所闻的细致描述，但这些所见所闻在《出征》中不再承担在通常的游记中所承担的叙事功能，而是成为观念的载体。为了凸显这一转变，谢阁兰有意在《出征》中抹去了一般游记的指实功能，通篇没有给出任何一个具体时间，更未指明某一次攀登、某一次相遇发生在何时，没有给出任何一个具体的地点让我们为这次“出征”勾勒出一条行进路线，哪怕是在最含糊的地图上。途中所遇人物都没有名字，只是以“传教士”“姑娘”“女人”这样抽象的指代称呼。这一切都是为了要提醒读者：不要蒙蔽于旅行。如此，所有和旅行相关的表述，才有可能回到他们原本更抽象的意旨上：“出发”不是从某地到某地的旅行，而可能是指在思想或者哲学里的启动，“攀登”不再是服务于某个具体的山峰，而是“感觉着每一步上被掂量、抛掷、赢得的身体的重量”。为了颠覆习见的游记观察视角，谢阁兰有意将观察的焦距调得更近或更远，其目的是为了产生一种陌生感，并试图将这种陌生感带入观念的讨论，从而将通常躲藏在思维丛林里的观念突然推至读者面前，让人触目惊心，仿佛观念长出了人们可以触摸到的艳丽脸庞和柔软腰肢，带着活生生的气息改变着人们的陈规陋见。最终，这次从现实出发的“出征”终于和作者脑海中勤奋行进着的精神旅程相交会相重叠，成为本质上的文学之旅。

在《出征》的头两节，谢阁兰亮出全书的主旨：这次出征的目的“不在于把我带到目的地，而是不断地使争执爆发出来，这热而深的怀疑、第二次地、这样呈现：当你把想象对质于真实，它是会衰退还是会加强?”谢阁兰打算将原本寓意丰富的旅行的各个环节作为他研究各种文学基本问题的介质，这些问题包括：文学（想象）与现实的关系，词语的伟力和脆弱并置的吊诡，形式的短暂和永恒，等等。这些问题的提出很自然显现出象征主义诗歌运动对谢阁兰的重要影响。象征主义最本质的特点就是唤醒了对语言的敏锐知觉——语言不再被当作人的附庸，而是一种具有自己的法则和特殊生命的某种自足的物质。象征主义的精神领袖马拉美在其著名的文章《诗的危机》中，最早对词语的自决提出呼吁：“在纯粹的著作中，诗人的陈述消失，并通过被调动起来的不均等的碰撞，把创造让给词语，它们就像宝石上的一条潜在的光尾，用闪光的彼此照亮，取代具有古老抒情气息的可感知的呼吸，或者是句子的热情洋溢的个人倾向。”这段话是现代诗歌史上强调词语和形式重要性的诗歌运动最早的精神源泉，当然，谢阁兰并没有不假思索地全盘接受马拉美的论断，而是以马拉美的这段论述为起点，探求词语与“句子的热情洋溢的个人倾向”间复杂的互动关系，而《出征》则把谢阁兰的这方面思考推向极致。

如果说马拉美奠定了谢阁兰文学观的基础，另一个象征主义天才诗人兰波则显然是谢阁兰在情感上最热爱的诗人。谢阁兰最早的漂泊是作为法国海军医生到了南太平洋上的法属塔希提岛，1904年9月，谢阁兰离开塔希提，取道亚丁湾回法国，在非洲他一直待到1905年2月。在此期间，谢阁兰开始以新闻记者般的热情找寻兰波生前的足迹，他访问了曾经与兰波经常交往的里加兄弟，回到法国后又去拜访了伊莎贝尔·兰波（兰波妹妹）夫妇，并撰写了《两个兰波》一文，文中对兰波充满景仰之情："阿蒂尔·兰波，十五岁时成为无可争议的诗人。”兰波浪迹天涯的生活方式，以及绚丽缤纷有时又像恶魔的咒语般的诗歌都引起谢阁兰的强烈共鸣。虽然兰波徒步世界的热情，谢阁兰难以匹敌，但事实上谢阁兰比兰波走得更远，甚至兰波只是动过念头想要寻访的中国，谢阁兰不仅抵达，且盘桓了数年之久。某种意义上他们走在同一条道路上，那似乎看不到尽头的道路“将在沼泽里染上泥泞，从河滩上涉水而过，或者在穿过巨岩时干涸”。在诗艺上，兰波的名作《醉舟》给予谢阁兰强烈冲击，他惊叹于兰波在从未见过海的情形下居然能写出这么精彩的关于海的杰作。以此为契机，谢阁兰开始思考缠绕他后半生的诗学基本问题：诗歌、文字与现实之间复杂微妙的互动关系。这个问题直到多年后谢阁兰以中国经验写作《出征》时，才得到美妙又不无几分晦涩的阐释。

《出征》的核心议题是词与物、想象与现实的关系，在马拉美看来，词与想象是占据统治地位的，而谢阁兰的持论要谨慎许多，认为“这两个世界（指想象与现实）轮流将唯一的存在据为已有”。他最感兴趣的是这两个世界擦身而过的那一瞬间，或者说是想象与现实之间某种潜在的竞争关系。从根本上讲，词与物的争斗发生在世界的每一角落，而每一个敏感的作家也一定会在写作的某个瞬间体会到词与物、词与现实世界之间某种恍惚的对应与抽离。超现实主义绘画大师玛格丽特的名作《这不是烟斗》所阐发的正是这普遍存在的想象与现实的对立关系，他在画布上画下一个普通的烟斗形状，然后将这幅画命名为《这不是烟斗》，这是一句不能再直白的大实话，但对于“艺术反映现实”这一古老信念却是当头一棒。同样，对纸页上一串串文字最准确的定义只能是语言符号，它们只是基于人们在特定时空下的共同约定才勉强指代着现实中的某物，它对于现实的描摹越“真实”，也就意味着它所暗藏的“谎言”越具有蛊惑性，如此追求真实本身只能是建筑在沙地上的幻影。可是反过来，这些抽象的语言符号也绝不会在庞然的现实物体的挤压下束手就擒，它们耐心建构的语言的海市蜃楼和现实景物混杂在一起，倒是有取而代之的趋势，正是在此意义上，王尔德“生活模仿艺术”才成为被人们广泛引证的名言，以揭示精神世界对于物质现实强有力的作用力。也就是说，作家们与其追逐泥鳅般难以捕捉的“现实”，倒不如直接跨过“现实”去寻觅可以反过来左右现实的作用力，对于作家这种努力也许要更低调也更诚实一些。在谢阁兰那里，这种作用力有一个更好听的名字——中国幻象。

谢阁兰将自己对这一问题的考察局限在旅行这一局部的空间和事件上，仍然有着深思熟虑的考量，因为“旅行的情状与描摹，比任何别的由头，都更能引发这场迅猛、蛮横、冷酷无情的肉搏战，并让每一击都打到痛处”。也就是说，外在现实的新奇和残酷（这都是一般的旅行容易获得的印象）可以强化它和词语之间内在的竞争，更容易将这隐藏在词语内部的争斗浮现在直观的现实层面，如此，我们对这争斗的观察也就会变得相对容易。从这种考量中，我们亦可看出，对于现实本身的力量，谢阁兰也从未小觑过。每当谢阁兰想重申自己对“粗鄙的现实”的蔑视和对文学、想象的信念时，他又对这种外在的等级划分的根据抱有怀疑。所以，当谢阁兰在第九节中通过对于河水的描述，——“顺流而下，那便是置身于一种慵懒、细腻而又转瞬即逝的魅境之中”——得出“真实与想象不再对立，而是归于和谐”时，并不会让人觉得意外，甚至于在某些段落里，倒是真实被看重，想象遭贬低。对于在这两个世界中的犹豫和不断转向，体现着谢阁兰在现实与想象的两分法的框架中所感到的不适。这种不适归根结底似乎又得归咎于语言本身，因为它分化着、对立着、印证着人与世界的隔离。从纯粹的理性思辨，谢阁兰得出自己倾向于词与想象的形式主义文学信念，可是人对于物的永恒乡愁，一种有如大地般普遍又深沉的情感，则伴随在这思辨的每一道皱褶和罅隙里，使得诗人仍旧热烈渴望着词与世界的最终和解，而思辨的正确与错误也就变得不再重要。

《出征》里所有言之凿凿的观念，都被它自身携带的反诘弱化，甚至走向这些观念的反面。这大概也是人的理性命定的局限性的体现。所有敏感的诗人其实都明白：思辨的目的其实不在于获得一个一劳永逸的正确结论（那并不存在），而是在于思辨过程本身所带来的斑驳印记，所谓的真理则在这印记间倏忽闪过，并留下它最称心的载体——诗。在《出征》中，不管涉及的章节是在述说着旅行途中怎样的环节，其实本质上都是谢阁兰试图将词语置放于现实的显影液中，去观察其中最细微的往往被人们称作“美”的变化。谢阁兰在书中曾写道：“我说过、感觉过、汗淋淋走过这些词……”这些词语一方面被汗水洗净它在被简单用作交流工具时所沾染的大量灰尘，变得愈发清晰又陌生；另一方面，所谓现实也被这簇新的词语所照耀，生发出神秘的物质之光。的确，词和物之间良性的互动，可以使它们一起上升到洁净的高空，在那里词和物最终得以拥抱在洗涤心灵的永恒颤栗之中。

原刊于《时代周报》2010年10月18日

波佩的面纱蒙住了镜子

《镜中的忧郁》是一本小书，如果剔除译者“漫长”的不得要领的序言——里面有大段大段生吞活剥般的引用——和书末所附的让·斯塔罗宾斯基两篇著名的文章《波佩的面纱》《批评的关系》，这本“关于波德莱尔的三篇阐释”不过是几万字的小册子而已。相对于《恶之花》雄心勃勃的抱负，这几万字无论如何都显得过于纤细了，斯塔罗宾斯基在前言里也坦承：“这些文本是不完全的，是部分的。……未曾对波德莱尔的忧郁之表现的全局提供一个分析。”但是他也不忘为自己辩护：“危险在于迷失道路于大量的材料中。因此，必须划出一条道路，放弃附属的小路。”

对于本书，这条道路就是考察忧郁和反映之间建立起来的微妙又诗意的联系。因为这个明确的主题，我们也就可以理解为什么斯塔罗宾斯基选择讨论的波德莱尔诗作通常并不是被后世批评家广泛赞誉的那些诗作，斯塔罗宾斯基之所以选择这七首诗——《告读者》《一本书的题词》《忧郁之四》《献给圣勃夫》《声音》《远行》《喷泉》——是因为所有这些诗作都和斯塔罗宾斯基关注的核心姿态——低垂的头，朝着镜子的观看，忧郁的沉思——有关。

从这个路径，我们立刻意识到斯塔罗宾斯基日内瓦学派的学术出身。这个学派为二十世纪批评家们持续不断地为自身累积自信和自尊奠定了基石。斯塔罗宾斯基和另外几个日内瓦学派的主将乔治·布莱、马塞尔·雷蒙等虽然在批评实践中存在分歧，但是他们显然都认为批评乃是一种主体间的行动，批评主要的不是建立于审美判断的基础上（那样太简单？），而批评家也不再是作家们的附庸，他们和作家具有平等的关系，批评家应该“力图亲自再次地体现和思考别人已经体验过的经验和思考过的观念”。批评作为一种“次生文学”是与“原生文学”平等的，也是一种认识自我和认识世界的方式。基于这样的原因，我们也就理解了斯塔罗宾斯基所说的“划出一条道路”是何含义了。斯塔罗宾斯基挑中那七首诗很大程度上是因为其中的意象和思想暗合了他一贯关注的那些问题——忧郁、沉思以及凝视。

书后所附的两篇文论，多半是出版社为了把书加厚到中国读者习惯的厚度，以便于定一个可以赚钱的价码，但是通读全书，你会发现《波佩的面纱》一文确实和正文有着千丝万缕的联系，甚至可以说读完了《波佩的面纱》，你才可能更好地去理解《镜中的忧郁》。前者是斯塔罗宾斯基批评观念纲领性文本，无疑写得更为出色。在文中斯塔罗宾斯基以以淫荡著称的古罗马美女波佩总是蒙着面纱为隐喻，探讨了遮掩和不在场之间所酝酿的奇特力量，并且将批评家的批评活动纤毫毕露地呈现出来，悖论的是，在这一过程中，斯塔罗宾斯基终于将批评上升到诗的高度，至少我们从中可以发现批评的敏感和诗的敏感其实是一回事。在《波佩的面纱》中，精彩的论述层出不穷，相形之下，《镜中的忧郁》则要逊色不少，尽管后者是以前者例证的面目出现的。个中原因，也许是波德莱尔强大的诗篇终于覆盖了斯塔罗宾斯基绞尽脑汁的思辨，波德莱尔诗作的自在、直接的魅力，使斯塔罗宾斯基努力的思辨变得沉闷，偶然的闪光也在黑夜幕布的衬托下渐趋沉寂。

如果我们对照斯塔罗宾斯基在《波佩的面纱》中充满自信和神采的论述，我们不免要唏嘘不已："完整的批评也许既不是那种以整体性为目标的批评（例如俯瞰的注视行为），也不是那种以内在性为目标的批评（例如认同的直觉行为），而是一种时而要求俯瞰时而要求内在的注视，此种注视事先就知道，真理既不在前一种企图中，也不在后一种企图中，而在两者之间不疲倦的运动之中。"毫无疑问，这甚至算得上是真知灼见，但是运动中的真理确实太难掌控了，当他试图在《镜中的忧郁》中追逐这变幻莫测的真理时，他遇到的问题没有丝毫减少，并因此而显出疲态。

《波佩的面纱》是1961年出版的文论集《活的眼》中的一

篇，比《镜中的忧郁》要早二十多年，但两者之间依然有清晰的承继脉络。在《波佩的面纱》里，斯塔罗宾斯基花了大量篇幅描述对于凝视的“凝视”:“凝视具有一种跃跃欲试的力量，它不满足于已经给予它的东西，它等待着运动中的形式的静止，朝着休息中的面容的最轻微的颤动冲上去，它要求贴近面具后面的面孔。”虽然斯塔罗宾斯基承认“看是一种危险的行为”，但是他也意识到“凝视保证了我们的意识在我们身体所占据的地方之外有一条出路”。对于凝视的深入思考衍生出许多有意思的观念，而批评活动显然也被囊括其中，甚至在很多地方以“凝视”的名义，被予以抽丝剥茧般地梳理，以还原出批评最本质的面目。二十多年过去了，斯塔罗宾斯基依然在“凝视”，只是在他视线的前方加了一面镜子，而所有的思考都因为这面镜子的存在变得更加复杂，——因为镜子的反射本身就充满自省的意味，而且激情亦在这一过程遭到抑制而变身为反讽——，甚至复杂到斯塔罗宾斯基不得不以波德莱尔的诗句作为中介予以阐明。

看起来，没有比波德莱尔的诗句更合适的批评中介了，波德莱尔的诗句情感充沛而且复杂，正好对应着斯塔罗宾斯基在思之漩涡里的挣扎——如果不能说是沉沦的话。他选取的波德莱尔诗句并不巧合地都含有“镜子”的意象，比如在一首《献给圣勃夫》的诗中，有这样的诗句:“在这面镜子的面前，我完善了/初生魔鬼教给我的残酷艺术。”在《喷泉》一诗里则是:

“你们的忧郁多纯洁，/是我的爱情的明镜。”在《自惩者》中：“我是镜子，阴森可怖，/悍妇从中看见自己。”在《无可救药》中：“阴郁诚挚的观照中，/心变成自己的明镜！”在《被冒犯的月神》中：“没落世纪之子，我看见你母亲，/对镜俯下多年的重重一堆，/给喂过你的乳房艺术地擦粉！”在《情人之死》中：“他把门微微打开，进来擦拭/无光的镜子和点燃死灭的火。”镜子的确是波德莱尔诗歌的重要意象之一，这绝非偶然，因为镜子的意象暗示着波德莱尔诗作隐藏着的多重悖论和反转，这既是波德莱尔诗作复杂之处也是其魅力之源。同样不是偶然的是，斯塔罗宾斯基明确意识到了这一点，因为早在《波佩的面纱》里他早就说过“看是一种危险的行为”，而镜中的注视自然是凝视的一种，并且这注视是指向自身的，因此尤其具有一种感伤和讽刺兼备的意味：“一系列的反映蒙上了阴影，天使般的人的命运结束于浑浊的水的深处。”

应该说，斯塔罗宾斯基从镜子这一意象进入波德莱尔的诗歌，是抓住了阿喀琉斯之踵，并且和自己一贯对于批评的精深思考找到了对接的豁口。别忘了，日内瓦学派的批评家都有一个和批评对象竞争的潜在愿望，那么将角力的战场转移到自己熟悉的领域自然是聪明之举。不过，也许斯塔罗宾斯基并没有想得那么复杂，也许他会耸耸肩不以为然地反问一句：“所有的批评家不都是在说自己的话吗？”但是这一回，在转换波德莱尔的诗句为自己的批评声音的过程中，斯塔罗宾斯基遇到了麻烦，尽管他极尽批评思维之所长，将观念的复杂性演绎到无以复加的地步，但是他所引用的波德莱尔的诗句总是以一种明晰直接的力量，将他自己的分析逼入墙角，尽显生涩黏稠的面目——当然其中不乏精彩的片段。波德莱尔的诗句是明晰的又是深刻和复杂的，这未免将旁观者的立场转移到诗人的阵营中，看来日内瓦学派诸将还有很长的路要走，如果他们想要和卓越的诗人分庭抗礼的话。

话说回来，在《波佩的面纱》里，斯塔罗宾斯基对于批评家实际上的不利位置其实早有远见，悖论的是，正是这些观点反过来说明斯塔罗宾斯基是一个极为出色的批评家，并最终为自己赢得了和诗人对话的资格。这段话很精彩："追寻的是最远，导致的却是最近的，即第一眼就看到的显然之物，形式和节奏，这些东西乍看好像只是许诺了一种隐秘的信息。绕了一大圈，我们又回到语词本身，意义居住其中，神秘的珍宝亦在其中闪光，而人们原以为应该在'深层'寻找这珍宝。"我们也可以方便地利用这段话去理解波德莱尔的诗和斯塔罗宾斯基的分析之间的差异，或者说高下。波德莱尔以诗人的极度敏感，在热情洋溢的诗句内部即完成了表象和本质之间的往返，他以点石成金般的语言魔术将前往等同于返回，而斯塔罗宾斯基的努力终究是单向的（尽管他意识到抽身回顾的重要性），在向意义的深层奋力掘进时，他反而和"神秘的珍宝"渐行渐远。

波德莱尔对于镜子意象的痴迷，终于以一种肃穆的注视改变了忧郁，反讽逐渐浮出水面，成为诗人隐藏自身羞于示人的痛苦的绝佳障眼法，反讽在现代性的照耀下几乎所向披靡，因疯狂的噬咬的嘴脸而具有一副禽兽的面貌。作为批评家，斯塔罗宾斯基对于镜子关注的原因和诗人们稍有差异，他早就以注视所蕴含的多重意义来阐述批评的特点，除此之外，他当然也会觉得对于批评家来说，所评对象（诗人、小说家）也是一面反射着批评家形象的镜子，而且因为其中裹挟着所评作品的颜色和气息，这束幽暗的反射之光变得格外朦胧，如同波佩的面纱轻柔又邪恶地披拂在脆弱的镜面上。镜子的效果是专横而虚无的，它接受又探询，将所有的疑问毫不犹豫地回掷给我们。作品终将会摆脱掉纠缠在自己身上的注视之网，显出它自身热情的面貌，而批评家也会主动将自己抛出去的鱼饵收回，批评家将赢得他自己，正是在此意义上，斯塔罗宾斯基的名言会再次被确认："注视，为了你被注视。"

原刊于《新京报》2013年1月20日

从道德看文学

特里林和威尔逊

莱昂内尔·特里林是典型的美国文人，在许多方面和另一位批评大家埃德蒙·威尔逊可谓同道中人。他们同为文学的细致观察者，没有明确的理论体系，甚至主观上规避某种单一的理论体系的涵盖。他们都乐于为媒体撰稿，威尔逊的文章主要发表在《新共和》、《纽约客》和《纽约书评》杂志上，特里林学术生涯的早期时常为《民族》和《新共和》撰稿，稍后则成为《党派评论》的核心撰稿人。因为面向更广泛的读者群，这使他们的文章在文风上有别于那种学术术语满天飞的学院派论文，而是有着随笔化的倾向，——不消说，这样的文章更耐读也更有文采。他们的文学批评都扎根于十九世纪的文化传统中，特里林第一本专著即为《马修·阿诺德》，他在文章中曾数度引用阿诺德的名言——“文学乃是对人生的批评”，而某种程度上特里林所有的文学批评也是围绕这句话展开；威尔逊则在《到芬兰车站》—— 一本精彩的论述马克思主义的起源及发展的著作—— 一书中对法国十九世纪的作家法郎士大加褒扬，并对法郎士逝世后其在法兰西学院的继承者瓦雷里抨击法郎士的作为颇为不屑："象征主义者相信社会孤立，甚至连一点改造社会的幻象都没有。"从这句话，我们也不难看出威尔逊对于在二十世纪初期颇为流行的"为艺术而艺术"的观念是持批判态度的，这种共有的对西方人文传统追根溯源的方式的确令他们对文学的观察更加犀利更有穿透力。他们也都有一个倔强的作家梦，威尔逊有小说《我想起黛丝》行世，特里林则写过小说《旅途中点》，两位批评家的小说都远远谈不上成功，几乎完全被他们大名鼎鼎的文论所淹没，但是创作实践使他们更加了解创作过程那难以言传的秘密，这些对他们的批评生涯都起到了正面作用，赋予他们的文论充满魅力的柔软质地，反而提升了这些文论的批评力度。

二十世纪中期美国的新批评派正如日中天，威尔逊和特里林则是当时最重要的抗衡力量，威尔逊对新批评的批评态度是通过谨慎的回避传达的，对一众新批评中坚批评家他从未在文章中提及，事实上威尔逊对于"批评的批评"（评论批评家）从来不感兴趣，对批评成为自身的目的这一事实，他肯定是既惊讶又不屑，他倒是罕见地评论过特里林的第一部专著《马修·阿诺德》，当然是加以称道，或许从中嗅到了同道的气味？而特里林在《海明威和他的批评者》一文中也引用过威尔逊关于海明威的论述，并称那是他知道的“评论海明威的最优秀的文章”。特里林对新批评有直接的批评，在《往昔意识》一文中，他指责新批评派“在摈弃历史方法的过程中忘记了文学作品不可避免地是一个历史事实，更为重要的是，它的历史事实是一个存在于我们的审美经验中的事实”。实事求是地讲，新批评派初登文坛的时候确属一股清新的力量，一方面它是为了解释现代派诗人的新诗而发明的，另一方面它也是为了修剪向作者传记和社会状况伸得过长的枝蔓而出现的，可是一旦新批评成为正宗，它即走向自身的反面，显露出狭隘的视野和冥顽不化的学究气。对于新批评相近的批评态度，显露出特里林和威尔逊共有的深刻洞察力。

当然，作为独树一帜的批评家，两位批评家的差异也是显而易见的。从文风上讲，威尔逊更加直率辛辣，不惮做出清晰的判断，而特里林毕竟是学院中人（博士毕业后一直到去世都在哥伦比亚大学教授文学），其文风更具思辨性，讲求逻辑链条的缜密。比如同为对诗人弗罗斯特的批评，1959年3月26日特里林在弗罗斯特八十五岁生日晚宴上的致辞，保持了他一贯的对于“复杂性”的追求。他坦承“我于弗罗斯特先生的经典作品保持了疏远的状态，因为我发现这些作品中存在着某种成分，它可能本身就会诋毁批判性知性的事业，也可能会令其仰慕者做出这种诋毁的事情”。虽然讲稿的基调是确凿无疑的颂扬，但这次演讲仍然给特里林带来很大麻烦，许多读者，乃至学者和诗人都在报刊上撰文抨击特里林的无礼，特里林备感窝囊，其后他不得不很快在报刊刊载全文，作为对那些以偏概全的攻击的回应。相较而言，威尔逊对弗罗斯特的批评更加不留情面，在《光明的支柱》一文中威尔逊直言弗罗斯特是“极度迟钝所以当然写出非常贫乏的诗文”。然而对于喜欢的作家，威尔逊也更加热情，充满情感，《阿克塞尔的城堡》中对兰波的激赏称得上是肺腑之言，体现出威尔逊真性情的一面；而特里林对他最喜欢的作家简·奥斯汀和亨利·詹姆斯的褒扬也是有节制的，始终建立在理性分析的基础上。

在涉猎的范围上，威尔逊兴趣更广泛，显得更为精力充沛，他的许多著作远远超出了文学领域，诸如《美国人的恐慌》(1932)、《到芬兰车站》(1940)、《死海古籍》(1955)、《向易洛魁族印第安人致敬》(1959)等，这些书籍涉及经济、哲学、历史等领域。特里林的全部创作都在文学领域之类，他的专著主要有三本《马修·阿诺德》(1939)、《E. M. 福斯特》(1943)，以及晚年担任哈佛大学诺顿诗歌教授时的演讲集《诚与真》(1972)。其余都是由一些影响巨大的论文构成的论文集，自然议题主要是文学，稍稍涉及教育（比如《论教授现代文学》)、艺术（比如《艺术、意志与必然性》）等其他领域。较为集中的议题，确实给特里林的文论带来相应的他所期望的深度，美国学者沃尔顿·利茨在《美国当代文学》一书中尽管承认威尔逊是“始终不渝地反映他那个时代复杂生活的批评家”，但他也不忘指出“威尔逊的文章没有一篇达到过莱昂内尔·特里林最好的文章里那种经典的高度”。

当然，作为涉猎广泛、知识渊博的学者，威尔逊和特里林所处的年代里那些最流行的思想——马克思主义、弗洛伊德的精神分析学，包括他们谨慎地与之保持距离的新批评——在他们的文章中都能找到印迹和回声，只是他们思想上的敏锐使他们不至于成为这些思潮的奴隶，而是把它们作为自己观察文学的工具——用得上就用，用不上就弃置不顾。关于这一点，特里林在《文学体验导引》—— 一本为五十二部自古希腊戏剧以来的经典著作撰写的评鉴—— 一书序言中说得清楚：“我所写的并不传达什么特别的文学理论或批评方法。有些评鉴中的重点落在形式及技巧——诸如意象、语气、视角、诗律、措辞等等，读者应该知道的方面。还有些评鉴涉及文学惯例，或因老旧或因新颖，读者也许并不熟知。我可以畅所欲言谈论一部作品的明理和隐奥，并追寻（有时是质疑）它的道德、社会和宗教理念。……简言之，我会充分援用文学话语的任何要素，只要我认为它们与作品相关，并能使作品更易理解，更加有趣。”这段话可以视为特里林和威尔逊共同的批评方法论，但就在这个层面上，二者也有显著区别和各自的侧重，简言之，威尔逊恢弘的批评视野将整个社会纳入其中，而特里林文论中最关键的词一定是“道德”，他善于从道德的视角观察文学，并最终将他自己的那棵批评之树用道德的养分浇灌为参天大树。

追求真理的复杂性

不过，对于这种将社会和道德泾渭分明加以区分的两分法，特里林一定会马上提出异议，因为就像他自己在许多场合一再重申的那样，他信仰的真理就是“复杂性”。对所有言之凿凿、黑白分明的观念，他都持有一种天然的怀疑态度。特里林习惯于从事物的表象向下追索，其结果往往是在善举中寻觅到恶的踪迹，在恶行中寻觅到善的留痕。这正是他行文让人迷恋同时也让人晕眩之处。关于道德和社会的关系，没有人比特里林的观察更犀利的了，在《风俗、道德与小说》一文中，他以激赏的语气写道:“在十九世纪的美国，只有亨利·詹姆斯一个人明白，如果想要衡量出小说中道德与美学高度，小说家就必须使用社会评论这架‘梯子’。”也就是说，道德作为一种抽象观念，势必要附着在社会这个物质载体之中，对于道德的评判和分析也就因此有了实在的对象，而对于小说水准的评判则获得了一把可以信赖的尺子。正是基于这种对道德和社会的复杂观察，我们说特里林是一位善于从道德看文学的批评家就不再是一个草率的结论了。

回顾特里林的批评生涯，我们可以看到他像所有大批评家一样具有深刻的一贯性，同时能对政治和社会变化做出敏锐的反应。从早期作品《马修·阿诺德》一直到晚年的《诚与真》，特里林一直在对文学作品的道德意图和社会目的做条分缕析的探讨，并且一再重申“文学有着一个讨厌的毫无美学趣味的传统，就是强调某种程度的直接实用性”。特里林所有的文章都堪称严格意义上的“道德文章”，当然在漫长的写作生涯中，他的兴趣会有所旁溢，而在他去世以后由利昂·维泽尔蒂尔编辑的文论集《知性乃道德责任》则是其道德视角最集中的体现。这本书译成中文有五十二万字，包括二十九篇文章，每篇文章都有约两三万字，是对论题从容而细致的探讨，这些文章亦体现出特里林一贯的敏感文风——特里林敏捷的文笔似乎是在由观念构成的镜子的峡谷里穿行，他的典型措辞就是在两个对立的概念间来回碰撞，在一种让人几乎晕厥的逻辑缠绕中，深刻的观察业已完成。

试举几例，这些句子是我在阅读时随意用笔勾画下来的："向社会不公正做斗争是正确而高尚的，但选择这样做并不能解决所有道德问题，相反，还会产生尤为艰难的新的道德问题。”“《曼斯菲尔德庄园》试图包容踌躇和困难的优雅。那种将道德当作实现的风格和安逸的优雅的观念是不可能被摈弃的，这不仅是因为有些作家总是不断地坚持这一点，而且因为道德本身也一直在坚持这一点。”“我们在观看悲剧的痛苦场面时会产生愉悦感，因此也会出现负罪感，而亚里士多德的理论恰好能消解这种负罪感。”“当我们聚精会神关注那些伟大的具有鼓舞意义的书籍所讲述的道德生活时，我们实际上模糊了道德事实中大量的无聊实质。”“他（指弗罗斯特）使人民清楚地认识到人类生活中的可怕事物：他们或许感受到这样一种道理，即只有能让他们清楚认识到可怕事物的诗人，才有可能让他们获得宽慰的感觉。”诸如此类的论述还有很多，它们表明特里林的思维中有一股坚韧的逆向思维倾向，对于真相的追寻往往把特里林从一个概念带向另一个相反的概念，当然需要强调的是这种方式在特里林这里不是作为外在的矛盾修辞的习惯性产物，而是通过复杂细致的道德剖析得来的，因而更形珍贵，而由此推导出的初看让人意外的结论也就更具说服力了。

《知性乃道德责任》中的大多数文章都已成为经典之作，书中数篇文章论及特里林最喜欢的两位小说家简·奥斯汀和亨利·詹姆斯，为这两位作家在二十世纪经典地位的确立打下了坚实基础。《艺术与神经症》一文则是特里林最著名的文章《弗洛伊德与文学》的延续，在围绕着特里林的诸多标签中，弗洛伊德主义分子大概是最接近特里林本质的一个界定了。特里林接受弗洛伊德的自我观以及俄狄浦斯情节的关键性作用，他还特别称颂弗洛伊德的后期著作，尤其是《文明及其不满足》和《超越快感原则》。不过特里林到底没有成为成色十足的弗洛伊德分子，他巧妙地通过极其复杂而又让人信服的分析，将弗洛伊德的理论转化为阿诺德著名观点“文学乃是对人生的批评”的一个有力的论据。在《弗洛伊德与文学》的末尾，特里林说得清楚："没有一种艺术家所相应的人生观，能够保证他的作品的质量。但是，弗洛伊德的诸原则的诗意品质却启示我们，这种人生观对于艺术家来说，并没有使人的世界狭隘化和简单化，反倒使它变得开阔和复杂起来。"《论教授现代文学》一文是特里林对西方现代文学教学问题的反思，在对美国高校创办现代文学课的缘起做了一番介绍之后，特里林亮出了自己的底线："最终我不得不决定，只有用一种方法才能教授现代文学，那就是不使用什么策略，也不采取有意识的谨慎态度。"这是一种开放的治学态度，从而将特里林带出形式分析的狭小天地，致力于从文化状况来研究文学状况，而"文化状况又被视为有关道德问题的宏大而复杂的斗争，道德问题则被视为与无理由选择的个人形象有关，最终的个人形象又被视为与文学风格有关"。在这一连串令人眼花缭乱的逻辑推理过程中，特里林将文学和文化、道德、个性化以及风格等诸多相距遥远的概念联系起来，而他所有的批评工作都在细致剖析这些概念的内在联系——它们之间极其细微和复杂的互动。

当然道德概念仍然是特里林关注的核心，《知性乃道德责任》一书中几乎所有的文章都涉及道德问题——无论他在谈论文学、艺术还是哲学。《风俗、道德与小说》像是整本书的序曲——亮出总的观点，点明特里林执着于道德批评的基本出发点："体现道德内容的小说影响了众多的现实利益，让很多人意识到了潜在的情感，使他们不容易变得麻木或漠然，同时也创造了一种氛围，使得不公正的现象难以生存下来。”其着眼点毫无疑问仍然在于如何促进社会的建设。《曼斯菲尔德庄园》《伊萨克·巴别尔》《惰性的道德》《最后的恋人》诸篇则以单个作家或作品为研究对象展开评论。并不让人意外的是，所有这些评论并没有塑造出一个刻板的道德家形象，因为特里林的敏感使他一直将“道德”当作研究的对象，而不是像许多蹩脚的“正义”的批评家那样，将道德简化为一把拙劣的美学标尺。对于那些流于说教的道德家，特里林在《美国的现实》一文中表明了拒斥立场：“就我们而言，思想总是晚来一步，但诚实的糊涂却从不迟到；理解总是稍嫌滞后，但正义而混乱的愤怒却一马当先；想法总是姗姗来迟，而幼稚的道德说教却捷足先登。”道德说教一般意味着某种僵化的道德规条，而特里林早就在《惰性的道德》一文中抨击了未经激情和理智透视的道德：“人类的种种善举，其实也并非都出于高尚的为人，而更多的是因为我们碰巧深陷其中！这就是习惯性的道德，或者是生物学意义上的道德。”这种近乎麻木的善行，没有经过激情的痛苦抉择，没有经过理性的细致过滤，因而它是不值得信任的，特里林甚至略嫌尖刻地评论说：“那些善良的普通人，他们对自己的家庭责任非常忠诚，而他们对集中营的事实却不屑一顾，尽管他们就生活在集中营的阴影下。”随后他得出结论：不——我们不能赞美惰性道德。这种清晰短促的结论性的话语，在整部书里可谓凤毛麟角，可见特里林对这种僵化的道德是何等憎恶。特里林欣赏的是能充分体现出道德流动性的作品，所谓道德流动性是指小说家用复杂含混的措辞和语气，颠覆人们惯常的刻板印象，令读者对小说内容的道德含义很难捉摸。特里林认为这种道德流动性将读者正确地置于善恶的交会点，而那里正是激发读者思考的最佳入口。正是在此意义上，特里林很欣赏纳博科夫的引起巨大争议的小说《洛丽塔》:"《洛丽塔》让我们没有机会确定态度，找到根源。或许这就是它敦促我们形成奇怪的道德流动性，这一点也可以说明它为何能以杰出的实力去表现美国生活的某些方面。"而笼罩在巴别尔小说《骑兵军》中的善良和野蛮交织，同情和杀戮并存的混杂气息自然也就引起特里林格外的兴趣。

特里林在很少的几处地方为文学的形式方面做了辩护，在《利维斯–斯诺之争》一文中，特里林批评利维斯将道德意识视作文学所对应的主要人类才能，"他（指利维斯）对这种观点非常执著，因而导致他在批评思想上的错误——他根本没有意识到艺术的其他方面，即那些不具必要性的、源自欣快状态和游戏冲动的方面"。不过，这只是特里林逆向思维的一种惯性罢了，自然也符合他对所有确定性结论的质疑。总体而言，当特里林在著作中提到"形式分析"时，总有一种挑剔和审视的意味，他显然相信作品的社会和道德内容比形式技巧重要得多。可是善于从技巧出发探讨文学的那些作家和学者未必会完全认同特里林的观点，因为所有对文学的道德内容细致入微的分析，都最终指向文学的字面意义的表达，也就是说，作品的道德流动性越强，作品的文字表达相应也就越加精微和敏感。粗糙的文学形式根本无从表现处于流动状态中的道德。在此，道德和形式最终统一在杰出作家浑然一体的作品中。美国大诗人庞德的名言——“技巧考验真诚”——正是这一理念最有力的表述。从作品的道德和社会层面研究文学，以及从形式方面研究文学，客观地说只是两条不同的批评路径，都可以产生卓越或者愚蠢的批评家，关键在于不能墨守成规，将自己的批评工具变成教条，而是要充分考虑到处在自身批评工具对立面的那些文学要素，换言之，好的批评家关键在于要具备敏锐的感受力和开阔的视野，如此他才有可能善用自己手中的批评工具，不至于反被这些批评工具所囚禁。

在此意义上，特里林早年所受的新批评训练就不再是无足轻重的了。特里林年轻时曾是新批评重镇肯庸文学院的高级研究员，同时也是《肯庸评论》的编辑并为其撰稿。在《文学体验导引》的诗歌部分，特里林展示了他新批评的理论素养：他津津乐道于蒲伯的英雄双行体在融合感觉和声音时的妙用；在论述华兹华斯的诗作《决心与自立》时，则将这首非同凡响的诗作的成功首先归于华兹华斯运用标点符号造就的复杂节奏感；特里林赞许霍普金斯敢于“冒险凭依头韵、内韵、谐音以及微妙、精心地递进与变化元音营造节奏”。在其他的著作中，特里林也屡有新批评气息的论述：“批评，大家知道，应该始终关注诗作本身。”“文学研究倘若要实现它的不言而喻的诺言，必须迟早成为一种语言研究。”所幸，这些看起来和特里林通常强调道德、社会研究的批评路数相左的说法，没有造成特里林思路的混乱，而是给他从道德观察文学的视角增加了一面更开阔的广角镜，而特里林在著作中念兹在兹的“道德”因此不再是通常的刻板严肃的形象，反而多了一层柔和亲切的气质，用特里林自己的话说就是增进了道德的流动性，并最终将读者捕进审美的陷阱。

辨析“诚与真”

特里林最后的著作《诚与真》堪称他批评生涯的完美句号，这是特里林1970年春在哈佛大学担任诺顿诗歌教授时的演讲集，主要围绕历史中的自我之真诚与真实的问题展开，探究这两个经常被使用同时又总是被误读的概念的历史渊源及其流变。如果说之前特里林的批评还是通过道德的视角观察文学，那么《诚与真》则是这一视角的深化和延续，最终真诚与真实这两个概念成为聚焦的中心。的确，这是两个非常重要的概念，“真诚”经常成为针对一切批评的挡箭牌，其招牌式的说法是——“我追求真诚地表达”或者“我是在诚实地表现现实”，言下之意，其作品所存在的缺陷都是小儿科，不值得大惊小怪。可是这种说法恰恰忽视了“真诚”这个概念本身就是多变的，在不同的语境下它甚至可以指向意义的任何方向，它不是道德这一更大概念的定海神针，而是漂浮在流动的道德之河上的一叶风帆，指望“真诚”去确定方位提供标尺，只能得出滑稽的似是而非的结论。

书中涉及大量文学作品，几乎都是特里林在以前的批评生涯中评论过的——简·奥斯汀的小说、康拉德的《黑暗的心》、狄德罗的《拉摩的侄儿》、莎士比亚戏剧等等，但对这些小说的分析旨在透视真诚与真实的概念内在的复杂性，简言之是作为一种论据被提出。由于特里林对这些文学作品早就做过精深研究，撰写过详尽的论文，他的引用分析显得挥洒自如、举重若轻，而“诚与真”则在特里林抽丝剥茧般的分析下显现出本质上极其多变的面貌，当然特里林最愿意凸显的是它们内部所携带的反讽意味。“就像爱一样，有些词要想让它们保持确切的意义，最好就是不去谈它们，反讽就是这样的词，其他类似的词还有真诚、真实等。”这是特里林在引用了王尔德的名言——“形而上学的真理就是面具的真理”——之后说出上述这番话的。特里林寻章摘句、旁征博引，除了文学，他还大量援引卢梭、马克思、马尔库塞、福柯等哲学家的言论，这并不奇怪，诚与真原本也是哲学概念。特里林几乎动用了一生的知识储备在生命的最后阶段来探讨“诚与真”，它们既可作为艺术的一个标准（当然是极具灵活性的标准），也是个人生活的一个品质，同时它们也是理解道德和社会、文学的关系的中枢，对于“诚与真”理解的深度其实也就印证着对于社会和文学的理解深度。

特里林辞世四十多年了，在当代各种文学理论闪耀登场随即湮灭的文学批评界，他仍然是一个异数，他在数种理论之间游刃有余的批评能力，他的雅致文风，都使他很难找到继承者，哪怕他有许许多多的欣赏者、崇拜者。就像特里林的先驱也只有门肯和埃德蒙·威尔逊等寥寥数人一样。这些美国文人以其相似的道德热忱和卓越的艺术感受力，成为这个日益技术化的世界的一种批判力量，他们整个批评生涯都在试图厘清文学作品是通过何种渠道达致对于人性的建设性作用。他们的声音弥足珍贵，尤其在当今被纷繁炫目的表象所遮盖的贫乏的世界上。

原刊于《时代周报》2011年11月17日

辑二

不死的俄罗斯之魂

齐奥朗：活在火焰之中

孤独总是如此耀眼，这让隐士们万分沮丧。有时候越是孤独，相应地窥探的灯泡功率就越是强大；世间的悖论比比皆是，这只是其中表面的例证之一。E. M. 齐奥朗深谙孤独之道，这位罗马尼亚裔法国作家在笔记中写得明白："我尽量隐姓埋名，尽量不抛头露面，尽量默默无闻地生活——这是我唯一的目标。重返隐居生活！让我为自己创造一种孤独，让我用尚存的抱负和高傲在心灵中建起一座修道院吧！"他的著作预示着这心灵修道院的落成，可是他哪里知道现在这修道院已经成了旅游胜地，好奇的游客络绎不绝，他们为这建筑的阴森和幽暗所吸引，全然不顾建造者从角落里投来的厌恶的目光。还好，齐奥朗已经长眠于绝对的孤独之境——死亡，他的著作掀起的世俗的波澜不再可能惊扰到他，否则那犀利的唇舌间又将吐露何等可怕的诅咒，不过有一点可以肯定，这些诅咒只会引来更多"游客"，因为人需要诅咒不可替代的解毒作用，正如他们对轻浮赞美的享用。

孤独奇特的聚焦作用，早在齐奥朗预料之中，可是世俗声誉在其中的聚焦并不在齐奥朗的关注之列，——那样未免小瞧了他，对于世俗荣誉他有一种真诚的惶恐——，顶多他桀骜不驯的眼光在其上不经意地掠过，最终这眼光将落在被孤独聚焦的激情之上。齐奥朗深知所有激烈的东西都同时拥有一个天堂和一个地狱，而这才是他情之所系。天堂由于高高在上的位置显得飘渺、不真实，如此通向天堂唯一可靠的途径就是跳下地狱，它的灼伤也就是天堂的狂喜。面对来自上天的召唤，齐奥朗最经典的姿势却是静默，他的“无从应对”将自己抛掷到他所眷恋的字词中，他因而得救？至少，他还来得及写下那些充满魅力的诅咒：对于圣洁的泪水的唾弃，对于繁衍疯狂的先知的讥笑（“高贵只有一种，就在对存在的否定中，在俯瞰断壁残垣时，那一抹微笑里。”），因而灵魂强加于精神的任务被一笔勾销。他仍然处在悬垂状态，立于天地之间，思想所携带的词语之河川流不息，以免赞美所带来的自足的幻觉被釜底抽薪。生命，什么也不需要证明；文字在自身的神秘中仅仅是模模糊糊地抓住了它。永葆存在的激情——齐奥朗所有著作指向这一行字。

这样的孤独带来茫然的自省，“大地、天空，是你修炼间的四壁，而在没有任何生气拂动的空气中，唯有预言的缺席占据着一切”。往内心深处挖掘的孤独离时代越来越远，齐奥朗和他所推崇的克尔凯郭尔、尼采一样，一心只从自我的深处去汲取思想，陷溺在他们的缺陷所修饰的永恒里，而他们的战栗和热量倒有可能给平庸的时代带来创造自身传奇的可能。这种毅然地向内挖掘如此艰难，齐奥朗著作中几乎每一句话都格外滞重，让人忍不住要充满仁义地为他画上句号，可是晃晃悠悠，这些句子仍然在倔强地向前发展着，带着人们前往不曾见过的墨汁般的黑夜。桑塔格在《“自省”：反思齐奥朗》一文中，也不忘指出：“齐奥朗写作的特色是，他用以开头的正是别人用以结尾的。由结论开始，他就是从这里开始写。”这是外在的观察，其实这正是由齐奥朗持续地向内心掘进的写作方式所决定的。尽头的尽头永远是黑暗，但也还有温暖的热度，这是上天给予倔强者独特的奖励？而对齐奥朗最起码的尊重就是在有关他的任何结论后面，你得加上一个问号，如此你才敢于迎接他恶毒的布满血丝的眼神，何况他的文字下还埋藏着尖刀。

在《解体概要》一书中就三次提及这件“凶器”，在《狂热之谱系》中，齐奥朗写道：“人一旦拒绝承认思想观念是可以相互替代的，就会发生流血……坚定的决心下面竖着一把尖刀；满怀激情的眼睛预示着凶杀。”在《恶人的模样》中，他又写道：“他额顶匕首，遐思满腔，而又好像是在动手之前，就已经对一切罪行感到失望。”在书的末尾《箴言家的秘密中》一文中，他又提及：“欢乐给人以致命的打击……欣喜在微笑之下掩藏一把匕首。”无论是决心还是微笑，在齐奥朗的眼里，其后都隐藏着尖刀。不是因为这决心和微笑有多狡诈，而是这尖刀原本就隐藏在齐奥朗的视线之中——在齐奥朗的著作中，这尖刀其实无所不在。他习惯于用它在世俗的观念上划一道口子，然后贪婪地盯着从伤口里慢慢往外渗透的鲜血；齐奥朗正是用思想的暴力赋予思想和观念本身以新意，或者还怀有对他讥讽过的“深刻”隐隐的期待。对此，齐奥朗在《缩短的自白》一文中做过正面表述：“我只愿在爆发性状态中，在狂热或高度紧张中，在一种清算气氛，一种痛斥取代打击和伤害的气氛中写作。”疯狂、热烈、恶心、深渊、憎恨、恐惧、厌恶、癫痫、腐烂、魔障等等重量级词语充斥齐奥朗著作中，从中我们可以依稀勘探出这是怎样一个灵魂，波德莱尔曾经说过：“要看透一个诗人的灵魂，就必须在他的作品中搜寻那些最常见的词，这样的词会透露出是什么让他心驰神往。”虽然这些词语被一条优雅的思维逻辑链条捆束在一起，因而减轻了负重，但毕竟是它们构筑了齐奥朗著作的底座，借用齐奥朗自己的话说：那是仇恨的历程，其用意竟然是捍卫腐败？这个沉迷于恐怖之词的灵魂，习惯于观察和表象正好相悖的“真相”：“‘真相’只有在精神忘掉了建设狂谵，不知不觉滑过了道德、理想与信仰的瓦解阶段时，才会显现。”如此“捍卫腐败”其实意在对所有“正义”之词的质疑，“只有那些分崩离析的时代，才有幸向我们裸裎生命的本质”。

综观齐奥朗著作，他的行文有着一流诗人的语感和讲究，颇具语不惊人死不休的意味，因而引来诗人们的赞许也就顺理成章了，1960年诺贝尔文学奖得主法国诗人圣-琼·佩斯就曾说齐奥朗“是瓦雷里之后，最伟大的法文作家之一，足令法文增辉”。对于这样的赞誉，齐奥朗一定会欣然受之，尽管在我看来瓦雷里是更优雅和绵密的思想者。瓦雷里和齐奥朗都专注于内心的省察，不过仅就自省的精微程度，瓦雷里显然更胜一筹，思维之翼的每一丝颤动都逃不过瓦雷里笔尖的追逐，齐奥朗则在思之力度上做文章，他是拿着一把匕首在做刺绣的工作，其难度可想而知，偶尔不小心弄得鲜血淋漓也就可以理解了。而诅咒似乎就是他的一种方式，看看这位曾经的布加勒斯特大学哲学系学生对哲学的咒语吧：“我背弃哲学，是在发现康德身上找不到任何一种人性的弱点，听不出一丝真正的哀伤以后。”“哲学工作没有生命力。”“我反对哲学，所以痛恨一切无动于衷的思想。”他甚至在《哲学与卖淫》一文中，以他特有的恶狠狠的语气将哲学家贩卖自己的思想比作妓女们贩卖自己的身体。与此相应，齐奥朗毫不迟疑地站在诗歌一边：“思想可曾写出过一页东西，达到过约伯的哀鸣、麦克白的恐惧或一曲和声的高度？”在《知识的布景》一文中，他说得更加明了：“哲学并不会比诗歌更严谨。”这些认识使齐奥朗对所有体系化的思想持一种否定态度，是啊，谁能在漫长的庞大哲学体系建设中保持足够的激情呢？他甚至不放过那些哲学体系的基石——哲学概念，他把这些概念放置在他带有锋利刀刃的思维之轴上来回切割，直到它们溃散成“一片温柔散淡、厌倦知识的麻醉液体”。

这也解释了齐奥朗何以喜欢采用片段式写作方式。体系对应着空洞的超验性，一个体系的建构本身如果没有谎言的参与将是难以想象的，那么碎片则意味着谎言的反面——一种真实的可能。同时，将激情挤压进正匆忙奔向句号的句子里，显然意味着巨大爆发力的形成，其中每个文字似乎都携带着两个大气压，它们跃跃欲试等待着爆炸。想想滔滔不绝、唾沫横飞的演讲吧，从语气高亢到声嘶力竭，几乎是一瞬间的事。换言之，和庞大的哲学体系相比，片段更能保存齐奥朗极为珍视的存在之激情。片段式写作其实早有自己的传统，帕斯卡、拉罗什福科，以及齐奥朗喜欢的哲学家克尔凯郭尔、尼采、维特根斯坦等都曾以片段式札记来记录自己瞬间飞逝的思想。这些学者构成了一种新的哲学：个人化的、警句格言式的、抒情性的、反体系化的哲学，他们正是踩着业已崩溃的哲学体系的瓦砾走过来的。自然，以尼采为代表的这批哲学家是齐奥朗的来源，他们对哲学和信仰的鄙夷，他们恶狠狠的极端的语气都有明显的传承关系，桑塔格甚至说：“尼采早在一个世纪前就已经写下了齐奥朗几乎所有的观点。”桑塔格并没有就此抨击齐奥朗的“重复”，而是对他“论述更厚重，推敲更精确，修辞更丰富”的表述予以褒扬。

在我看来，齐奥朗之所以在阐述那些猛烈然而并不新鲜的观点时仍旧独具魅力，是因为他对于现代诗歌的借重。片段式写作不仅仅是哲学家的专利，像波德莱尔、兰波、马拉美直至二十世纪的瓦雷里、勒内·夏尔等都是片段式写作的行家里手，有时候这些诗人笔下的片段被便利地命名为散文诗。而这也是齐奥朗另一个来源。齐奥朗著作中对于诗歌的直率赞美不在少数，更为重要的是，他的行文风格离诗歌的方式更为接近；这突出表现在齐奥朗文章里逻辑链条的松散，词因为愈加处于孤悬状态，它们疯长的触手胡乱捕捉着飘浮在空中的偶然的意义。最终，这些朦胧的句了使意义在摇摆不定中得到增值。对于来自诗人的致命的影响，齐奥朗自己有着诗意的表述："在跟他（指真正的诗人）交往中，在长期生活在他的作品深处之后，我身上的某种东西会发生变化；与其说是我的爱好或是品位，倒不如说是我的血液本身，就仿佛有某种微妙的病症潜入其中，改变了流程、浓度、质量。"这位诗人是谁呢？"雪莱、波德莱尔、里尔克"，他们"在我们身体最深刻的地方起作用，我们会像吸纳一种恶习一样，把他们吸纳进我们自己"。在齐奥朗晚年出版的《笔记选》中，他以奇特的冷漠的方式再次表达了对波德莱尔的敬意："波德莱尔……我已经有许多年没读他了，他并不是我常常想到的人。"在笔记本上郑重其事地记下对一个诗人的忽视，没有比这更高级的赞美了。其中隐含的反讽正是波德莱尔的拿手好戏，我们可以就此恭喜齐奥朗——他可以出师了。

读齐奥朗的文章，我常有恍惚间来到波德莱尔作品后台的感觉，齐奥朗作品中许多疯狂的段落像是出自波德莱尔所描述的那些怪诞人物之口。那个吓走了漂亮小孩的老妇人，那个向驴子致敬的讨好者，身背巨兽没入天际的旅者，以老鼠为玩物的穷孩子，等等，波德莱尔在《巴黎的忧郁》中致力于对这些怪人的外部描摹，而齐奥朗则好像是在试图让这些人直接开口说话，如果说波德莱尔还以场景为外衣让这些人依附其中，齐奥朗的文章则完全是赤裸裸关于恶的诉说——甚至称不上是控诉。对于视觉场景描述的弃绝，早就是齐奥朗的自觉行为，在1937年出版的《眼泪与圣徒》一书中，齐奥朗对自己完全转向自省有过辩护："眼睛的视野有限：它总是从外部观看。然而一旦将世界纳入心中，内省就会是惟一的认知模式。心的视觉空间=上帝+世界+虚无。那就是一切。"当然诗人们对此未必认同，像波德莱尔、兰波等诗人习惯于从外部场景的描述入手，并不是他们浅薄或者受到视野的蒙蔽，而是他们对于卡尔·克劳斯的名言——"越是表面的越是深刻"——心领神会。不管怎么说，齐奥朗的决绝毕竟帮助了他，他的固执将他的自省推进到一个前所未有的领域，推进到思想的尽头，在那里在完全的自我意识中，人们倒是有可能重新获得恩典与纯真。

因为完全脱去了场景和叙述的外衣，齐奥朗的文章一开始就将自己的言辞置于白热化的思辨之中，一种赤裸裸的高烧。状态好的时候，格言与警句如集束炸弹般被掷出，但是它同样没有场景和叙述作为缓冲地带，思维偶尔的短路也将以令人瞠目结舌的方式展现在众目睽睽之下。波德莱尔在场景里横向的铺排，其实也可视作迂回着向内。波德莱尔的眼睛和大脑在协同工作，它们相互配合从容而优雅地走入深渊，而齐奥朗则像一个盲人深陷在大脑沟回的迷宫里，逻辑之链向内的疾进是其关注焦点，说到底齐奥朗关注的是思想的纯粹性，是关于思想的思想，"惟一自由的精神与存在和客体完全无关，只不断增加其自身的空虚"。在这里，齐奥朗达到了诺瓦利斯曾经到达的高度，早在1799年诺瓦利斯就曾得出过颇富前瞻性的观点："人们所犯的荒谬而令人惊讶的错误是相信他们使用的语言与事物相关。他们没有意识到语言的本性——语言惟一关注的只有自身，这使得它成为一个如此丰富奇妙的谜。当一个人仅仅为了说话而说话时，他所说的正是最新颖、最真实的事物。"既然语言的现实地基只是一种幻觉，既然"在每一种说法下都躺着一具尸体"，精神轻狂而放荡的舞蹈将结结实实地扎根于虚空之中。至少，齐奥朗就是这么看的，他的词句就是精神的狂舞，既虚幻又迷人，而意义不过是他的词句偶然捕捉到又随即放弃的玩物，而所谓的"真"则恰恰存在于词语癫狂的状态之中，它从来不会乖乖地、稳稳地自动投身到你的脑海之中，为了这逝去中的攫取你必须狂舞、必须撕咬。齐奥朗的句子调子太过高昂密度太大，让人目不暇接但也容易引发倦怠，对于平庸的内在恐惧催生着思维的加速度，隆隆的思维机械之声中升起了在寂静中空转的轮盘，诡异的景象一直在暗中伴随，挤压着考验着文字的韧性。当我们从齐奥朗充满魔力的语言中醒悟过来，我们几乎真的要相信他坦率的自白 :“我毫无哲学天分……”

对于像齐奥朗这样“专心投身于摧毁自我的人”，自省就是一把利斧，让人稍感意外的是，在被劈开的自我的内部却是镇定而麻木的语词世界，如同宇宙深处模糊的星云掩饰着黑洞。内心撕裂的“吱吱咯咯”的声音势必会传递到一一对应的词语，这也是为什么出色的现代诗人和学者迷恋“矛盾修辞”这一古老技法的原因。所谓矛盾修辞是指将两种性质完全对立的词语强行扭结在一起的修辞方式，比如“肮脏的伟大”“迷人的战栗”等。一般来说，两股相反的力有益于思维空间的拓展，而且可以便捷地躲避习见固执的侵袭。

这种使用词语的方式因为波德莱尔的大量运用而引人注目，而它也是法国大革命最著名的反对者德 · 迈斯特修辞的中心方法，他们二人对于齐奥朗文风的影响显而易见，别忘了1957年齐奥朗曾经应邀编选了一本德 · 迈斯特的文集，并撰写了一篇长序。翻开《解体概要》，矛盾修辞比比皆是 :“虔诚的时代最为擅长血腥的壮举。”“希望如同一场灾难。”“忧郁滋养于腐蚀它的一切，在它优美的名字之下。”南辕北辙的两个词拽拉着意义的绳索，静默之魔力由此而生，多少人在真空的抚慰下溃不成军，而貌似柔弱的美则被倔强生育下来。在《二元对立》一文中，齐奥朗写道："我们能够一边忍受生命的恶痛，一边摒弃着生命，一边任自己被涌出的欲望所左右，又一边排斥着欲望。"生命的徘徊演绎为词语之美，这多少有点让人失望，可反过来，被词语之手触摸过的生命黑洞则别有一番景致了。

在各种对立关系中，没有比善和恶的对立更惨烈的了。那是真正的黑洞，疯狂吞咽着肉体、道德、言辞乃至万物。充斥于《解体概要》中的蛆虫、被活剥的人、棺材、腐骨等词语使它便捷地获得了恶之表征，可如果不是通过"对立面"，任何事物都不可能获得真正的进展。"没有什么智慧是不带死神的阴影"，想想鸟儿为了高飞不断向下拍打的翅膀吧，人也只有踩着恶的尸身向上攀登。英国诗人布莱克就曾说过："像毛虫选择最美丽的树叶产卵一样，传教士把他的诅咒倾斜给最甜蜜的快乐。"是啊，有谁可以否认在读那些瘆人的词句时，感官所获得的病态的快乐？

禁忌圈养着意义的处女地，那里水草丰美却少有人迹——恶在守护着它。而突破禁忌则意味着摆脱庸常之美的束缚，内心撕裂的刺耳之声则一扫美的单调，最勇敢的学者和诗人都在觊觎着那片不毛之地的壮美，波德莱尔、兰波、洛特雷阿蒙、克尔凯郭尔、尼采等等早已是新世界的探险者，齐奥朗则是这一耀眼队列中的一名新丁，"所有神话其实都沾满了我们的鲜血，而文学也一直在我们身上培养着对效果的嗜好"。如果说波德莱尔运用贫穷、堕落、邪恶之物锻造崭新的诗篇，齐奥朗则希望用同样的物件锻造崭新的思想。习见是如此顽强和固执，它将最具野心的作家逼入荒野逼入禁忌之地，在那里收获的宝藏的确是血淋淋的，但作为一名“现代”作家，你再也不可能直接越过粗糙的贝壳抓住圆润的珍珠。

向恶的真理敞开怀抱，齐奥朗深知其中的危险和魅力，齐奥朗为此设置的安全阀是与“行动这个万恶之母”隔绝，恶因而不再与自然秩序直接对立，而是属于意识的范畴，相反“宽容和鄙夷所具备的那份漠然，却能使时间变得非常舒适地空洞”。齐奥朗进一步从反面加以论述：“一切道德对善良都构成威胁，唯有漫不经心能拯救它。”齐奥朗书写了多少恶狠狠的字句，书写过多少让人恶心的事物，可是说到底你仍然会对他感觉亲近，你并不真的觉得这位作者就是一个“恶人”，因为“人们所犯的荒谬而令人惊讶的错误是相信他们使用的语言与事物相关”——在此我们需要再次引用诺瓦利斯的这句名言。正途已经被伪善彻底阻断，而恶之小径倒出人意外地生机勃勃。在人类生活中，唯有卑贱的部分能获得最丰富的意义，而诅咒也就是最实际的走向祝福的途径。齐奥朗仍然在用自己近乎耸人听闻的言行践行着那句永恒的名言：“向下的路就是向上的路。”

在一种将忧伤禀赋推进到邪恶境地的孤独中，齐奥朗有条不紊地出版着自己的著作，其默默无闻的“反响”倒是暗合了他关于绝响的幻想。在1937年移居巴黎之前，齐奥朗出版了罗马尼亚文的《在绝望之巅》《欺瞒之书》《罗马尼亚的变革》《眼泪与圣徒》等著作，这些著作一开始就奠定了贯穿齐奥朗整个创作生涯的激昂狂热的文风，其中透露出的反犹情绪更是让日后定居法国的齐奥朗自己都震惊莫名。1946年起，齐奥朗决定用法语写作，写作语言的转变其实暗示着和自己母语的决裂，而一个新人弹夹里仍旧夹带着过去的火药。随后，齐奥朗陆续出版了《解体概要》《苦涩三段论》《存在之诱惑》《历史与乌托邦》《坠入时间》《恶质造物主》《供词与诅咒》等著作。齐奥朗支离破碎的叙述方式为他在文学圈赢得好评，但是在图书市场他的书一直处于寂静的边缘，而这显然有助于齐奥朗常年保持着怒视群氓的基本姿态。

1986年，齐奥朗以《赞赏练习》之名出版了自1957年以来陆续撰写的一系列人物肖像，以随笔形式分析了瓦雷里、贝克特、圣-琼·佩斯、菲茨杰拉德、米肖等一众文学名家。这些文章由于要迁就对于人物的描摹，齐奥朗不得不拧紧了逻辑链条，收束了想象空间，其跃向天堂或地狱的持久不息的冲动也不得不有所收敛，一种被简化的意义则水落石出。并不让人意外的是，这本书成为齐奥朗生前最畅销的书，他也凭借此书而声名鹊起。这真是莫大的讽刺，倒也没有脱离齐奥朗斜睨世界的眼神，正如他在哀叹博尔赫斯的盛名时所言：“功成名就是最惨烈的刑罚。”苦思冥想的印记在《赞赏练习》一书中显著弱化了，想必齐奥朗也写得更为轻松愉悦——他不用再紧盯着泛着恶臭的地狱之河，也不用观察“被活剥的人瞳孔中闪烁的罪恶”。在这里，对于米肖、贝克特等友人充满人情味的描写取代了对人世的诅咒，而这些原本就可以轻易唤起世人浅薄的好奇心。

诗人米肖、小说家贝克特和齐奥朗确实是同道中人，人以群分，这三个人成为朋友再正常不过。他和米肖一起看电影，他和贝克特等友人共进晚餐；世俗场景和他们在精神世界的猛烈形成对照，自有一种奇特的魅力。米肖一个流传甚广的轶闻是，在每一周必须要确保有一整天不接电话不和人说话甚至不自言自语——一个向静默致敬的一天。这就像是齐奥朗的主意，而贝克特其人其文之冷峻早就名闻遐迩，他的小说和戏剧里充斥着浅白的对话，可是他有妙招让这些大白话在上下文关系中忽然发出异彩，甚至比齐奥朗那些处心积虑的字句更加耀眼。“他的作品不止一页在我看来就像某个宇宙时代结束之后的一种独白……仿佛进入一个死后的宇宙，某些从万事万物，甚至从他自己的诅咒中释放出来的精灵梦见的地形。”——齐奥朗的钦佩之情溢于言表。

米肖和贝克特是风格迥异的作家，但是在优雅隐忍的外表下都隐藏着猛烈的激情，语言的激情又从另一面禁锢了行动，正是这复杂的体验引起齐奥朗的共鸣，他对米肖的一段评价也因而完全可以用来形容他自己："米肖通过他的内心的狂飙和出击的欲望，而加入到神秘主义行列，他想攻击那些不可想象的东西，迫使其开启大门，然后永不停歇，在任何危险面前永不退却地追寻下去。由于他既没有在绝对之中启航的运气，也没有不幸，他制造了自己的万丈深渊，然后一头扎下去并描绘它们。"深渊对于齐奥朗亦如同冠冕，他的著作总体而言就像是一个掉入深渊的人的嘶喊，你甚至分不清那到底是恐惧还是惊喜。早在1937年，齐奥朗就在《眼泪与圣徒》一书中以戏谑的口吻写道："圣徒活在火焰之中，智者活在火焰之旁。"他一贯以近乎狂热信徒的语气反对着狂热，以一种极端反对着另一种极端。矛盾修辞贯穿始终，内心的撕扯呼唤着诗意和沉沦。悖论无处不在，齐奥朗则在悖论的罅隙中呈现出真诚的智者的面容，其下则是一团熊熊燃烧的火焰。齐奥朗正是烈火中的智者，火焰同时赋予他热烈和虚无，文字却因此而长存。

原刊于《天南》2011年8月6日

诗歌作为噱头的战地报道

《战地行纪》的散文部分从W. H. 奥登和克里斯托弗·衣修伍德1938年1月28日进入广州开始，一直写到1938年6月12日他们乘坐“亚洲皇后号”邮轮离开上海为止，当时中国抗击日本侵略的战争激战正酣，两位年轻的英国作家几乎穿越了大半个中国，因为中国当时正在积极争取国际援助，他们在中国所受到的礼遇也就可以想象了。在国民政府方面，他们受到了蒋介石、宋美龄、李宗仁、吴铁城、熊式辉、蒋鼎文的接见，而在汉口史沫特莱的居所，他们也偶遇了共产党的领导人周恩来、博古。在汉口，他们甚至拜访了著名的青帮大亨杜月笙，那是“一个戒备森严的城堡，门厅里至少布置了十二个随从”。所有这些人物，对于中国当代读者而言都堪称传奇人物，当然对于热爱西方诗歌的我来说，奥登也是一个传奇人物。这样的交集本身就令人神往，那个英文版《奥登诗选》封面上满脸皱纹的脸庞（奥登晚年照片），竟然也年轻过，更让人惊讶的是，奥登竟然和一众中国近代史上的传奇人物有过面对面的接触，为他们拍照（奥登为周恩来拍的那张照片，是我见过的周恩来最漂亮的照片），向他们提问，倾听他们的回答。

从另一方面，这些中国近代史上的传奇人物，也因为奥登和衣修伍德细致的描述而变得生动起来，这是宋美龄："她是个小个子的圆脸女士，着装高雅，与其说是漂亮不如说是很活泼，拥有一种几近可怕的魅力和自信。"这是蒋介石："我们几乎不可能从眼前这个谢顶的、面目和善、眼睛黑亮的男子，认出新闻短片里那个披着斗篷、腰板挺得笔直的人物。在公开和正式的场合，蒋近乎是个阴险的怪物；他犹如某种幽灵虚弱而面无表情。在这里的私人场合，他显得和蔼而腼腆。"这是博古："博古对每件事情都会笑——日本人，战争，胜利，失败。我们问他八路军都有什么最新消息，眼下的状况如何？'很可怕！'博古哈哈笑着。"这是李宗仁："他非常礼貌，肤色较黑，嘴巴很大，眼睛深邃而机智。通过我们的翻译，我们提出要去前线。李回答说前线极其危险。我们回答说我们不在乎。李鞠躬致意，我们也回礼。"这是杜月笙："杜高高瘦瘦的，那张脸就像从石头里劈出来一样：一个中国版的斯芬克斯。让人莫名其妙而又特别害怕的是他那双脚，穿着丝质短袜和时髦的欧式尖头长筒靴，从丝绸长袍下露了出来。"

这样的细节足以引起中国当代读者猎奇式的兴趣，当然作为文学家出身的"业余记者"，——奥登就曾说过："所有的艺术家都必须担负一点新闻记者的职责。"——，他们的视野比一般的新闻记者要广阔得多，这不仅体现在他们对于这些重要政治人物细致的描摹，而且也体现在他们对所见的任何事物都保持着一种好奇心，看起来他们事无巨细都给予了相当细致的描述，只要这些事件引起了他们足够的兴趣，在这里他们显露出文学家的底色。仅举一例：当奥登和衣修伍德“从严酷的旅行中解脱出来”，在温州登上海轮准备前往上海，他们倚着栏杆，把硬币和十美分纸币丢到码头边沿，然后等着，看它们多久才会被人注意到捡起来。“一枚硬币就落在一个小男孩旁边，也就四或五岁，身上很脏。”然后小男孩不动声色地用脚指头去够那个硬币，非常缓慢地把它拨到伸手能捡的位置，眼睛甚至都不曾往下看。把它放进口袋后，他站起身，带有一种极其漫不经心的神气，一摇一摆走开了。跟着则是英国小说家的慨叹：“这是我平生所见最令人震撼的事情之一，它道出了苦力挣扎求生的真实一幕。”如果这样的细节都被充分注意，可以想象这会是怎样一部巨细靡遗的珍贵历史记录。1938年战乱中的苦难中国借由这些文字而被部分地幸运保存，当我们翻开书页，那些古旧的人物、事件似乎复活了，栩栩如生地呈现在我们面前。半年多的观察在历史的长河中只能算是惊鸿一瞥，但是文字自有一种切入意义深层的奇特惯性，换句话说，这本书仍旧可以使我们对于历史产生一种崭新的认识，甚至像刚打开的蒸笼，飘着触手可及的香味。

如果《战地行纪》只有散文部分，它仍然会是一本引人入胜的书，但是仅凭那些精彩的史料，在一众关于中国近代史的目击式见证式的书籍中，它顶多也就是较有特色的一本罢了。使这本书格外显得与众不同的是，奥登根据此次中国之行创作的组诗《在战争时期》以及长篇的《诗体解说词》，这些诗作提升了本书的价值，使它超越了新闻报道火热又急躁的面目，获得了某种恒久的文学价值。这些诗作带领我们上升，历史画卷——哪怕是波澜壮阔的历史画卷终于在视野中变得渺小和缥缈起来，从而获得了某种寓意，成为某种象征，而人在历史面前忐忑不安的道德动机则成为首先需要探讨的紧迫问题。

《战地行纪》散文部分最终是由衣修伍德操刀的，因而时常可以见到对于奥登的描述，比如“奥登递过了雪茄”，“奥登去上厕所”，“奥登在看《荒凉山庄》”，等等，但是衣修伍德的创作全部取材于他和奥登分别撰写的旅行日记，也就是说，奥登将中国战地行的事实报道部分都让给了衣修伍德来做。1938年夏天他们辗转日本、加拿大、美国回到英国，到8月份他们又去到比利时布鲁塞尔，在联邦街83号租了间房，奥登潜心创作《战地行纪》中的诗歌部分，而衣修伍德则以两人的笔记为素材撰写《战地行纪》的散文部分。“洗澡，然后在咖啡馆爬格子”，奥登上午写作，下午就泡在布鲁塞尔的游泳池里，日子过得好不惬意。幸好有小说家衣修伍德同行，使奥登摆脱了在他看来挑战性不大的新闻写作，得以全身心地投入诗歌创作中。大约两个月后，组诗《在战争时期》和长篇的《诗体解说词》告竣。这些诗作很快被誉为“是三十年代奥登诗歌中最深刻、最有创新的篇章，也许是三十年代最伟大的英语诗歌”（语出奥登研究者门德尔松），而约翰·富勒则将这些诗称作“奥登的《人论》”。

对我来说，《战地行纪》散文部分和诗歌部分恰好昭示出两种不同的看待“现实”的态度，散文部分尽管有一些类似于小说的极为细致的细节描述，但总体而言是新闻报道式的，它关心的是历史事实和细节的准确性，当然其中也一定包含着作者自身的带有灵感的发现。而《战地行纪》的诗歌部分则形象地演示了一个卓越的诗人如何从“现实”取材为自己的文学观念和哲学观念服务的整个过程，我甚至觉得它为眼下中国诗坛关于诗与现实、政治的争论提供了一个值得借鉴的例证。组诗《在战争时期》总共有二十七首，前十二首几乎完全没有直接涉及奥登刚刚亲历过的中日战争，它们都和人类历史有关（取材于希腊罗马神话及圣经故事），每一首各自借用了历史记忆中的神话或人格原型：创世记、伊甸园、为万物命名的亚当、农夫、骑士、国王或圣徒、古代学者、诗人、城市建造者、宙斯与盖尼米德的神话故事。这些貌似游离于“现实”的诗歌，其实赋予奥登审视历史的独特方法：他的人间情怀使他得以建立起历史与现世的道德联系，并顺便为整组诗提供了一个重要的文学主题——人类在面临危机时的道德取向。

奥登娴熟的讽喻技巧使他在诗行独有的音乐性中自如驰

骋，而道德的各个面向也就被他敏捷地触及。第一首诗是整个组诗的创世篇，奥登借用《圣经·启示录》中神谕般的口吻，揭示了人类与其他生物不同的情况："最轻柔的风也会吓得他去改头换面。"其后有关农夫、诗人、骑士、古代占星家的诗篇都有一种隐晦的衰败的语调，诸如："而暴君将他奉为一个典范。""但突然间大地如此拥挤：他已不被待见。""他看见了自己，凡夫俗子中的一个。""他抱紧他的悲伤如守着一小块地。"这衰败的语调终于从第十三首开始将人们拽入战争的地狱般的场景。在这组诗中，奥登的义愤几乎是溢于言表的，但并不是以声嘶力竭的方式道出的，他始终谨守诗的法则，而这法则也赋予他圆润的感人的嗓音（就像我们在许多杰作里发现的那样，安静的语调、低声的倾诉往往更能打动我们），哪怕他在抨击或者愤怒。当然，我们需要立刻加注的是，由于之前十二首更抽象的诗作的铺垫，这抨击和愤怒已经处在更高意义的维度上，它们一同践行着那句名言："诗是语言的最高方式。"

当奥登在布鲁塞尔联邦街83号撰写这些诗歌时，中国之行刚刚过去不过两个月，《战地行纪》散文部分中记录的残酷战争场景，人类苦难的场景一定还在奥登眼前闪动，但是奥登知道自己作为诗人的职责之所在，尽管他也说过"所有的艺术家都必须担负一点新闻记者的职责"，但是担负的程度他说得很明确——一点。而且他也知道在衣修伍德的散文部分中，中国战地之行的事实细节将会得到淋漓尽致地阐发，那么在自己的诗中，奥登就没有过多铺陈，而是将原本宝贵的诗行用来从更高的层面集中探讨他所关心的道德主题。第十七首是对商丘一家战地医院里伤病员的描写，我们先看看衣修伍德在散文里是怎样描写这间医院的："我们发现有个房间里躺了十一个人，那里长不过十英尺，宽才八英尺。在一间屋子里，一条患了气性坏疽的腿散发出如此强烈的恶臭，我只得跑到外边，以免当场呕吐。这里没有X光设备，能够取出的子弹自然少之又少。那些伤重者只能听任其死去。"奥登当然也看见了这些强烈刺激感官的场面，但是在诗中没有滥用这种刺激感官的场景，在诗的第一行，奥登就用高度概括的方式描写了这些悲惨的伤病员："他们活着，受着苦；已尽了全力。"接下来第二行出现了绷带的意象，但依然是有所节制的："一条绷带遮蔽了生气勃勃的人世。"在这首十四行诗中，奥登又提到过"手术器械""一条腿的健康""一道伤"等医院意象，但是所有这些实在的现实意象都被诸如"人世""世界""真理""信仰""爱的思想"等抽象概念所削弱，最终这些实在的现实意象成为上述抽象概念的助产士——自然是在奥登高超诗艺的驱使下。也就是说，在这些诗中，奥登并不急于展示战争的创伤，提出简单的控诉，而是以这些残酷的战争场景为契机，探讨更深层的人的道德、心灵、信仰等诸多问题，的确对于每一个人没有比这些问题更迫切的了，如果文学不以这些问题为母题，文学的价值将会大打折扣。

关于道德义愤，《战地行纪》散文部分也表现得更为直观，奥登和衣修伍德在上海经一位知名英国商人介绍，和四个日本人——一个领事官员、一个商人、一个银行家，还有一个铁路局长——共进午餐（这也是此次战地行，奥登和衣修伍德唯一一次和日本人面对面的接触），席间当日本人恬不知耻地表示："在日本，我们对中国人民绝对没有任何仇恨。"奥登和衣修伍德被激怒了，他们难掩自己激动的情绪："他们为何会有仇恨？他们的城镇被焚烧，他们的妇女被奸污过吗？他们挨过炸弹吗？"而在组诗《在战争时期》里，最溢于言表的愤怒表现在第十八首，那是奥登在中国旅行期间写下的唯一诗歌作品，他曾在武汉文艺界为欢迎奥登和衣修伍德来访的招待会上当众朗诵过这首诗，诗的最后两节如下：

他不知善也不选择善，却将我们启迪，
如一个逗号为之平添了意义，
当他在中国化身尘埃，我们女儿才得以

去热爱这片土地，在那些恶狗面前
才不会再受凌辱；于是，那有河、有山、
有村屋的地方，才会有人烟。

——依然是在富有节奏的韵律中，在广泛的道德的背景下，展开对于恶的鞭挞。因此，我们可以简单地概括说，这本《战地行纪》是以诗歌为锴头的战地报道。衣修伍德撰写的散文部分，固然细致生动，有时不乏灵感闪现的描写，但是奥登的诗歌则将整本书提升到诗的高度，所有的苦难、怜悯都是在迹近漠然的更高层面展开的，人们在地狱的景象中受苦，但是“山峦审判不了我们，若我们说了谎”，而“审判”和“说谎”自然都和道德裁决有关，这时候上帝在做什么？他保持静默——“大地听从着智慧的邪恶者直到他们死亡。”

原刊于《新京报》2013年3月9日

作为书评人的奥登

在奥登为《埃德加·爱伦·坡：散文、诗歌和“我发现了”选集》一书所作的序言中，对于坡未能充分发挥作为评论家的全部潜能表达了某种遗憾：“他的许多最出色的评论永远不会被广泛阅读，因为它们湮没在对无聊作家的评论中。”原本坡用来消化最粗粝难咽食物的批评胃口不得不被迫以文学稀粥为食，随后奥登列举了一长串坡的评论对象，其中绝大多数作品都已被一浪高过一浪的文学浪潮所吞噬，当今没几个读者读过它们。作为反证，奥登列举了坡最忠实的拥趸波德莱尔的批评对象——德拉克洛瓦、瓦格纳、雨果等等，奥登的意思再明确不过：一流的评论家需要一流的评论素材。一部优秀的文学作品总是由富有表现力的词句和丰富的意旨构成，面对这样的作品，批评家才有更多腾挪的空间施展自己柔软灵活的身段，否则批评家只能无奈地给予拙劣的作品以粗暴的批评，而这在奥登看来除了展示评论家的虚荣心之外，一点好处也没有，在那篇流传甚广的奥登代表性文章《论阅读》中，他呼吁评论家对坏作品要保持沉默。

事实上，《论阅读》和另一篇优秀之作《论写作》大概是奥登的批评性文章最早译介到中文世界的，1987年英国作家戴维·洛奇编选的两卷本《二十世纪文学评论》由上海译文出版社出了中文版，在下卷中就收有《论写作》。这两篇精彩的文章连同查良铮翻译的战时组诗，令一帮对西方文学如饥似渴的中国年轻写作者对奥登充满了敬仰和想象。此后二十多年只有几份杂志对奥登作品偶有译介，因此直到上海译文出版社策划的这套五卷本文集，才使得奥登在中文世界拥有了一个较完整的形象。这套文集还在出版过程中，两本评论集中《染匠之手》里的文章写作时间更早，但因为出版流程问题，反倒是收录奥登较后期文章的《序跋集》先行出版了。《序跋集》收入四十六篇序言、导言和书评，最早的《从奥古斯都到奥古斯丁》发表于1944年9月25日《新共和》杂志，最晚的评论奥登多年同性伴侣切斯特·卡尔曼诗集《郑重其事》的《重要的声音》发表于1972年3月号的《哈泼斯杂志》，其时奥登已经六十五岁，到次年的9月29日即病逝于奥地利维也纳。

坦率地说，如果我们怀揣对《论阅读》和《论写作》的美好印象来看《序跋集》，有所失望是难以避免的。戴维·洛奇眼光犀利，两卷本的《二十世纪文学评论》选入的批评家都是英美最出色的，每个人不过收入一两篇文章而已，自然都是各自最出色的。《序跋集》的文章固然水准有所参差，但总体而言少有超越《论阅读》和《论写作》的。这使我们不免遐想，也许在《染匠之手》中会有更多出色的篇什，写作《染匠之手》里的那些文章时，奥登更年轻也更有野心。对于书评之类的评论性文章，奥登原本就不是那么看重，他曾说过写诗是因为热爱，而写文章则不然，是受人委托，为稻粱谋，尽管对自身并不是毫无要求。随着年龄的增长，有迹象表明，奥登对于批评性文章的自我要求有进一步降低的趋势，比如《序跋集》中最后发表的《重要的声音》，蔡海燕在中译本序言中就直言“颇有难以卒读之感”，我亦有同感。这篇文章是评论奥登的同居好友卡尔曼的诗集《郑重其事》，卡尔曼的诗才从文中引用的片段看是极为平庸的，奥登大概也很少写这类言不由衷的文章，他写得累我们看得累，比如：“我自己很难理解这首诗，但我肯定不是因为作者无能才造成这种阅读困难。”我们的感觉是，也许奥登骨子里其实是认为作者无能的，只是在情感上不愿承认罢了。又如：“可是我也相信没有读者会理解不了那首迷人的《身体向灵魂的控诉》，很明显，那首诗以马维尔的诗为基础，但绝不是模仿之作。”句子后半部分的辩解显得软弱无力，言不由衷。所以到文章末尾，当奥登断言“在我看来，《非洲大使》是近二十年来最具独创性、最重要的诗歌之一”时，根本没有人会相信这是真的。因为情感，奥登给卡尔曼写这篇“吹捧”文章或许可以得到读者的谅解，但是这篇文章无论如何不该收入有点盖棺论定意味的两卷本文集中（要知道奥登全部散文有六卷之多），如果再苛刻一点，奥登根本就不该写这样的文章。当然，在《序跋集》中像这样的文章是绝无仅有的，但正因为它太过刺眼，所以要首先谈它。

阅读的失望来自于过高的期望，同时也来自于对比。在看《序跋集》时，我不止一次想起艾略特和希尼的名字，后两位诗人都是英语世界里兼具诗人和批评家身份的，甚至有不少人将艾略特和奥登相提并论，一个广为流传的说法是：美国诗歌由于艾略特加入英国籍所失去的，由于奥登赴美并加入美国籍而弥补回来了。仅就《序跋集》里的文章来看，我的感觉是艾略特和希尼的评论要比奥登的评论更出色一些。一个重要的原因正是奥登自己强调过的"一流的评论家需要一流的评论素材"，艾略特和希尼的评论文章多半围绕诗歌展开，较窄的出口为文章的深度提供了可能。反观《序跋集》里的四十六篇文章，从主题上来讲铺得太开，涉及诗歌、小说、音乐、历史、社会学、医学等多种领域，这固然反映出奥登旺盛的阅读胃口，但指望一个人在所有这些领域都做到精深的了解几乎是不可能的。在书的末尾，我甚至惊奇地看到一篇有关《饮食的艺术》的书评《生活的厨房》，在文中奥登大谈食谱、罗宋汤和咖喱鸡，也有一些有意思的说法，比如："厨艺差劲是男人的特点，这是因为男性想象中的自我中心倾向，他们往往把自己想象成女人，幻想什么样的饭菜能够诱惑自己，这是他们做饭的方法。"但是由奥登来谈这些，有点大材小用的感觉或者说是有点离题了。也许在写这类文章时，奥登想到的是英国随笔传统，像切斯特顿这样的随笔作家，随便拿起一个题目就可以写出一篇妙趣盎然的美文，但是这方面又不是奥登所长，以随笔的标准比，奥登这类文章和切斯特顿也是有差距的。

《序跋集》中类似的文章还有有关美国职业登山家大卫·罗伯茨的著作《黛博拉山》的书评，有关英国生物学家及脑神经学家奥利弗·萨克斯的著作《偏头疼》的书评，有关美国人类学家及自然科学作家洛伦·艾斯利的著作《意想不到的宇宙》的书评，有关博物学家罗利斯·J. 米尔恩与玛丽杰·米尔恩夫妇的著作《动物与人的感官》的书评，诸如此类。这些文章孤立地看，都是不错的随笔，都是建立在仔细阅读基础之上，行文不乏诙谐和机智，但是和我们对于奥登的期望相比还是存在差距。也许因为生计问题，奥登太需要这些稿费了，对于美国那些稿酬较高的报刊约稿做了妥协，但还是那句话，这些文章原本不用收在两卷本的精选散文集中。

好在《序跋集》是一本厚书，译成中文有三十七万字，剔除这几篇较弱的文章，优秀之作仍旧占据了全书的大多数篇幅。意料之中的是，《序跋集》中的优秀文章主要涉及三大主题——文学（以诗歌为主）、艺术和宗教。在诗歌写作上奥登倾注大量心血，他自己也是公认的英国乃至世界二十世纪最杰出的诗人之一，奥登谈起诗歌很像是手艺高超的匠人谈起自己隐蔽的心得，往往能切中肯綮。在《序跋集》中，奥登评论过的诗人包括莎士比亚、蒲柏、爱伦·坡、丁尼生、豪斯曼、卡瓦菲斯、霍夫曼斯塔尔、吉卜林、瓦雷里、柯尔斯坦。在这个行列中，只有柯尔斯坦的文学地位尚存疑问，尽管奥登在文章中为他的诗集在出版商和公众那里迭遭冷遇鸣不平，声称《一个一等兵的诗》是不久前那场战争的写照，并且不顾批评的忌讳，用最高级的形容词给这本诗集下评语："这是目前为止我所读过的最可信、最动人、也最令人难忘的一本战争诗集。"但是几十年过去了，奥登的这篇书评显然对柯尔斯坦文学声誉的提升帮助不大，现在已经没有多少人知道他了，遑论读他的诗集。另外的有关诗人的文章也和一般的诗评不一样，奥登始终谨守书评的逻辑，除非他所评的书是一本诗集，他才会较多地从诗歌文本分析入手，但是如果这本书是一本书信集，例如《A. E. 豪斯曼信札》、《理查·斯特劳斯与胡戈·冯·霍夫曼斯塔尔通信集》和《奥斯卡·王尔德书信全集》，奥登就会从书信的内容展开他的评论，这时候对于诗人生平经历的描述将占据文章的中心，而对于他们诗作的评论往往是附带的。

奥登这样处理，一方面是书评写作的内在要求使然，来自书评报刊的约稿给书评人提供了写作一篇批评性文章的恰如其分的借口，同时这个约稿里显然也隐含有要求——就是文章得围绕书本进行，你可以借题发挥，可以触类旁通，但总不能离题太远，也就是说这种约稿本质上要求一种客观性，对于写作者通常容易泛滥的自我是一种有效的抑制。另一方面，奥登对学院派功架十足的论文向无好感，在《染匠之手》的序言中，他曾坦率批评过这类文章："在我看来，有完整体系的文艺批评却是没有生气甚至是虚假的。我在重读自己所写的批评文字时，只要可能，就把它们改成札记的形式，因为我自己作为读者时，也宁愿看一个批评家的札记而不愿读他的学术论文。"因为有这样的想法，书评这种相对开放的文体对奥登来说正好是摆脱学院论文体的一种方式。书评不需要像学院论文那样有一个比较核心的论题和看法，只要和书相关，随便扯一个线头就可以继续下去，一个话题说完也可以很便利地切入下一个问题，书评对于文字内部的逻辑要求要远小于学院派学术论文，当它再松散一些就是奥登所喜欢的札记形式了。尽管书评这种文体有一种内在的低调，但在奥登看来未必就不如学术论文——哪怕在学术价值上。好的书评在拉拉杂杂的叙述中经常有让人眼前一亮的发现，真知灼见最真实的呈现往往就是灵光一闪，拉开功架的集团军作战，倒往往收获的是虚无和虚荣，这在批评性写作中是常有的事。

基于这样的认识，奥登哪怕在给几本诗集撰写序言或者书评时，也是以他所擅长的随笔笔调展开的。在给威廉·伯顿编辑的《莎士比亚十四行诗》所撰写的序言中，对于那些大费周章想要臆测这些十四行诗到底为谁而写，以及写作的确切时间的努力，奥登表达了不屑："我真正反对的是他们的那种错觉，即以为假使他们成功，假使那位朋友、黑女郎、情敌等人的身份能被确定无疑地查实，这将有助于我们对诗歌本身的理解。”事实上，这是奥登诗学的一个核心观念，他在数篇文章中都从不同角度提及过这一观点，即诗歌的水准和诗人的生平经历没有必然联系，任何试图从诗人阅历中寻求理解诗歌的钥匙，都将注定以失败告终。这个观点很接近二十世纪中叶美国文学批评界的“显学”新批评派的观念，新批评正是从这里出发开始了他们精细入微的纯文本解读，而对于体系化批评的反感和警惕，使奥登刚刚和新批评会合随即又分道扬镳。奥登强调诗歌文本的独立性但并不死守于文本，他仍然会以他的方式提及诗人的生平、诗歌的个人和时代的背景、诗歌接受的历史等等，同时他也很警觉，时不时会强调所有这些和诗歌文本疏离又复杂的关系。

某些细读式批评唬人之处在于，文本分析引经据典头头是道，高屋建瓴逻辑缜密，可是所评诗作却是一首拙劣之作。事实上，最好的批评实质在于某种不容置辩的判断力，它给出高见同时又具备神秘的说服力。在状态好的时候，奥登当然具备这个能力：“在通读这154首十四行诗的过程中，我发现其中49首从头至尾都堪称完美，余下的多首有那么一两句让人印象深刻的，但还有几首若非出于责任感则不忍卒读。”这是一种权威的声音，但到底是哪四十九首完美，哪些糟糕到不忍卒读，奥登并没有列举出来，也没有给出这么判断的理由。如果是学术论文，这些恐怕都是破绽之处，但对于随笔式的书评，只要整篇文章有整体上的说服力，那么也就会给这样的判断带来某种信服感——至少是信服的氛围。如果奥登真把这些诗分门别类列举出来，再老老实实给出理由，这篇文章也就不用看了——其冗赘和枯燥是可以想象的。对于批评性随笔，行文的优雅和见识本身是决定性的，对于见识的证明——和人们想象的相反——其实真没那么重要，因为它所批评的诗作本身就是有力的证明，二流批评家恰恰在这里颠倒了主次。

在这篇长序中，另一个令人印象深刻的观点是奥登对于技巧的强调，他一定同意庞德那句名言："技巧考验真诚。"同时，这也使奥登再次向新批评派靠拢。这并不奇怪，最好的诗人和批评家其实经常以不同的方式说着同一句话，而拙劣诗人说的话那才叫千奇百怪呢。奥登的表述没有庞德的那么精练，但好在清晰，而且避免了新批评批评家经常犯的毛病——冗赘。"那些表达强烈情感——无论是爱慕、愤怒、悲伤还是憎恶——的十四行诗其效果在很大程度上应归功于莎士比亚娴熟的技巧，倘若没有修辞手法提供的限制和间离，强烈和直接的情感产生的可能不是一首诗，而是一份令人难堪的'人类档案'。"这立刻让我想起当代汉语诗坛里的那些洋洋自得的"人类档案"，当然是在前卫和先锋旗号的掩护下。

关于试图从诗人生平理解诗歌的批评家的抨击言犹在耳，紧接着在有关蒲柏的评论《文明的声音》中，奥登的语气却发生了变化，之前的严厉变成了犹疑：“一般说来，了解艺术家的生活，未必就能理解他的作品。但在我看来，蒲柏却是个特例。”因为蒲柏许多优秀之作属于应景之作，更多地和蒲柏生活中的敌友有关，不了解这些人物也就很难更好地理解蒲柏的作品。奥登给出的理由自然有道理，但是批评家在不同的文章中给出貌似相左的意见却并非罕见，只是这两篇文章在《序跋集》中恰巧排在一起（事实上两篇文章写作时间相隔五年），显得比较突兀。在这一点上，我是理解奥登的，因为任何批评观念都是对一般情况的归纳，文学的魅力恰恰在于它的突破陈规的冲动，在于它的“意外”。小批评家手里批评的规条往往是僵硬的，而出色批评家批评的规条则有柔软的一面，可以充分考虑到批评对象的某种特殊性，并以这种包容的方式捍卫批评立场的坚定，而不是相反。用奥登自己的话说就是：“一个评论家，无论他的语气多么狂傲，都不会真的企图规定关于艺术的永恒真理；他总是能言善辩，与同时代人所持的典型误解、愚见和软弱作斗争。”

基于此，我们在奥登的文章里可以读到蒲柏和他所钟爱的玛丽·沃特利夫人关系疏离的原因：“一说玛丽夫人从蒲柏母亲处借了两床床单，一时疏忽，脏兮兮的就拿来还了；一说蒲柏不等时机成熟就疯狂示爱，她当场哈哈大笑。”也可以看到蒲柏和伏尔泰会面时的情形，看到蒲柏怎样教育自己的孩子，也可看到蒲柏如何逃过三次死劫。蒲柏的这些生平趣事逸闻增添了文章的趣味性、可读性，但在和蒲柏诗作联系方面奥登做得还不够，那么这些轶闻大概只能变成茶余饭后的谈资了。奥登特别推崇蒲柏的《秀发遭劫记》，而这篇文章最有价值的地方在我看来，是对于人们一贯误读的批驳："把蒲柏最好的作品和浪漫主义诗人包括华兹华斯最好的作品比较一番，会发现以普通人的对话风格写作的正是蒲柏，而浪漫主义诗人们使用的则是'诗性'语言。"但多少年蒲柏倒被假想为敌人，那种使用真正人的语言的诗人之敌。在有关丁尼生的评论中，奥登亦有创见，他把丁尼生和波德莱尔做比较，认为这两位表面看来大相径庭的诗人在精神层面却有高度的相似性。"波德莱尔认为艺术是超越善恶的，这很明智，丁尼生则是个傻瓜，他花力气去创作宣教理想的诗歌。但是丁尼生认为超越善恶的艺术不过是次要的游戏，这一点不错，波德莱尔则成为自己自尊心的受害者。"

从《序跋集》的文章里，我们还知道奥登喜欢希腊诗人卡瓦菲斯的作品："如果我不知道卡瓦菲斯，那么我写的一些诗就会大不相同，也可能根本就不会写。"而豪斯曼是一位出色的二流诗人，"即使我现在不常翻读他的诗歌，我也要感谢他，在我还年轻的时候，他曾给予我那般的快乐"。虽然"吉卜林的历史想象力饱受赞誉"，但是奥登给予吉卜林诗作的好评有点勉强，"他的每一首诗都受限于一种情感"。奥登对瓦雷里过度的矜持有所调侃，但对于瓦雷里随笔冥想的深度则高度评价，甚至文章标题直接就是《一个智者》。但综观全书，奥登将最高的赞美献给了歌德，“他处理各种诗体，无论是俗诗谐曲，还是抒情或肃穆的诗歌，都游刃有余”。《序跋集》里有三篇文章评论歌德作品，分别是为《少年维特之烦恼》英译本撰写的序言《维拉与诺维拉》，为《意大利游记》撰写的导言，为《歌德：交谈与会面》撰写的书评。三本书都不是歌德的诗集，但对于歌德诗歌作品的评价是难以避免的，奥登推崇歌德的两部作品《浮士德》和《赫尔曼与窦绿苔》，但他更偏爱的是《罗马哀歌》和《西东合集》。因为所评三本书都不是歌德诗集，奥登在文章里没有对歌德诗歌展开评论，他一如既往从书本出发，对歌德的意大利之旅背后的情形做出某种推测和分析，对于歌德与人交谈交往的方式从心理层面做出分析。但我们不难看出，奥登对于“个性特别复杂”的歌德推崇到近乎迷恋的地步，很显然歌德诗句在推动这种迷恋方面起到了至关重要的作用。这里其实涉及到批评源头的那种出自直觉的神秘的热爱，批评家随后貌似冷静甚至面面俱到的分析不过是给最初的热爱勉强寻找理由罢了。卓越的诗人批评家通常都知道审美这最初的靠近直觉的源头，这使他们在从事批评写作时总是能将身段放得更低，他们更看重自己作为诗人的地位，批评家身份他们多半不那么在意，有时候这样的心态反而有利于呈现批评神秘的那一面。而没有太多创作经验的学院派批评家则有可能过于看重自己掌握的“批评规律”，并将之奉为圭臬，最终却反而离题千里了。

总的来说，奥登是一位温和的评论家，这一方面体现在他所评论书籍宽泛的程度上——有些书籍要是换了个性强一点的批评家估计是不会理睬的；另一方面也体现在他文章的风格上，奥登一般不会激烈地表达自己的喜好和厌恶，也不会像庞德那样以不容置辩的语气给所评对象下最后的盖棺论定，甚至在这方面他比艾略特还要来得温和，想想艾略特对于整个浪漫派诗歌的厌恶，我们在奥登的文章里找不到相同程度的厌恶。奥登始终将他所评的书放在文章的中心位置，这是杜绝自我中心主义的方式，是风度的体现，但也是以文章力量受损为代价的。宽容对于批评家未见得是一个特别好的品质，但对于诗人也许是，某种隐蔽的同情心将会给诗句打上柔和的光泽，那大概正是事物得以永存的保鲜膜。到这里，我说得够清楚了：奥登是一流的诗人，但可能还算不上一流的批评家，如果你对他的文章有所失望，或许可以从他的诗句中找回热情。

原刊于《经济观察报》2016年2月29日

现代诗歌：燃烧的荆棘丛

“没有你出现，出现的只是额上的一绺头发；但是这头发也以隐喻的方式转化为了一束火焰，这火焰从自身中释放出了一整条燃烧的图像之链；这图像链是这首诗歌的感性事件。”这是从《现代诗歌的结构》一书中随意抽取的一句话，这既是分析又是感性的表达，诸如此类的语句最终将《现代诗歌的结构》塑造为一部堪称迷人的批评著作。很少有理论著作可以用迷人来形容，理论著作通常的分析性语言，往往将它们自身置于感性的对立面，睿智和逻辑链条的缜密往往就是对它们最佳的褒扬了。《现代诗歌的结构》当然不乏鞭辟入里的分析，甚至其分析的密度和精微一般的批评著作根本难以望其项背，但是恰恰这种极度理性的思维之线的复杂缠绕让人眩晕，很多时候这种眩晕和诗带来的眩晕属于同一维度内。也就是说，胡戈·弗里德里希在《现代诗歌的结构》一书中所使用的分析工具和所评论的那些杰出诗人诗作相得益彰，波德莱尔、兰波、马拉美诗作所携带的光芒也映射到弗里德里希的这部著作中，所以在读这部作品时，我们也会收获通常只有诗歌带给我们的意外和愉悦。

在《法国的浪漫主义》一节中，弗里德里希虽然不无远见地将现代诗歌创作称作是“去浪漫化的浪漫主义”，但整部书的主要工作正是在于通过对以波德莱尔、兰波、马拉美等经典现代派诗人的分析，去找寻现代诗歌独立于传统浪漫主义的内在结构和特征。对于现代诗歌是什么，弗里德里希明智地没有给予任何定义，他在《第一版序言》里并不确定地说：“这个问题的答案也许会从本书自身中呈现。”任何简单归纳都将是破绽百出的，只有循着优秀诗人诗作的轨迹，人们才能偶尔一窥其中堂奥，这就像出色的诗人也充分意识到循着表层意象才能窥探事物内在肌理一样，一部试图归纳现代诗歌内在结构的作品，它自身却依然很难被归纳，这体现出它的研究对象本身的复杂性，以及弗里德里希附着在所研究对象身上的“结论”的复杂性。其中的迷局既是魅力之源也是制造理解障碍的始作俑者。

作为一个诗歌新时代的鼓吹者，弗里德里希并没有草率地割裂现代诗歌和过去文化形态的联系，在第一章《展望与回顾》中，他为现代诗歌找到自身的理论之源：卢梭、狄德罗和诺瓦利斯。在晚年作品《一个孤独漫步者的遐想》中，卢梭成功地表达出一种前理性的存在确定性。这种确定性的内容是一种梦中的迷蒙，这迷蒙从机械时间沉入了内心时间，内心时间不再区分过去与此刻、纷乱与适意、幻想与现实。而内心时间最终构成一种现代抒情诗的圣地，让后来的诗人们得以脱离挤压人的可憎的现实。狄德罗则通过对于“天才”的表述（“真与假不再是天才的区分标准”），赋予幻想前所未有的能量：这是一种精神强力的自我运动，对其质量的量度要依据其产生的图像尺度，依据其理念的作用暴力，这种动力抛开了善与恶、真理与谬误之间的区别。从某种意义上，正是狄德罗打开了诗人想象的最后一道阀门，现代诗歌炫目的意象、奇诡的想象力多半源出于此。诺瓦利斯的诗歌属于典型的浪漫主义诗歌，那些特质正是弗里德里希试图从现代诗歌那里剥离的，可是诺瓦利斯在《断片集》及《奥夫特丁根》中所写下的反思要比其诗歌作品更加超前，其主要思想体现在对艺术自觉的强调：诗歌魔术是严厉的，是“幻想与思想力的统一，是一种操作”；诗歌语言“就如数学公式，它们制造了一个自为的世界，只与自己本身游戏”。——以上卢梭、狄德罗和诺瓦利斯的不无试探性的观念要到十九世纪，在波德莱尔那一代诗人身上才得到热烈的响应，并在具体的创作实践中结出硕果。

《现代诗歌的结构》的副标题是“19世纪中期至20世纪中期的抒情诗”，全书论述了十几位现代派诗人，但弗里德里希并没有将精力均衡地花费在这些诗人身上，全书一半以上的篇幅给予了波德莱尔、兰波和马拉美，相应地对于这三位诗人的分析也是全书最出彩的部分，弗里德里希将对这三位诗人的热爱化解在他条分缕析的解读之中，并据此提炼出他认为的现代诗歌现代性的主要征候。波德莱尔现在已是公认的现代诗歌的源头性人物，在波德莱尔经典地位的确立过程中，《现代诗歌的结构》有着举足轻重的地位，当然在此之前许多人包括艾略特、瓦雷里都赞叹过波德莱尔的诗，但是弗里德里希集中做出了准确又清晰的历史评价，阐明波德莱尔的诗歌有着怎样的转折性的意义。弗里德里希首先指出波德莱尔的独有问题在于，在商业化和技术化的文明中，诗歌如何成为可能。他的诗歌展示了这条道路，他的散文则从理论上详尽探讨了这一道路。随后弗里德里希指出波德莱尔诗歌去个人化倾向 :《恶之花》不是自白式抒情诗，不是私人状态的笔记，毋宁说它主要是一件被诗人精心制作的艺术品，其中包含的孤独、寡欢、受病之人的痛苦和典型的浪漫主义诗歌不同，是控制在一双专注于语词效果的眼睛的打量之下的。在一封信中波德莱尔谈到“我诗作中有意为之的非个人化，实际上是为了达到一种抽象效果，那就是试图表达出人类所有可能的意识状态”。基于这个原因，波德莱尔没有为自己诗作（像经典的浪漫主义诗人那样）标明创作日期，而是精心在结构上把《恶之花》塑造为一个有开端、分段的进展和结局的整体，就变得顺理成章了。弗里德里希对波德莱尔诗歌的分析，仅就其观念而言，在今天看来并不新鲜——这并不奇怪，《现代诗歌的结构》出版于1955年，由于此书巨大的影响力，其中的许多观念都已为后世学者和读者广泛接受，但是我们今天看这本书，依然会被书中美妙的笔触所打动，弗里德里希以其杰出的文字能力为自己更强调形式的观念做了最好的演绎。另一方面，虽然篇幅不大，但是弗里德里希在材料的掌握上显然花费了很大精力，他所引的波德莱尔观点就算是熟悉波德莱尔著作的读者也会觉得新颖，而且其中蕴含的深意也为弗里德里希精妙的阐发奠定了基础。比如："艺术的神奇特权就在于，可怕之物经过艺术性的表述，会成为美；节奏化了的、分段表述出的痛苦能让头脑充满一种宁静的欢乐。"这句话是对整个浪漫主义真诚观念的猛烈一击，同时为弗里德里希阐明诗歌要与心灵分离、形式要与内容分离的观念提供了强有力的佐证。

如果说对波德莱尔的分析在一定程度上奠定了其在文学史上的地位，那么有关兰波的分析则尽显弗里德里希超强的文本分析能力，因为和波德莱尔相比，兰波的诗句无疑更加晦涩和支离破碎，面对这样的诗句，绝大多数的批评家只能张口结舌或者只是在兰波的生平等外围资料上做些文章。我一直关注兰波诗歌，在我印象中，没有哪位批评家能像弗里德里希那样，将自己的分析深深扎根在兰波那炫目的诗句内部，不让相对容易掌握的传记资料来打乱自己的节奏。在对兰波诗歌的分析中，弗里德里希提出了几个重要的诗学概念：感性非现实和专制性幻想。所谓感性非现实是指事实上不存在的构成物（比如“肉之繁花，在星辰之林中浮现”等），通过词语本身的紧缩、省略、移置等强制作用变得迷人，它要比那些庸常的现实更加打动人心，如此艺术也就超越了对物质现实的简单描摹，直接作用于人们的心理和感性，反而更加逼真地呈现出人们在心理时间和空间里的种种感受。所谓专制性幻想其实是指某种强力幻想，借助这种幻想，诗人可以颠覆人与物之间的正常关系（“公证人悬挂在他的表链上”），也可以强行让相距遥远的事物相连，让显明之物与想象之物相连；这种幻想也可以涂抹出非现实的颜色（蓝色的水芹、绿色的钢琴师等等），也可以使原本单数的实物变为复数。无论是感性非现实还是专制性幻想，它们都是为了颠覆现实实有的秩序和实在的关系，以迎合人们内心的强烈愿望，而诗歌被确认为从庸常现实上起飞的梦想，现实的底座则确保这梦想有着乱真的“真实感”，从而更加撼动人心。诗不是对事物的简单描摹，它是调动人们感受力的富有魔力的词语组合，这种语言魔力和人们内心的疯狂相契合，而诗歌正是这两种魔力合力的产物。

马拉美曾坦言，他是从波德莱尔必须止步处开始的；在《现代诗歌的结构》中我们也可以获得这一印象——有关马拉美的分析是全书中最深奥难懂的，弗里德里希也直观地表述过相同的意思：马拉美的诗作“表现出的抽象程度远胜过兰波的喧腾”。波德莱尔、兰波的创作可以视作对传统浪漫主义挑衅性的反叛，那么他们作为传统诗歌倒影的作品依然可以从传统的路径中依稀获得某种完整的印象和阐释。马拉美的创作则是在波德莱尔轨道上持续地深入，他成功赋予波德莱尔的观念一种本体论的解释，他也为诗歌的晦暗、诗歌对可理解性之限制的偏离提供了本体论的解释。在马拉美的诗作中，诗歌创作与对诗歌的反思首次被等量齐观，马拉美一生精雕细琢的少量诗歌几乎完全指向诗本身——也就是一种绝对的存在，在这里，诗和存在首次达成某种亲缘关系，这比海德格尔的哲学早了很多年。但是正像弗里德里希指出的那样，马拉美的诗作并没有说教气，他对“静默”的挺进勇猛又倔强，这或许是因为马拉美清楚地知道，诗歌在极度的抽象和多义性中反而格外需要形式的维系，作为其歌吟的轨道和尺度。马拉美的诗及其对诗的思考相当程度上证明了，自十八世纪以来的美与真之间的分离已然实现。在这种近乎决断的乐观的语气中，弗里德里希敏锐地为自己的观察埋下伏笔，他马上就说：“然而恰恰是这种具有绝对形式的美提供了保障，让逻各斯的光辉，人性本质尊严的光辉即便在面对虚无时也不至于熄灭。”而在另一处，当他说马拉美将抒情诗提升到一个从未有过的高度时，他也立刻补充说：“这并不是一个让人幸福的高度”，因为“它缺少真正的超验者，缺少众神”。

作为一个嗅觉极为敏锐的学者，我们可以看到当弗里德里希沉浸在批评文本自身的愉悦中时，对自身观点所持的审慎态度，但是他不可能面面俱到，否则他将摧毁自己正在建设中的理论巴别塔。悖论的是，显然的几处漏洞也为弗里德里希的观念增添了几抹亲切的色彩，反而让它们变得更加有说服力。被许多人提及过的一个反对意见是，弗里德里希为“现代诗歌”选取的样本具有很大的局限性，他遗漏了大多数十九世纪末以来的杰出的德语和英语诗人，比如叶芝、里尔克、霍夫曼斯塔尔、特拉克尔、惠特曼、狄金森等等，因为这些诗人不能为弗里德里希煞费苦心提炼出来的“结构特征”所涵盖。再者，弗里德里希的高明之处在于对诗人写作过程的细致考察，典型如音韵对诗人选取词语时的引导作用，优美的音韵往往会把诗人引领到令他自己都惊讶的意义的处女地；他的许多观念的提出由于这个原因而别具魅力，可是对写作方式的了解并不能取代价值判断，也就是说，一首诗就算具有弗里德里希所阐发的感性非现实以及专制性幻想的写作手法，但并不能就此逆推这就是一首好诗，尽管弗里德里希都是从杰出诗人和作品中推导出这些巧妙手法的。最后一个问题就是弗里德里希提到过，但没有再深究的那个“缺少众神”，这是对马拉美高深诗作的批评，背后其实蕴含着写作的动力系统问题，执着于形式分析，通常会忽略一个诗人写作时所拥有的浑浊动机，一首好诗经常和批评家精深的分析不同，往往是在诗人处在迷醉状态时一挥而就的，同时又符合批评家的复杂分析。没有办法，人类的理性分析似乎总是跟不上感性狂欢的节奏，对于诗歌的分析往往也需要诗歌般的隐喻才能相对说得完善，弗里德里希对现代诗歌精彩的理论分析似乎就不如纪德的一个比喻来得准确和传神，在对兰波诗作的评论中，纪德恰切地将现代诗歌比作“燃烧的荆棘丛”。这一丛火红的荆棘包含着“感性非现实”，包含着“专制性幻想”，也包含弗里德里希不曾触及到的忘我的热情。

原刊于《时代周报》2011年2月21日

不死的俄罗斯之魂

《苏联的心灵》是在以赛亚·伯林逝世六年后的2003年出版的，按照伯林的本意，这本书再推迟若干年出版也许更好，原因是“在这个苏联刚刚解体的时刻（1991年），增加一些幸灾乐祸的文字似乎不合时宜——这样的东西已经出得太多了——以各种方式痛陈马克思主义、共产主义以及苏联政府的缺陷，揭露近来政变与革命发生的根源等等”。另一个原因则是伯林对自己多年陆续撰写的讨论苏联时期政治与文化的文章是否有很高价值持怀疑态度。这种怀疑一以贯之，早在伯林1945年首次访苏后撰写《斯大林统治下的俄罗斯艺术》一文时就有所表露，1946年3月在给当时美国驻苏联大使埃夫里尔·哈里曼的信中，伯林附上了这篇文章，并说：“我附上一份又臭又长的关于俄罗斯文学的书面报告，委托弗兰克·罗伯茨转交给您。我怀疑报告里是否有任何新鲜的或吸引人的内容。”

书的编者亨利·哈代对伯林谦卑的态度有点不以为然，认为伯林“大大低估了自己观点的独特性”，尽管哈代是一位出色尽职的编辑，可是他对于出版时机的敏感（“针对苏联与东欧共产主义体制的解体，我向伯林建议，正好借机将他讨论苏联的文章结集出版”），说明他到底和作者考虑的问题有所差异，伯林最关注的还是其作品的长远价值，而编辑因为职业关系不免要考虑一些实际的世俗因素。1990年苏联将解体的背景，加上伯林在学术界巨大的影响力，以及“共产主义时代俄国文化”的主题，这本书引起读者广泛关注是可以预期的。

实事求是地说，伯林的疑虑不无道理。作为一个严谨的学者，伯林著作通常都有一个明确主题，比如探讨“自由”的《自由论》，探讨“浪漫主义起源”的《浪漫主义的根源》，探讨十九世纪俄国知识分子生活、命运和思想的《俄国思想家》，关于观念史研究的《反潮流》，等等，几乎每本书都有一种持续深入的纵深感。《苏联的心灵》自然也可以说是探讨“共产主义时代的俄国文化”，可是它没有像伯林其他著作那样围绕某个主题集中地展开论述，因为某个纵深线索的牵引，从而将散落在各杂志中的论文有机地连缀成一个整体。这些集结在“苏联的心灵”名下的十篇文章仍然呈现出松散状态，只是简单地按写作时间的先后予以排序；其中既包括带有官方报告性质的文章《斯大林统治下的俄罗斯艺术》和《苏俄文化》（这两篇文章分别完成于伯林1945年和1956年两度赴苏联游历之后），也包括记述这两次游历观感的叙述体文章《访问列宁格勒》和《在苏联的四个星期》，还包括主要从文学批评的角度探讨两位杰出的俄罗斯诗人的文章《一位伟大的俄罗斯作家》和《鲍里斯·帕斯捷尔纳克》，前者是1965年给《纽约书评》撰写的关于曼德尔施塔姆散文集英译本的书评。《与阿赫玛托娃和帕斯捷尔纳克的交谈》是对和这两位作家见面时的详尽生动的描述，《苏联为什么选择隔离自己》和《人为辩证法：最高统帅斯大林与统治术》则主要从政治层面对苏联的政体进行评述，其中的例证主要来自于伯林在苏联的所见所闻。《不死的俄国知识阶层》写于苏联解体前的1990年，是本书中写作时间最晚的，文中充满苏联专制阴霾最终被驱散的喜悦："邪恶终将被战胜，奴役正在走向灭亡，人类有理由为这一切而感到自豪。"这样的十篇文章很难说构成了一部有内在逻辑性的专著，至少和伯林其余的几本文集比，这本书无疑在结构上随意许多。

从内容看，集中两篇概述苏联文化艺术状况的文章现在看来也流于简单，当然考虑到当时苏联和西方有意的隔离，——伯林首次游历苏联的第二年3月，丘吉尔就在美国密苏里州发表了一个声势凌人的演说，他描述"铁幕"在东欧和西欧之间，从波罗的海的斯泰丁到亚得里亚海的的里雅斯特落下——，伯林撰写的介绍文章对于西方人当时了解苏联文化现状，还是不无裨益，但其价值大约也就仅此而已，因为在后来的岁月中，相关的研究突飞猛进，我手头几本译成中文的专著就远比伯林的介绍来得翔实：生于俄国，1941年移居美国的学者马克·斯洛宁，分别于1953年和1964年在西方出版的《现代俄国文学史》和《苏维埃俄罗斯文学》，在伯林文章中还只是简单提及的一些苏联作家和艺术家，如巴别尔、伊凡诺夫、左琴科、阿·托尔斯泰、梅耶荷德、茨维塔耶娃等在斯洛宁的书中都有更加详细的评述；《西方视野中的白银时代》则在理论深度上更胜一筹。但伯林的好处是，他毕竟是在刚刚出访过苏联之后撰写那两篇介绍文章的，其中有更多来自于自己观察到的情景描述，而斯洛宁早在卫国战争期间就已经离开了苏联，而且伯林政治思想史家的学术出身，也使他哪怕在介绍苏联"文化"的时候也难免更多涉及政治层面的内容，对于苏联政府对作家的不信任、监视和迫害，以及作家对此的不同反应、造成的数种后果等都更为敏感一些。像这样的段落在一般的文学史中是不太容易见到的："作家一般被看作需要严密监视的人群，因为他们打交道的是观念这种危险品，因而要比对其他思想性不强的职业更加小心。"更广阔的观察视角和犀利笔锋是这两篇文章至今仍然可读的原因所在。

伯林无疑属于具有很高文学修养的哲学家和政治思想史学者，这从他对于曼德尔施塔姆、帕斯捷尔纳克、阿赫玛托娃的热爱上就可见一斑，更难能可贵的是他对于文学的复杂性有着对现实的复杂性一样充分的估计，他对于文学作品难以像专业的文学学者那样给予细致入微的分析评述，但是涉及到文学价值的判断他总是果断而清晰，而且带有明显的个人痕迹。比如在讲到政治整肃让许多作家噤声，或者转向不会触犯政治的艺术形式时，他没有像有的学者（中国不少学者擅长此道，挥舞道德棍棒到处“行凶”）那样简单予以抨击，而是承认在此前提下仍然有创作杰作的可能，“像楚科夫斯基的童谣就是一首首精彩绝伦的打油诗，而普里什文继续创作他的在我看来极为出色的动物小说”。这种眼光与伯林对事物和观念复杂性、悖论的一再强调密切相关。但是当伯林正面涉及文学作品的品评时，仍然不免显得捉襟见肘——和那些最杰出的文学批评家相比。书中较为“纯粹”的两篇文学批评性文章，给了曼德尔施塔姆和帕斯捷尔纳克毫无保留的激赏，在当时这种态度本身就显出眼光，但是到具体的文本，和后来的诸如布罗茨基的文章相比，就只能算是泛泛而谈。对于曼德尔施塔姆和西方文化更紧密的联系，其文字中蕴含的复杂性和多义性，在今天看来都只是常识而已；而帕斯捷尔纳克的作品当然“渗透着艺术家的使命感”，当然“包含着在西方业已消失掉的某种传统的崇高气质”。

书中最有价值的两篇文章是《与阿赫玛托娃和帕斯捷尔纳克的交谈》和《人为辩证法：最高统帅斯大林与统治术》。由于我对白银时代众诗人的热爱，对他们的生平和作品都较为熟悉，所以看到前一篇文章，感觉很亲切。这也是本书中我最先、怀着最大兴致看完的文章。白银时代杰出作家、诗人众多，他们相互之间的献诗、评论、回忆以及书信往来，构成一幅细致、繁复、极富魅力的文学图卷，似乎他们每一个人身边都放置着几面镜子，使我们得以仅凭文字就可以看到他们栩栩如生的形象。伯林这篇回忆多年前拜访阿赫玛托娃和帕斯捷尔纳克的文章无疑给这幅文学图卷又增添了精彩的一笔。这篇文章写于1980年，不少书籍已经使用上这篇文章所提供的材料，阿曼达·海特撰写的《阿赫玛托娃传》对伯林文章基本是一种忠实摘录，但是有些细节显然来自于其他渠道，比如伯林和阿赫玛托娃彻夜长谈后第二天，“诗人所住房间的天花板开始往下掉泥灰，阿赫玛托娃明白了，她的住处被安装上了窃听器”，这样的细节伯林不可能知道。而布罗茨基在和所罗门·沃尔科夫的谈话中也涉及到这段历史，只是因为聊天的气氛，将伯林和阿赫玛托娃的见面置于某种评析的位置，“评价她在1945年与以赛亚爵士的会见的后果，阿赫玛托娃离真相不远”。

这篇文章有着不亚于侦探小说般的魅力，隐约的间谍身份、模糊的爱情、冷战的背景、诗歌以及可能的灾难性后果，都赋予这次见面以传奇般色彩。1945年11月伯林来到他阔别二十五年之久的列宁格勒，这种故地重游原本就很容易把人拖入某种恍惚的境地，伯林甚至找到小时候他们家旁边的一家小店，自然“我的激动之情无法言表”。一天伯林来到涅瓦大街上的一家作家书店，竟然在此偶遇左琴科，在左琴科介绍下伯林得以拜访阿赫玛托娃，对于这位传奇女诗人的好感就算是在三十多年后的回忆中依然清晰可辨：“阿赫玛托娃极为雍容高贵，她举止从容，道德高尚，容貌端庄而又略显严肃，而且表情总是流露出一种深深的忧郁。”可是谈话进行中，伯林突然听到有人在喊他的名字，原来是温斯顿·丘吉尔的儿子伦道夫·丘吉尔刚刚作为北美报业联盟驻莫斯科记者赶到列宁格勒，他在使馆人员介绍下找到这里，可是由于他特殊的身份，把伯林吓得够呛，害怕给阿赫玛托娃带来不必要的麻烦，当时苏联的气氛仍然如箭在弦。伯林只好匆匆告辞，另约晚上九点再去拜访。那是一次通宵达旦的长谈，关于谈话过程、内容伯林做了详细介绍，谈到死于迫害的前大古米廖夫和诗友曼德尔施塔姆，阿赫玛托娃数度泣不成声，这样的场面确实让人不忍目睹，而另一方面对一个人吐露心曲本身当然也是好感的标志，显然这次见面给双方都留下极深印象，阿赫玛托娃后来在诗中数次写到这次会面：

我们没有呼吸沉睡中罂粟的气息，
我们不知道自己的过错。
披着那些星辰，
我们在痛苦中诞生？
哪种杂拌热汤
由一月的黑暗为我们端上？
哪道看不见的霞光
在黎明前使我们神魂颠倒？

他们谈了很多，谈到阿赫玛托娃早年的朋友——莫迪尼阿尼、鲍里斯·安列普，“她拿出一枚镶有黑宝石的戒指给我看，那是安列普1917年送给她的”。因为冷战的背景，因为俄罗斯诗人悲惨的命运，因为时间赋予的奇特的哀伤，这篇回忆文章有着深沉的打动人的力量，从伯林个人的视角里，我们又一次印证俄罗斯那些诗人不凡的气度，从他们的作品中我们早就一再确认过这一点。在谈到曼德尔施塔姆之死时，阿赫玛托娃说：“他（指曼德尔施塔姆）打了阿·托尔斯泰一巴掌后，一切都无法挽回了。”但是阿赫玛托娃又说这位托尔斯泰是一位“才华横溢而又不失风趣的作家，一个脾气暴躁但又魅力十足的恶棍”，但“我确实很喜欢他”。在这里我们清晰地看到俄罗斯诗人的真诚，以及对事物复杂性的尊重，他们不会为了某种“政治正确”而撒谎，这也是阿赫玛托娃那些质朴的诗歌轻易打动人心的原因吧。对于帕斯捷尔纳克，由于伯林对他的崇拜，阿赫玛托娃口下留情，可后来和布罗茨基等后辈聊天时，阿赫玛托娃毫不掩饰鄙夷帕斯捷尔纳克对于诺贝尔文学奖的渴望，布罗茨基后来说，帕斯捷尔纳克两次向阿赫玛托娃求婚，可是什么结果也没有，或许帕斯捷尔纳克更年轻，个子也比阿赫玛托娃矮？可是阿赫玛托娃也很爱帕斯捷尔纳克，——瞧，这就是坦诚的富有人情味的俄罗斯诗人，难怪伯林会为他们而着迷。文章中有一个细节值得引述：虽然官方一再打压帕斯捷尔纳克和阿赫玛托娃，但是人们依然热爱他们的诗歌，甚至当他们朗诵诗歌时，哪怕偶尔在一个词上停顿一下，下面的听众中总会有几十个人马上说出下文（这些诗甚至从没发表过，只是以传抄的形式流传）来提示诗人。从中我们知道孕育这些伟大的俄罗斯诗人的不仅仅是苦难，还有热爱。

《人为辩证法：最高统帅斯大林与统治术》回到伯林熟悉的政治学领域，这篇文章有点晦涩，它实际想阐明的是，苏联的知识阶层何以在那么长的时间里对政府如此俯首帖耳，因为“仅仅通过恫吓、酷刑和暗杀在这个国家是不可能做到这一点的，据我们所知，这个国家早已司空见惯，但仍然在19世纪很长的时间里保持了一种活跃的地下活动”。伯林的答案是，斯大林在娴熟使用一种伯林称之为“人为的辩证法”的统治方式。按照马克思的理论，事物的发展并非遵循直接的因果关系，而是借助各种力量的冲突，最后以它们的角逐和代价高昂的胜利而告终。对革命的缔造者来说，主要的问题就是如何在乌托邦式的狂热主义和退缩的玩世不恭的机会主义之间，取得某种平衡。在伯林看来，斯大林娴熟地借助这一策略，精心调控了强度不一、张弛有度的清洗和反清洗的节奏。如果人们在这种来回折腾的暴力游戏中费尽心机只是图一个自保，那么他们就越来越不可能考虑自己的想法，不可能遁入使自己秘密地保持异见和精神独立的内心世界，如此反抗的力量也就从根本上被铲除。这样的推论显示出伯林对于世界的悲观态度，事实上他也没有料到苏联在那么短的时间里彻底垮台，就像另一位学者乔治·凯南正确预见到的那样。不管怎样，苏联一夜之间的崩溃，仍然让伯林欢欣鼓舞，这才有了本书最后的那篇洋溢着喜悦和振奋精神的文章《不死的俄国知识阶层》，在一片灰暗土地的边缘，总算有了一抹灿烂的色彩，伯林说的没错，那正是他倾注多年心血研究的十九世纪俄国知识阶层内在精神在现代的一个最新成果。

原刊于《时代周报》2011年8月19日

苦难选中这女人作为喉舌

我热爱俄罗斯白银时代的众诗人。曼德尔施塔姆、马雅可夫斯基、帕斯捷尔纳克、阿赫玛托娃、茨维塔耶娃，这五位诗人译成中文的诗歌、随笔以及传记评论资料等，只要能弄到手的，我都会细加阅读，而喜欢一个人的诗歌自然就会喜欢这个人，在这个意义上诗歌的确堪称灵魂的影像。

这五位诗人他们互相的交流、友情和爱慕构成了一幅迷人的画卷，我们从每一位诗人的视角都能看到另外四位杰出诗人的身影，这本身就会带来很大的阅读喜悦，更别说他们那些直击心灵的诗篇了。他们的诗作风格各异，——马雅可夫斯基的火热和阿赫玛托娃的温柔就有天壤之别——，但他们都拥有直接触摸心灵的诗歌之手，在它的抚摸之下我们所能做的就是温顺地接受语言的洗礼，带着感恩之心。一个时代里有五位一流诗人，俄罗斯真是太富有了，可是它随随便便挥霍着这些天赐的财富：马雅可夫斯基和茨维塔耶娃在严酷的命运中选择了自杀，曼德尔施塔姆在流放中死去，阿赫玛托娃和帕斯捷尔纳克虽然度过了最艰难的岁月，但是他们所受到的苦难折磨也是让人难以想象的。在我习诗的这些年里，我喜欢过很多诗人，各个国家的都有，可是逐渐地我的兴趣慢慢沉淀在这几位俄罗斯诗人身上，因为这几位俄罗斯诗人的作品紧密地和他们所处的动荡、残酷的时代，和他们严酷的命运交织在一起，诗歌、时代、政治、命运、道德这种种因素互相影响互相吞噬，而结果则造就了这几个极富魅力的诗人，苦难的命运则是他们光彩夺目的标签，作为读者我们远远地就可以一眼辨认出，甚至只需要看到几行诗，我们就像鬼魂般被勾引走。

其中的两位女诗人——阿赫玛托娃和茨维塔耶娃又格外打动我，其原因也许像帕斯捷尔纳克在狂热的1926年（在这一年茨维塔耶娃、里尔克和帕斯捷尔纳克之间有过频繁而热烈的通信关系）给茨维塔耶娃的信中所言："你竟然是个——女人，真令人惊奇！像你这样的天才，实在罕见！"看来这到底还是一个男权社会，男诗人们对普遍沉溺于情感漩涡里的女性诗作多少有点不屑，可是话说回来如果这位女诗人在智慧上也处在令人难以企及的高度的话，她对男性诗人的吸引力就会是毁灭性的。相较而言，阿赫玛托娃显得温婉一些，虽然骨子里不乏优秀诗人特有的骄傲和强硬，茨维塔耶娃则更加率直而猛烈，就像她在一封书信中对自己的描写一样："我不是为平庸而生，我身上的一切都是熊熊燃烧的火。"

的确，这也正是我阅读茨维塔耶娃诗作时的感受。有好些年，茨维塔耶娃诗选和散文选是我经常阅读的书籍，每当我翻开她的诗集，一颗滚烫率真的心灵即扑面而来。茨维塔耶娃的诗就是一部她的心灵日记，那些诗句似乎是被火热的激情驱赶着记在笔记本上的，具有很强的即兴色彩。她在自己的诗作中也坦承：

这些诗写得匆匆忙忙，
痛苦与柔情使得它们倍显沉重。

可是当前辈诗人勃留索夫批评她的第一本诗集《黄昏纪念册》缺乏“必要思想”时，茨维塔耶娃以自己的诗句给出回复：“滚开吧，深思熟虑！须知女性诗集——/不过是一盏灯显示神奇！”茨维塔耶娃从来就是有主见的人，这和她那些早熟的诗作完全匹配。她有用语言叙述捕捉场景的能力，她笔下的许多场景就像老练的雕刻家用刻刀雕刻出来般的生动。从十几岁开始，茨维塔耶娃就是一个勤奋的诗人，有些年头她一年甚至可以写一百多首诗，没错，她不像许多勃留索夫式的男性诗人那样“深思熟虑”，但是她火热的心灵自有一种神奇的感受力，而且天然携带着深刻的思想。茨维塔耶娃早年诗集的序言中有这样一段话：“写作吧，尽力多写吧！牢牢记住每个瞬间，每个手势，每声叹息！但不仅仅是手势——还有伸展手臂的形状；不仅仅是叹息——还有弯曲的嘴唇，轻轻的叹息从中飘然飞逝。描写要更准确，没有不重要的细节。你的眼睛的颜色和你的灯罩的颜色，切割东西的刀和壁纸上的花纹，戒指上贵重的钻石——所有这一切都是你不幸心灵在这个不幸世界上的躯体。”茨维塔耶娃一开始就很清楚，她对日常世界的情景描述得越细致，与此对应的心灵就呈现得越丰满。因此她每一句“匆忙”的诗行都在整体上为她描画的心灵肖像增添着笔画，而且这匆忙的特质还可以避免不少诗人容易犯的毛病——做作。

从上述那段话，我们也可以看出茨维塔耶娃的批评能力其实很强，只是她的那些热烈直率的诗句掩盖了这一点。她所有热情洋溢的句子似乎都同时被她自己的另一双理智之眼打量着品评着，因为是在极短的时间内进行的，也可以说茨维塔耶娃的批评能力早已融入到她的直觉之中，她感动她记下同时也完成了自我审视。这大约也是最健康的一种批评能力，并不伤害创造力，而是和创造力本身并行不悖地协同促成了杰出诗行的产生。她很早就有敏锐的嗅觉，在众多白银时代诗人中立刻判断出最重要的那几位诗人，而不被这些诗人外在的流派和风格所左右。在一封信中，她坦承了自己对同时代诗人的看法：“在诗人（正在成长的）当中我喜欢帕斯捷尔纳克、曼德尔施塔姆和马雅可夫斯基（早期的——不过，或许还会有新的发展！）。还有，风格完全不同的诗人，阿赫玛托娃和勃洛克（两个心爱的诗人！）。”多准确的判断，在差不多一百年后，这几位诗人连同茨维塔耶娃自己已经被公认为白银时代最出色的诗人。她的眼光犀利品位超群，她的那些杰出的诗作可不是仅仅受到热情驱使就可以写出来的——当然“热情”非常重要，那是一切的源头。茨维塔耶娃写的批评性文章不多，但是《诗歌与时代》和《诗人论批评家》这两篇无疑属于杰作之列。这两篇文章毫无学究气，都是杰出诗人的经验之谈，写得扎扎实实，充满真知灼见。这是典型的诗人批评，直接给出结论，掷地有声而又令人信服，许多语言有着先知般的不容置辩的口吻：

> 这是对落后的恐慌，也就是等于承认自己的温顺。
>
> 平庸的诗人只能依靠解说，而艺术本身是不言自明的。
>
> 每一个诗人本质上都是侨民。
>
> 天才尽其所能地使其所在时代因自己而扬名，即使时代还未意识到这一点。
>
> 地域、国家、民族、种族、阶级——甚至人们创造的现代性本身——所有这一切都是表层的，是皮肤的第一或者第七层，诗人所做的只是从中爬出来。
>
> 如果在诗人和人民之间没有政治家该多好。

所有这些思考都是高质量的，正是因为有这样的思辨能力，茨维塔耶娃天性中火热的激情总是能在词语之河中找对方向，那些滚烫的诗句因而也不会在美的原野上迷失。而《诗歌与时代》这篇文章本身就说明茨维塔耶娃绝不是一个囿于自身狭小天地的诗人，她有令人惊异的开阔胸襟，是的，她是写过许多热烈真挚的爱情诗，很感人，但是就是在这些爱情诗中也有一种更为深远的宿命感，超越了一般的男女之爱。除此之外，茨维塔耶娃拥有同样出色的处理社会题材的能力。她日记式的写作方式使她看到什么就书写什么，而她日常看到的当然不仅仅是爱情：

夜晚听起来多么恐怖——
噢，年轻士兵的怒吼！

1939年希特勒军队入侵捷克时，茨维塔耶娃怀着对捷克人民的同情写了十一首诗，均是高水准之作。当得知沙皇一家被处决，她也写下过同情沙皇的诗句："哦，我为贵族，为沙皇悲痛。"其后她还写过同情白卫运动的组诗《天鹅营》。茨维塔耶娃其实一生都在以自己的方式写作政治诗歌，但她没有一个功利的世俗的政治立场，而是"绝对地超越阶层与等级"，换言之，她总是站在失败者、牺牲者一边，站在良心这一边，哪怕那些人曾经是从前的敌人，因为"正义源于屈辱"。因而她也永远持有一种正确的政治立场，尽管她最终为此付出了巨大的代价。茨维塔耶娃反对人与人之间的相互残杀，这确实是她面向宇宙的抗议，可是谁能听得进这声音呢？下面是她在1915年秋天写的一首诗的片断：

我知道真理！从前的所有真理统统滚开！
大地上这帮人跟那帮人不应当连续打仗。
看吧：天近黄昏，看吧：很快就是夜晚。
诗人们，情人们，统帅们，作何感想？

风已经刮起来了，田野蒙上了露水，
但愿夜空里这场星星的风暴尽快结束，
我们没有必要彼此搅扰对方的睡眠，
用不了多久我们一个个都将长眠入土。

茨维塔耶娃厌恶政治，“我认为所有的政客都是肮脏的，极少例外”。而在《诗歌与时代》一文中，茨维塔耶娃说得清楚：“对我而言，唯一的拯救是：时代的订货即是我良心的命令，是永恒事物的召唤，这是为所有那些内心纯正、不被颂扬的被害者而存的良心。我写的东西，良心的命令高于时代的订货。”我们可以把这段话视作茨维塔耶娃全部创作生涯的宣言，她的每首诗——哪怕是那些写得不那么好的诗作——上都清晰地打上了良心的烙印。她是极为诚实的诗人，因为她完全听命于良心的差遣，而这恰恰是那个险恶的时代所不容的，人们在那个动荡的时代几乎本能地见风使舵，为了意识形态的利剑不至于伤害到自己，或者更糟糕的是谄媚于强权只是为了捞到实在的利益，而不顾及他人的死活。

和对政治的深深厌倦相对，茨维塔耶娃热爱生活，尤其是爱情。就像她自己所说："我是一个容易产生爱情的女人。"把她一生中爱恋过的男人姓名排列起来将会是一串长长的名单，她甚至爱上过一位女诗人帕尔诺克（"依据全身的疼痛，我辨认爱情"就是献给她的）。茨维塔耶娃几乎是随随便便就爱上某人，可能是某位诗友、出版社的某位编辑、她丈夫的同学，甚至是她丈夫的哥哥，她爱的火苗会迅速点燃，所有这些恋情都在她的诗文中留下了深深的印记。茨维塔耶娃的丈夫埃夫隆和女儿阿莉娅都曾抱怨过茨维塔耶娃在这方面缺少眼力，甚至会爱上一些品行不高的男人。可是茨维塔耶娃的许多恋情都是某种意义上的单恋，她迫切需要的是燃烧她自己心中郁积的燃料，"我是熊熊燃烧的火"，他者某些时候只是这火的导火索而已。她爱过形形色色的男人，所有的信件诗篇都火热而缠绵，但很多时候也就仅此而已，许多恋爱事件只是茨维塔耶娃自己情感的激流在找寻着出口。她所有的爱情诗其实都是献给爱本身的颂歌，有几个男人配得上这些诗句呢？当然帕斯捷尔纳克致茨维塔耶娃的情书，可以将其视为代表所有茨维塔耶娃爱过的男人，向茨维塔耶娃的致敬："你是梦中的茨维塔耶娃，你是墙壁、地板和天花板的存在类推中的茨维塔耶娃，亦即空气和时间的类人体中的茨维塔耶娃；你就是语言，这种语言出现在诗人终身追求而不指望听到回答的地方。你是广大爱慕者奉若神明的原野上的大诗人，你就是最高的自发人性，你不在人群中，或者是不在人类的用词法中，你自在而立。"茨维塔耶娃配得上这赞美。她在混乱的意识形态乱局中的清醒，和在爱情中的蒙昧恰成对照，其实这两者是一体的，须知正是凭借其过人的才华，茨维塔耶娃才有力量对抗虚伪的思想，才不会陷入花言巧语构筑的意识形态陷阱，而爱的迷醉恰恰是爱的本质，茨维塔耶娃以其近乎疯狂的爱的激情反证出这情感的纯洁。

茨维塔耶娃是抒写孤独的高手，这也是她生活的真实写照。在国外的俄罗斯侨民中，她被视为"布尔什维克的人"，而在苏联她也被当然地视为异类，的确，她从来没有写过一首谄媚的诗篇，在这方面甚至曼德尔施塔姆、阿赫玛托娃、帕斯捷尔纳克都迫于形势写过违心的诗篇。在上世纪三四十年代苏联严酷的环境中如此坚持自己的操守，其结局可想而知了。首先是贫穷，生命中的最后二十年饥饿和贫穷如影随形地追随着茨维塔耶娃，而她用什么来喂养她丰满又骄傲的诗神呢？她的丈夫埃夫隆在给姐姐的信中就曾不无心酸地写道："茨维塔耶娃在厨房里写了七年诗，而才华没有丝毫减退。"1941年8月31日茨维塔耶娃在战争疏散途中自杀于鞑靼自治共和国的叶拉布加市，其时她的丈夫和女儿尚在狱中生死未卜。展读茨维塔耶娃临终前的书信让人心碎，这就是一个真正诗人的命运吗？三卷本的《玛丽娜·茨维塔耶娃：生活与创作》我连续看了几整天，我的心情追随着她动荡的命运而沉浮，为她早年相对安宁的岁月而欣慰，为她和埃夫隆的重逢而喜悦，也为她遭受的悲惨命运而扼腕痛惜。这就是一个真正诗人的命运吗？苦难就是她辉煌的冠冕。整套书的扉页上引用了茨维塔耶娃女儿阿里阿德娜·埃夫隆的一句话："这是诗人中最悲惨的遭遇，它让真正的诗人永远感受恐惧。"她没有看到的是，茨维塔耶娃的命运也在激励着真正的诗人。

茨维塔耶娃是缪斯不朽的女儿，而缪斯原本就是记忆女神的女儿，那个残酷时代的罪行在茨维塔耶娃美妙的诗句中被醒目地记录，这是美对恶的报复。

原刊于《时代周报》2011年6月20日

伫立在两座废墟上的爱情歌手

1964年2月，约瑟夫·布罗茨基在列宁格勒的街头被捕，不久即以臭名昭著的“社会寄生虫”的罪名，被判到远北的阿尔汉格尔斯克服五年劳役。那时阿赫玛托娃已经七十五岁，在她生命的最后几年，这位饱经沧桑的老妇人又和一群才华卓著的年轻诗人过从甚密，其中就包括奈曼、博贝舍夫、莱因，以及后来获得诺贝尔文学奖的布罗茨基。尽管当时的一些文学界名流——肖斯塔科维奇、叶夫图申科，当然也包括阿赫玛托娃自己——都以不同的方式声援布罗茨基，但是最终五年的劳役无法避免。在得知这一结果后，阿赫玛托娃感慨道：“他们为我们的褐发小伙子，撰写了怎样一部传记啊。”阿赫玛托娃在讲这句话时，是否也想起她自己和她同时代的那几位著名白银时代诗人颠沛流离的一生？事实上，发生在解冻时期的布罗茨基审判事件，其残酷性和白银时代诗人们所遭受的苦难是无法相提并论的，充其量只是一种“蝴蝶的战争”，到头来，布罗茨基的流放意味着他的诗作和名誉的蜂起。

包括阿赫玛托娃在内的众多杰出的白银时代诗人，之所以在文学史上拥有越来越崇高的地位，除了他们诗作本身的优异，他们总体上悲惨的命运以及时代的浓重乌云造成的阴郁背景等外在因素，也在其中发挥着重要作用。两次空前惨烈的世界大战和造成八百万人死亡的大清洗，事实上给所有诗作提供了一张黑色的稿纸，哪怕在这张稿纸上书写个人微妙的爱情诗篇，也是在和那个时代进行残酷的对话，甚至你的语调越是低微、个人，其控诉也就越是强烈。阿赫玛托娃早期诗歌正是这种个人化的爱情诗，并且正是凭借这些“室内抒情诗”成为白银时代最著名的代表诗人。今天，我们看阿赫玛托娃的那些充满了敏感又痛苦的诗篇，一方面为她诗篇的真挚所感动，一方面也有一丝疑惑：她如何在众多才华横溢、风格各异的白银时代众诗人中脱颖而出？至少从她早期作品看，她似乎没有为时代立言的野心，她沉醉在自己的爱情世界，几乎不问世事。对此，布罗茨基在移居美国之后写的《哀泣的缪斯》一文中，为阿赫玛托娃做过令人信服的辩护，他特别指出，阿赫玛托娃第二部诗集《念珠》发表于1914年（第一次世界大战爆发），第三部诗集《白色的鸟群》发表于1917年（十月革命），都恰逢极为重大的历史事件。布罗茨基随后敏锐地判断道：“从另一方面看，也许正是世界性事件震耳欲聋的背景雷声，使这位年轻人隐秘的颤音显得更清晰、更生动了。”

诗人与时代的关系是一个令众多诗人纠结的永恒问题，白银时代和阿赫玛托娃齐名的另一位女诗人茨维塔耶娃曾经撰写过一篇非常精彩的文章，专门谈论这个问题，文章的名字就叫《诗人与时代》。在这篇文章里，茨维塔耶娃以她一贯的直率语气断言："唯一的拯救是：时代的订货即是我良心的命令，是永恒事物的召唤，这是为所有那些内心纯正、不被颂扬的被害者而存的良心。我写的东西，良心的命令高于时代的订货，对此，我可以爱高于恨做保证。"很大程度上，这也是阿赫玛托娃的心声，至少在她创作生涯最初二十年，她以对爱情的全部热情顺使宣告了她对"历史"（也即时代订货）的轻蔑。另一方面，历史的巨轮滚滚向前，任何人都难以全然逃脱它的碾轧。如果说两次世界大战和斯大林的统治构成了一座巨大的历史性废墟的话，阿赫玛托娃以几乎全部的热情投身其中的爱情生活，则是一座较微型但细节却更清晰的废墟——对个人更具摧毁性影响，而且我们要立刻强调，这两座废墟存在因果联系，阿赫玛托娃个人情感的废墟，某种程度上正是那座历史性废墟所生产出的千万座小型个人废墟中的一座，只要稍稍简述一下阿赫玛托娃个人生活的主线，就可以感受到这座废墟的惨烈程度，以及最重要的——它和那座历史废墟的关联度。

阿赫玛托娃的首任丈夫、著名阿克梅派诗人古米廖夫，于1921年8月25日在彼得堡郊外被执行枪决，罪名是"反革命阴谋罪"。1934年5月13日至14日夜间，阿赫玛托娃的密友、杰出诗人曼德尔施塔姆被捕，当时她正好在场。1935年10月

22日，阿赫玛托娃的儿子列夫·古米廖夫和她的第三任丈夫（同居十几年，并未办理结婚手续）尼古拉·普宁被捕，虽然经过众多友人施以援手，两人很快被释放，但是随后再次被捕，列夫被判十年劳动改造，而普宁则于1953年8月21日死于阿列兹劳改营。最亲近的家人轮番遭遇厄运，让我们不禁想起阿赫玛托娃后来对布罗茨基命运的感慨：他们给他撰写了怎样的一部传记啊。是的，他们给她撰写了怎样的一部传记啊。如此，当阿赫玛托娃专注地书写她个人的命运时，就算她待在室内，也是在那同一片暗黑的天空下，就算她为自己和情人的命运而吟唱，也就是在描写历史巨轮上那一颗颗铮亮的螺帽。听闻两任丈夫被枪决和在劳改营中离世的时候，阿赫玛托娃都写过悼诗，其中的强烈痛苦不正是对暴政最有力的控诉吗？

不错，阿赫玛托娃是享誉世界的爱情歌手，可是时代给这些美妙诗篇涂抹的黑色暴力的镶边，则赋予它们一种特别有力的抗争意味。在震耳欲聋、虚张声势的政治宣传的高音喇叭下，也许一声温柔的“我爱你”就是一种唤醒良知葆有正义的方式。我无意无限拔高阿赫玛托娃的爱情诗，但是我们必须要明白的是，爱情和政治、良知、历史一样是文学诗歌正当的主题，是和后者处于同一级别的主题，一个优秀的爱情诗人足以匹敌一位卓越的史诗诗人，更别说那些追求宏大的拙劣诗人了。因为，爱情在人清醒的良知和理性中始终占据着特殊重要的位置，是良知那个堡垒中最坚固的部分，我们甚至可以极端地说，谁轻蔑爱情谁就是恶的近邻。爱情则是人性的源头之水，只有在它的不断浇灌下，人性之花才可以盛开得格外娇艳。在那样一个残酷的年代，阿赫玛托娃的爱情诗在守护着整个俄罗斯的人性之花，让他们不至于在残酷的政治清洗和倾轧下变得完全麻木。阿赫玛托娃一出道即享有盛誉，上世纪六十年代初期，阿赫玛托娃的诗集在俄罗斯竟然销出了一百多万册，人们热爱阿赫玛托娃的诗，很大程度上是出于一种自我保护的本能，保护什么呢？保护爱的感觉，保护优美的语言，同时也在保护内心深处对于真与美的热爱。

在二十世纪上半叶，美国的新批评派和俄罗斯以什克洛夫斯基为代表的形式主义学派，都曾针对十九世纪过于泛滥的从个人经历解读作家作品的风气，提出文本就是一个自为的世界，试图割断文本和作家生平经历之间的纽带。他们的工作富有成效，也有一定的文学意义，有些论文甚至堪称精彩，但是文本和作家，诗歌和诗人之间的联系是难以完全斩断的，诗人的经历、诗人的生平和传奇，甚至诗人的相貌和嗓音，必然会给他们笔下的文字染上异样的光泽。而阿赫玛托娃，这位伫立在两座巨大废墟之上的风姿绰约的诗人，那么俊美那么温柔，她的身边总是簇拥着那个时代最杰出的诗人、作家和艺术家，所有这一切似乎都给她笔下的文字插上了神奇的翅膀，以至于她的每一行诗就像是从白银时代最高的那座舞台上发出的，每一行诗我们不免都要竖起耳朵凝神细听，唯恐漏掉韵律中每一颗珍珠。事实上，在某些阿赫玛托娃近乎完美的诗作中，那一行行诗句的确就像是用一串串的珍珠串联起来的，洁白、温润、抚慰人心。

阿赫玛托娃早期的爱情诗充满细节，——诸如“我的左手的手套/戴在了右手上”“你把亲吻过的手指/厌恶地藏在手帕下”——它们如此敏感细致微妙，同时也是对诗人炽热情感形成的某种抑制，而诗句本身反而因为这种抑制更加动人。如果说艾略特是从观念上领悟到“诗歌不是情感的宣泄”的话，那么阿赫玛托娃几乎是凭借本能掌握了这一点，在诗中阿赫玛托娃坦率、直接、自然，但这种效果却并非声嘶力竭的呼喊所能获得。阿赫玛托娃的许多爱情诗像是小型戏剧，或者至少像戏剧片段，它们有动作、有对话、有描述，而且所有这一切还都限制在很短的篇幅里。因而阿赫玛托娃的那些爱情短诗内在的心理空间和道德空间都相应得到了强化，而诗人的情感却因为显而易见的主动抑制而有一种满溢的效果，这是诗歌特有的矛盾律，只有最卓越的诗人才能明白和做到这一点。在外在形式上，阿赫玛托娃的诗显得古典和传统，在白银时代纷呈林立，甚至光怪陆离的诗歌流派的映衬下，阿赫玛托娃的诗尤其显得老派，就我的阅读视野而言，未来主义的两位大诗人马雅可夫斯基和赫列勃尼科夫都曾在诗中讽刺过阿赫玛托娃的“优雅”，但另一方面，我们后来知道，马雅可夫斯基在私底下却很喜欢朗诵阿赫玛托娃的诗篇——也许他自己的诗篇声调太高亢，只适合在广场上朗诵吧。关于这一点，俄罗斯著名文学史家米尔斯基在《俄罗斯文学史》中做过中肯的评价："各现代诗歌流派均认为阿赫玛托娃过于老套和'反动'，但在后人心目中的先贤祠里，她无疑将位列少数天才诗人之列。"

爱大概是阿赫玛托娃生命中的最高律法，尽管她命运多舛、情路坎坷，但是她的爱情之火始终在燃烧，从少女时代直到暮年。除了古米廖夫、希列伊科、普宁这三任丈夫，阿赫玛托娃还有过很多情人——安列普、卢里耶、齐默尔曼、迦尔洵、科尔洛夫斯基等等。我们在看阿赫玛托娃那些爱情诗的时候，如果不借助于传记，有时甚至很难搞清楚诗中的"他"或者"你"到底是谁？这和更古典一些的诗人似乎不一样，他们私生活也许要丰富一些，但是在诗中他们似乎只有一位永恒的女性，比如贝阿特丽丝之于但丁，劳拉之于彼特拉克，布劳恩之于济慈，埃玛之于哈代，茅德·冈之于叶芝。英国人伊莱因·范斯坦所著的阿赫玛托娃传记《俄罗斯的安娜》对于她的情史颇有兴趣，做了抽丝剥茧般的梳理，尽管这也拉低了这部传记的格调。

在对阿赫玛托娃复杂的情史有了一些了解之后，我想说这并没有影响到这些诗本身的品质，说到底世俗生活的道德和诗歌的道德差异甚大，甚至于你会惊讶它们怎么会是同一个词？对于诗歌而言，它唯一的道德不是忠诚而是真挚，后者是一种感觉有着瞬间的特点，诗人的义务只是把那种瞬间的感觉用高超的语言艺术呈现于世人面前即可，也就是说忠诚不是真挚的前提，忠诚更不是高水准诗作的保证——一个人的忠贞痴情并不能保证他就能写出一首感人的诗，相反多半他写出来的是陈腔滥调。诗人所能倚仗的只能是语言，那是通向真挚的唯一桥梁。所以，对于我来说，我被阿赫玛托娃的那些质朴深情的诗句打动就足够了，这些诗为谁而写并不重要，话说回来，谁能承受得了那些闪光的诗句呢？大概只有缪斯自己。最好的爱情诗都是献给缪斯的，具体的人的肉身只是一种无可替代的中介吧，然后缪斯也成为一种中介——将那种令人颤栗的电波传递给所有人。

行文至此，大概也暴露了我对阿赫玛托娃晚期那些更有野心的诗作——《安魂曲》和《没有主人公的叙事诗》——的看法，在我看来这两首著名诗作恰恰失之于某种外露的野心。阿赫玛托娃在晚年对一些批评家和学者感到不满，因为他们忽视了她的中晚期作品。布罗茨基解释是因为阿赫玛托娃后期诗作在当时苏联的意识形态背景下很难出版，但是在我看来还有更深层的原因，就是这些诗作因为主动投身到历史的巨册中，而被时代的洪流所淹没。诗人的才力是有区别的，盖因诗人的嗓门天生有高下之分，马雅可夫斯基凭借其强健的体魄和洪亮的嗓音成为时代的弄潮儿，阿赫玛托娃细腻的倾诉自有其不可替代的意义，她完全没有必要以自己的短处和别人力拼史诗的版图，阿赫玛托娃有一个她独有的隐秘版图，任谁也休想拿走，她最终还是以那个伫立在荒凉废墟上的柔美形象被文学史所铭记。

原刊于《新京报》2017年7月22日

嵌入音韵缝隙里的道德

有一段时间，布罗茨基第一本随笔中译本《文明的孩子》是我的枕边书。这本书是中央编译出版社1999年出版的，作为“诗与思文丛”的一种，译者是刘文飞。书籍装帧有那个年代普遍的简朴，如果不能说是简陋的话。封面由较多的黄色和较少的深蓝色所控制，书名“文明的孩子”是深蓝色的，反衬在黄色上倒也醒目，黑色的副标题“布罗茨基论诗和诗人”则没有那么幸运，它们淹没在深蓝色的海洋里，只有凑到近前，你才能辨认出那几个字。整体看起来还算素净的封面不幸被下部的一团来历不明的乱麻或者树枝打破，设计者显然想以此暗示布罗茨基随笔某种尖锐和阴郁的气质，尽管其方式是突兀的并且欠缺美观。

作为枕边书，书中收录的十篇文章我都仔细看过，有时候当我自己写文章不那么顺利的时候，我也会操起这本书随便读上一段，以便寻找一种作文的语感。因此，这是一本我反复翻阅的书，频率可能仅次于艾略特和伍尔夫的文论，不过我得马上再说明一下，这种比较仅限于批评性随笔，如果说到诗集，所有文论的阅读都算是“稀疏”的。也就是说，我在阅读时也在践行着布罗茨基经常在文章里提到的那句名言——诗歌是语言的最高形式。

凭着《文明的孩子》里的十篇文章（五篇选自第一部随笔集《小于一》，另外五篇则选自另一部随笔集《悲伤与理智》），布罗茨基在中国当代诗人圈里建立了极高的口碑。诗人们在一起聊天，谈起布罗茨基，“他的文章非常好”这句话几乎是条件反射般的评价。他的文章受到众口一词的赞许，相较而言，他的诗反倒显得受到了冷落，在我的诗人朋友里狂热喜欢布罗茨基诗歌的还真找不出一个来。就我个人而言，我喜欢他的文章也要甚于他的诗歌，我甚至认为布罗茨基在1987年获得诺贝尔奖，《小于一》是一个不容忽视的助力，前一年（1986）《小于一》刚刚为布罗茨基赢得美国国家书评奖，这一奖项显然将他推到了诺贝尔文学奖评委们的面前，使他们有机会见识到这位俄罗斯流亡诗人的杰出才华。

仅仅阅读外国文学杰作的中译本，会形成一种饥饿感。明明知道某位作家是好作家，明明知道某本著作口碑极好，但却只能望洋兴叹，那种感觉可真是郁闷。十几年来，至少有两本书一直在勾引中国当代诗人们的味蕾，让他们垂涎，一本是《曼德尔施塔姆夫人回忆录》，这本书大名鼎鼎，去年终于出了中文译本，译者同样是刘文飞；另一本就是布罗茨基的《小于一》，虽然刘文飞译了其中的五篇，但“那可是厚厚的一册书啊”，引号里的话，是吾友黄灿然兄经常向我提及的，无疑这个提醒更加刺激了口水的分泌。几年前知道他已经着手翻译这本书，近年每次见面有关《小于一》的翻译进度自然是一个免不了的话题。现在，装帧精良的《小于一》中译本终于摆在我的面前，喜悦之情自不待言。不出意外地，我首先将《文明的孩子》里未收入的文章先看了一遍。这些文章包括《钟摆之歌》（评论卡瓦菲斯）、《一座改名城市的指南》（有关彼得堡的随笔）、《在但丁的阴影下》（评蒙塔莱）、《论独裁》、《娜杰日达·曼德尔施塔姆（1899—1980）：讣文》、《自然力》（评陀思妥耶夫斯基）、《涛声》（评沃尔科特）、《一首诗的脚注》（评茨维塔耶娃诗作《新年贺信》）、《空中灾难》（评普拉东诺夫及俄罗斯散文）、《取悦一个影子》（回忆奥登）、《毕业典礼致词》、《逃离拜占庭》（有关伊斯坦布尔的游记和沉思）、《一个半房间》（回忆自己刚刚逝去的双亲）。

看这些标题就知道《小于一》是一本内容多么丰富的书，可是饥饿的胃大概一下很难消化这么多美食，读这些文章的感受到底不如当初读《文明的孩子》里收入的那几篇，间中甚至于有点儿怀念当初阅读时兴奋难抑的心情了。抛开短时间消化不良这一明显因素，造成这种阅读感受落差一定还有别的原因。让我们看看先行翻译成中文的《小于一》里的文章是哪几篇：《小于一》（带有自传色彩的记述）、《文明的孩子》（评曼德尔施塔姆)、《哀泣的缪斯》(评阿赫玛托娃)、《诗人与散文》(评茨维塔耶娃)、《论W. H. 奥登的〈1939年9月1日〉》。除了第一篇写诗人自身早年经历的《小于一》，其余四篇都是写布罗茨基热爱的诗人，前三位是白银时代的大诗人，他们在血脉上和布罗茨基就有着天然的联系，更别说布罗茨基原本就是阿赫玛托娃晚年的密友，而奥登则是布罗茨基极为推崇的英美诗人，并在布罗茨基被迫流亡后给予他许多帮助。那么很自然地，布罗茨基在这些文章中倾注了自己很多情感。对于卡瓦菲斯、蒙塔莱、沃尔科特，布罗茨基是一种同行间的激赏，而对于上述四位诗人，只能用热爱来形容，并且在文章中布罗茨基成功地将这种热爱的情绪传递给我们。而在这十几年中，这四位诗人也逐渐扩大了他们在中国的拥趸队伍，至少就我个人而言，对他们尤其是三位俄罗斯诗人，我的欣赏乃至于热爱与日俱增，在对他们新的认识中，布罗茨基的文章显然占据着一个重要位置。也就是说，我也是带着一种热烈的情绪来迎接布罗茨基的热爱的，如此，一种强烈的阅读感受自然水到渠成而且很难复制。某种程度上，这几篇文章重塑了我的诗歌趣味，直接参与了我自身的成长，而我在二十几岁时和它们的相遇，也沾染了少许宿命的特征。所有这些，都不是随便几篇漂亮的文章就能够予以替代的。因此，布罗茨基的这几篇文章是在那个特定的时空中给予我永久的印象。就像对某个人一样，你爱他并不仅仅是因为他出色，而是因为这出色在某个特定的时刻，和你发生了真实的不可替代的联系。智慧是一种客观描述，而热爱永远带有情感的热度——不用说，后者更为罕见。

就文本而言，三篇论述白银时代诗人的文章也是无可挑剔的。三位诗人杰出的诗艺和自身悲惨的遭遇形成极强的张力，一种庄重的深沉的力量贯穿布罗茨基的文章，除了布罗茨基过人的才力，这力量显然也部分地来自于所评对象自身。除了对诗艺的高超解析，一种敬畏的近乎神圣的态度也是布罗茨基的文章击中我们的原因。这是《文明的孩子》的开头：

> 基于某种奇怪的理由，“诗人之死”这个说法听上去总有点儿比“诗人之生”更具体。也许这是因为“生”和“诗人”作为词语，其正面含混性几乎是同义的。而“死”——即便作为一个词——则差不多如同诗人自己的作品例如一首诗那样地明确，因为一首诗的主要特征是最后一行。不管一件艺术作品包含什么，它都会奔向结局，而结局确定诗的形式，并拒绝复活。在一首诗的最后一行，接下去便什么也没有了，除了文学批评。因此，当我们读一个诗人，我们便参与他或他的作品的死亡。就曼德尔施塔姆而言，我们参与了两者。

这一段话很有名，引用者甚多，作为建构布罗茨基文章的原子片段，我们也可以从中分析他的文章魅力的源泉。从死亡议题进入具有悲剧性的曼德尔施塔姆的诗和生平既准确又醒目，立刻把读者带入庄重的氛围。更关键的是，布罗茨基没有在文章中过于具体地交代曼德尔施塔姆在远东劳改营惨死的种种细节，而是较为间接地从对“诗人之死”的概念入手，这立刻赋予文章思辨色彩，减弱了可能的伤感气息，而将文章主体留给诗艺的分析，这诗艺在布罗茨基看来主要意味着词和音韵的微妙作用。在上述这段文字里出现“词（即便作为一个词）”，这个词绝非偶然，从词语出发，那是布罗茨基诗学观念的基础，在《文明的孩子》中间某处，布罗茨基讲得更加明显：“主题和概念，不管它们重要与否，都只是材料，如同词语，而它们总是在那里。语言为它们全部命了名，而诗人是精通语言的人。”在文章中，他亦多次提及音韵或者声响：“曼德尔施塔姆是最高意义上的讲究形式的诗人。对他来说，一首诗开始于声音，开始于他所称的‘响亮地铸造的形式之状’。”可是布罗茨基所有文章都和侈谈词语与形式的新批评派迥然不同，布罗茨基的文章自有其不可替代的庄重和力度，其秘密即在于他将词和死等同，换句话说，布罗茨基的词语分析里总是有死亡的阴影投射其中，这不仅保险地将他的形式分析排除在语言游戏的轻佻之外，而且轻盈地解决了困扰现代诗人的老问题——词与物的永恒矛盾。当他在分析词语和音韵的时候，生与死的角逐，词与物的混战一定隐含其中，生活的风暴亦准确对应着词语的闪电。

这种敏感如发丝般的形式分析，迟早要将布罗茨基推进到伦理的边缘——准确地说，是美学和伦理学的边缘。在这里，我们必然要触及到布罗茨基作为流亡作家的身份。布罗茨基来自二十世纪最大的威权国家，在这个国家他荒诞地因为“社会寄生虫”的罪名被捕入狱，在狱中他切切实实地接触到专制之恶，“你躺着在阅读，突然来了两个护理员，从床上拽起你，用床单捆上浸到浴缸里，然后把你从浴缸拽起，但不解开床单，这种床单就在你身上结成硬块。”“他们用拳头打你，扇你嘴巴。”引号里的话出自布罗茨基访谈录，在谈话中经不住友人追问，布罗茨基坦率道出他在苏联狱中所受到的迫害，但在《小于一》中，因为可以理解的自尊，布罗茨基没有展示自己的伤口。但一个写作者怎么可能完全抹去这噩梦般的经历呢？虽然对于流亡作家的标签布罗茨基有着足够的警惕（他不想以此为自己赢得怜悯乃至于好处），但是专制之恶难以避免地成为他写作的整体背景，以至于他无论写什么，似乎都隐藏着一个反抗的拳头。他甚至在《毕业典礼致词》一文中，以一个过来人的口吻，教年轻的毕业生们如何有效地对抗恶之侵袭：“最切实的办法是极端的个人主义、独创性的思想、异想天开，甚至——如果你愿意——怪癖。即是说，某种难以虚假、伪装、模仿的东西；某种甚至连老练的江湖骗子也会不高兴看到的东西。”所以，当我们在布罗茨基的文章中经常看到“恶”这个词也就不足为怪了，我们很清楚这里的恶不仅仅是一个抽象词语，它对应着许多具体的戕害。

同时，布罗茨基又是一个卓越的诗人（令人稍感意外的是，恶为布罗茨基反倒搭建了一把攀登卓越的梯子），他知道诗歌本质上就是声音和意义之间相互复杂而微妙作用的结果，在文章中，他许多次提到声音、声响、韵律，而且每当这个时候，总会带出对于诗歌极为精彩的议论。在《哀泣的缪斯》中，他评论阿赫玛托娃的诗："诗中的声音，在本质上乃是时间被重组达到这样的程度，使得诗的内容被置于一种在语言上不可避免的、可记忆的聚焦中。"在《文明的孩子》中，他评论曼德尔施塔姆的诗："它反而变得比以前任何时候更具歌唱性，不是吟游诗人似的歌唱而是鸟儿似的歌唱，带着刺耳、难以预料的措辞和高音，有点像金翅雀的颤音。"在《诗人与散文》中，他评论茨维塔耶娃的诗："她的声音极具特色，她的语言几乎总是在高八度音的另一端开始，以最高的音域，最上的极限，之后你可以设想的就只能是下降，或在最好的情况下，只能是稳定。然而，她声音的音质是如此悲剧性，以至它确保永远有某种上升感，不管那声音持续多久。"

布罗茨基放开手脚，极为细致地去描摹诗歌那精微的声音，是因为他一直坚定地认为伦理是依附于美学的，请注意在这里，布罗茨基并没有将这两者割裂，他虽然深谙象征派诗学的精髓，但是对于象征派耽于形式游戏的通病他也有足够的警惕。因此，对于声音的辨别和对于善恶的讨论构成布罗茨基文章飞翔的双翼，它们多半在不同的纸页上展开，却恰到好处地成就了杰出文章的底色。当然，对于二者最终的精巧联合或者彼此融入，布罗茨基永存一份恒久的期待，正如他在《诗人与散文》中精彩的论述："文学语言学会了呼吸抽象概念的稀薄空气，而抽象概念则获得了语音学和道德感的躯壳。"在此，音韵和伦理在经过长久的充满怀疑的相互打量之后终于走到了一起，其结果则是美妙的诗歌和杰出的散文。

美学和伦理学的关系长久地萦绕在布罗茨基的心头，声调和恶似乎一直在他意识深处上演拉锯战。而这些恰恰说明，布罗茨基思和诗的状态始终处在亢奋之中，它们翻滚着像被抑制在九十摄氏度的水，一直期待着沸点的到来。我们知道，这沸点对于布罗茨基就是1987年10月他获得诺贝尔文学奖的时刻，在精心撰写的雄心勃勃的诺贝尔文学奖受奖词中，对于美学和伦理学这二者的关系，布罗茨基做了一个了断："每一新的美学现实都为了一个人明确着他的伦理现实。因为，美学是伦理学之美；'好'与'坏'的概念——首先是美学的概念，它们先于'善'与'恶'的范畴。……个人的美学经验愈丰富，他的趣味愈坚定，他的道德选择就愈准确，他也就愈自由——尽管他有可能愈不幸。"这段话太精彩，使得布罗茨基的受奖词在诺贝尔文学奖百年来的受奖词中也当仁不让成为上乘之作。更为重要的是，以这段话为视角反观布罗茨基自己的诗和散文，我们可以获得理解的密码。我们终于知悉那秘密：为什么布罗茨基谈论声音和音调却可以成功摆脱轻浮和炫技的干扰，为什么布罗茨基在谈论道德谈论恶和专制时却有一种难得的轻盈——一种揭露的轻盈，一种让恶无地自容的威力。

原刊于《新京报》2014年11月1日

大受裨益的散文

在有关茨维塔耶娃散文的评论《诗人与散文》中，布罗茨基以惯有的毋庸置疑的口吻比较了诗歌和散文的高下："平等的概念，不是艺术本质固有的，而任何文人的思想，都是等级制的。在这个等级制内部，诗歌占据着比散文高的地位，而诗人在原则上高于散文家。"布罗茨基堪称缪斯最坚定的拥趸，许多次似乎是担心读者的粗心淡忘了他的告诫，在不同的文章里，他反复宣称："诗歌是语言最高的存在形式。"而多少有些名气的散文作家，在他看来都交过诗歌学费——在早年他们多半写过诗，而且至少在行文的简洁与和谐方面受益。

不过悖论的是，布罗茨基自己的散文却大有跃升其诗歌的趋势。在中国，当诗人们聚在一起赞不绝口地谈论布罗茨基的时候，通常都是在谈论他的散文，准确地说是在谈论刘文飞翻译的布氏的十篇文章，它们在1999年以《文明的孩子》之名由中央编译出版社出版。虽然早在1990年漓江出版社就出过以诗为主的布罗茨基诗文集《从彼得堡到斯德哥尔摩》，但中国的诗人们对布罗茨基的诗明显缺乏热情，至少远没有对他的散文那样热情，对他的诗人们似乎并不十分熟悉，但是谈到他的散文，不少中国诗人甚至随口可以引述几段。也许是因为诗歌的翻译更难，丧失的东西更多，更大的可能则是布罗茨基的散文太出色了，以至于使他的诗歌相形见绌。这当然是布罗茨基自己不愿看到的，可是在写作中令人遗憾的事太多了，写作者的愿望很难和自己的期望完全吻合，哪怕诺贝尔文学奖获奖者这样级别的作家有时也很难幸免。

中央编译版的《文明的孩子》收录布罗茨基十篇文章，均属布氏散文中的精品，包括五篇分别评曼德尔施塔姆、阿赫玛托娃、茨维塔耶娃、奥登和弗罗斯特诗学的文章，也包括备受赞誉的诺贝尔文学奖受奖演说。这些文章正如库切评论的那样，成为布罗茨基压箱底儿的文章。它们十几年来在中文世界不断盘旋，既持续抬升着布罗茨基的声誉，也使整个中文世界对布罗茨基的散文形成一种饥饿感。因此，当《小于一》中文全译本去年下半年出版时引起轰动效应也就不足为怪了，不久前布罗茨基另一本重要散文集《悲伤与理智》也出版了中文全译本，两本散文集，共收录三十九篇文章，译成中文总计有六十七万字。至此，布罗茨基的散文在中文世界终于完整面世，而我们也可以就此对布罗茨基的散文创作做一个全面的观察。

从文学史的角度看，诗人散文家这一标签几乎是品质的保证。波德莱尔、兰波、瓦雷里、庞德、艾略特、里尔克、佩索阿、曼德尔施塔姆、茨维塔耶娃——我们可以举出一长串在散文创作方面同样享有盛誉的诗人，而布罗茨基显然是这一行列中最年轻的一员。人们通常笼统地认为诗人是更严谨更敏感的语言艺术家，他们从事散文创作自然差不了。在布罗茨基之前，认真比较过诗歌和散文优劣的大概只有瓦雷里，他曾在《诗与抽象思维》一文中将诗歌与散文的差别比作舞蹈和散步："舞蹈不朝向任何地方走去，如果说它追求某个目标，那也只是一个想象中的目标，一种状态，一阵欣喜，想象中的鲜花，一种生活的极端，一个微笑——它最终出现在那个希望从空荡荡的空间得到它的人的脸上。"而散步无疑要乏味得多，它瞄准一个确定的对象，而当它终于达到了目的地，对这一目的地的拥有即刻解除了它的全部行动，结果吞噬了原因，目的掩盖了方式，无论行为如何，剩下的只是空洞的泄了气的结果而已。另一方面，诗不会因为存在过而死亡，它生来就是专门为了从它的灰烬中复活并且无限地成为它从前的样子。

总的来说，布罗茨基继承了瓦雷里的思想，只是布氏的表述更加周全（尽管可能不如瓦雷里精妙），其思考主要体现在《诗人与散文》一文中。同时，布罗茨基也在散文创作上倾注了比瓦雷里更多的热情，以尝试将舞蹈的因素如何植入散步的脚步，其结果则是数篇众口赞誉的文章，但在另一些不那么出色的文章里我们也看见另一位步伐杂乱的散步者，他左顾右盼似乎找不到方向。

《诗人与散文》是布罗茨基为茨维塔耶娃散文英译本撰写的导言，因为布氏自己在散文创作上也投入了巨大精力，许多时候，文中论述也像是布氏的自况。也就是说，我们可以从此文中找寻布罗茨基写作散文的秘密之径。尽管在文中，他首先把散文放在较低的位置，但很快他也为诗人从事散文写作辩护，诗人“只是在理论上可以在不需要写散文的情况下做诗人”，也就是说，写散文几乎是诗人必然的一个副业。首先，散文写作有时也是一个正当的写作冲动；冉者，有些题材只能以散文来处理，布罗茨基列举了如下几种：一部涉及超过三个人物的叙述作品，对历史主题的省思，对童年往事的追忆。在列举这些题材时，布罗茨基肯定想到了自己的某些散文作品——描述他早年生活的《小于一》和《战利品》，回忆他父母亲的《一个半房间》，回忆并怀念诗友奥登和斯彭德的《取悦一个影子》和《悼斯蒂芬·斯彭德》。

如果说散文写作对于诗人来说是不可避免的，那么接下来的问题只能是如何将它们写得更好，或者说为什么诗人的散文总要出色一些，就像布罗茨基说的那样：“谁也不知道诗人转写散文给诗歌带来了多大的损失，不过有一点却是可以肯定的，也即散文因此大受裨益。”同样我们可以肯定的是，布罗茨基的散文显然也是大受裨益的产物。我们继续从《诗人与散文》中寻找蛛丝马迹，关于一位散文作家可以从诗歌中学到什么？

布罗茨基列举了几点：依赖一个词在上下文中的特殊重力；专注的思考；对不言而喻的东西的省略；高涨的情绪中所隐藏的危险。看起来很简单，但是只要你足够熟悉布罗茨基的散文，你就知道这绝对是他的肺腑之言，这几点在他的散文写作中都有清晰体现。

首先，“依赖一个词在上下文中的特殊重力”是典型的繁殖式的诗歌写作方式，任何写作从根本上说都是由一个个句子的累加构成，每一句话都需要某种延续，延续的方式有很多种——逻辑上的、语音上的、语法上的、节奏上的等等。一般的散文写作，句子和句子之间的纽带主要是逻辑链条，句子在情节的河道内一泻而下，在开篇时如果你处在逻辑链条的上段，那么行将结束时，你就会在其链条的尾段，这正如瓦雷里所说的散步——你从起点往终点一步步走来。诗的写作则是从根本上反抗这庸常的逻辑链条的，它始终对新奇保有一份热情，它反抗的主要方式，是通过音调的牵引组织词语，诗人多半借助音调的触手寻找下一个词语和句子，而陌生的新奇的意义正附着其上。也是这个原因，布罗茨基在他的诗学随笔里经常会从各个角度涉及到诗歌中音调的问题，而且通常这些议论都极为精彩，正是在这里布罗茨基显露出行家里手的本色。相形之下，虽然在论及政治、历史，乃至小说的文章中（如《论独裁》《空中灾难》《一件收藏》《向马可·奥勒留致敬》诸篇），他的语言保持了惯常的敏感，但是到底显得有点语焉不详，在那些方面他还算不上行家，相关的积累也远不如诗学上的。用语言之美引导意义，是特别好的写作状态，但如果语言之美过于超前于意义本身（甩得太开），那么这样的文章总体上也只能流于美文的窠臼了。

当然，和舞蹈的根本不顾及终点在哪的诗歌相比，散文的听力无论如何都要弱得多，这大约也是布罗茨基屡次把诗歌抬到更高位置上的原因之一。但是由于有对散文中泛滥的逻辑链条清醒自觉的反叛，布罗茨基的散文已经比一般散文拥有更多样丰富的语言组合能力，况且他还拥有另一件摆脱陈词滥调惯性的利器——隐喻。刘文飞在译序里也讲到布罗茨基散文呈现出强烈诗性的一个重要原因，就是他在文中使用了大量奇妙新颖的比喻。一个诗人水平的高下，某些时候可以其发掘隐喻的能力作为观察的指标，布罗茨基当然具备在两样看起来似乎毫不相关的事物间寻求内在联系的超强能力（也就是隐喻能力），这一方面使行文更富诗意更加精彩；另一方面，这也是精确表达的要求，布罗茨基显然会同意某位英国评论家的意见——要想做到精确，就必须善用隐喻。事实上，“隐喻”这个词本身就是布罗茨基散文的核心语汇，在其文章中出现过不下数十次。这是我在书中随意找到的几处比喻：“几条你青春记忆中的林荫道，它们一直延伸至淡紫色的落日；一座哥特式建筑的尖顶，这碑尖将它的海洛因注射进云朵的肌肉。”（《一个像其他地方一样好的地方》）他这样描述年迈的斯彭德：“这一切使得八十多岁的他看上去就像是充满善意的冬天，它正在探访其余三个季节。”(《悼斯蒂芬·斯彭德》）他评论欧洲文化 :“整个欧洲文化，包括它的大教堂、哥特式、巴洛克、洛可可以及建筑上的螺旋纹、涡状纹和叶状纹等装饰，都不过是一只猴子对它永久失去的那片森林的眷念。”而且，布罗茨基的隐喻往往是生长性的，一个意象经常牵出一连串隐喻，这自然也是摆脱通常理性逻辑的一种方式，比如《一件收藏》中的一段话就是由“源头”这个意象引出的 :“不，亲爱的读者，你并不需要源头。你既不需要源头，也不需要叛变者之支流，甚至不需要那从布满卫星的天国直接滴落至你大腿的电子降雨。在我们这种水流中，你所需要的仅为河口，一张真正的嘴巴，在它的后面就是大海，带有一道概括性质的地平线。”在这段文字中，“源头”次第牵引出支流、降雨、水流、河口、大海和地平线等意象，句子的发展在这里主要由视觉意象推进，而其后的意义则实现了摆脱理性逻辑的跳跃，当然如果你愿意也可以说这种跳跃就是舞蹈。

布罗茨基所说的散文家向诗人学到的另外两点——专注的思考，以及对不言而喻的东西的省略——可以放在一起讨论。“专注的思考”这一点容易引起疑问：散文作家不也可以进行专注的思考吗？瞧，他独个坐在那里已经写了一天。我想布罗茨基所说的专注的思考绝不是单纯的注意力的集中，而是指思考方式的专注。通常散文写作的思维方式是线性的，是由此及彼的，正如瓦雷里所说的散步。这种思考方式从一个结论推向另一个结论，看起来缜密，但每一个环节都没有经过仔细推敲，思维只是呈现出某一单一的面向。从布罗茨基的散文实例看，他的思维方式则是放射状的，是围绕中心议题从各个方面展开的轮番进攻。这就涉及到布罗茨基散文最显著的一个外在形式——片段式。他的绝大多数散文，都是由标有阿拉伯数字的文字片段组成，片段之间并没有显著的逻辑联系，而每一个片段都是和论题有关的一个侧面。

以库切颇为欣赏的《向马可·奥勒留致敬》为例，这篇文章由二十个片段组成，这些片段并没有形成对马可·奥勒留其人其思想逐渐走向纵深的揭示和理解。第一段文字是对于“古代”这一概念的遐想；第二段文字则从罗马街头骑在马上的奥勒留雕像联想到有关骑士的种种；第三段文字讨论了居于过去和未来之间的想象力的作用；第四段文字则以叙述笔法描述了布罗茨基首次抵达罗马时，第一次看到卡比托利欧广场上马可·奥勒留雕像的情景；第五段文字则是对奥勒留雕像所使用的材料——大理石的冥想；第六段文字又旁逸到对古罗马各种雕像的评述。——仅从前六段文字即可看出，每段文字前的阿拉伯数字只起到间隔作用，并不意味随着数字加大，思维在向纵深发展。但它们都和马可·奥勒留有关，或者至少是和他引起的联想有关，那么布罗茨基也就从记忆中、思想中和论证中不断触及奥勒留这个论题，而最终奥勒留的思想和作者对奥勒留个人化的印象将有可能得到全面展现，而不会像在一般线性散文中只是从某一个侧面去触及。在此基础上，对于“不言而喻的东西的省略”也就变得顺理成章——不用考虑线性文章中那些恼人的起承转合的东西，那些说明性的不言而喻的东西就此可以干脆地丢开。

在这种放射状的写作方式中，可以直接就作者感兴趣的某个点立即展开描述，而且很多时候这个点是由作者对某个词语的敏感和联想造就的，比如第一段的“古代”，第二段的“骑士”，第三段的“想象”，第四段的“雕像”，第五段的“大理石”，第六段的“群像”。从这里我们可以看得清楚，布罗茨基的散文写作简直就像是从诗歌写作里的横向移植。在诗中我们早就知道，从词语出发的写作反而最终会获得更丰富的意义，而不是相反，以此类推，立足于词语的散文写作也更容易获得丰富的甚至是意外的意义。而且这样的写作，也顺便保证了音调的美妙和语感的流畅，同样，这两者也是被写作者优先考虑的。

最后一点——高涨的情绪中所隐藏的危险——对于抒情的行家里手诗人来说，是很容易理解的。被过度修饰的情绪往往是浮夸的情绪，被过度修饰的风格也就是浮夸的风格。这样的启示也相对容易被散文家所接受，那就是对一切过于热情的东西的警觉，无论是语言、思想、情绪或者仅仅就是风格本身。布罗茨基的文章当然成功杜绝了这些赝品，他的散文总体上以冷峻著称，冷峻中还带有那么一点讽刺和讥诮。也因为这一点，他的几篇自传性随笔，从时间上来说恰恰略去了上世纪六十年代，那是众所周知的苏联以社会寄生虫罪名，对他进行指控并判处他去俄罗斯北方劳改的年代。布罗茨基隐去这一段，当然是因为他拒绝展览他的创伤，在某次大学毕业生典礼上致辞时，他曾特别强调了这一点："要不惜一切代价避免赋予自己受害者的地位。"想了解这段历史的话，可以看他和沃尔科夫的谈话录，在谈话时布罗茨基放松许多，而且也是在沃尔科夫的不断追问下，布罗茨基谈到那段他在创作中从未涉及的历史，那段令人恐怖的也极为荒诞的历史。

可能也是因为这段被迫害被流放的个人历史，布罗茨基对于苏联的意识形态极为厌恶和轻蔑，在他的回忆性散文中我注意到至少有两处直接涉及到这方面内容。一处是在《旅行之后，或曰献给脊椎》一文中，布罗茨基在巴西参加一次国际文学会议，他建议为越南的流亡者设立一个分会，但受到两位来自东欧国家作家的阻挠，"当我嘟嘟囔囔为越南人说话时，这两个人发出嘘声，那位德意志民主共和国人甚至向大会主席发问，问我代表哪个国家"。随后，布罗茨基在文中直接以"臭大粪"形容此人，这个词在他有力但也很典雅的文风中如此扎眼，让人过目不忘，从中我们也可感觉到他的厌恶之深。另一处是在《悼斯蒂芬·斯彭德》一文中，布罗茨基回忆二十世纪七十年代和斯彭德夫妇去伦敦南区的一个主教宅邸参加一个宴会，碰到英国作家C. P. 斯诺，斯诺向他吹捧起肖洛霍夫的小说，“我花费了大约十分钟时间，竭力回想某本英语俚语词典里某个合适的词条，以便做出恰如其分的回答。斯诺先生的脸的确变得雪白”。估计那个词条和“臭大粪”有一拼。

以上几点布罗茨基提到的散文从诗歌那里可以学到的东西，在他自己的散文里都有体现，但这些并不能概括布罗茨基散文的全部优点。在散文里尤其在他那些优秀的诗学随笔里，布罗茨基喜欢也擅长谈论形式上的问题——音调、韵脚、声音等等。上述几点对散文的启发也是偏重于形式方面的分析，但是他的文章绝不是从文本到文本的类似于“新批评”那样的诗学随笔，不说他那些直接抨击苏联专制制度的回忆性文章，不说《论独裁》和《致总统书》，就在他的诗学随笔内部也有一种反抗专制的气氛，有一种历史的眼光，这都赋予他的文章某种厚重的底子，而在那几篇论述曼德尔施塔姆、阿赫玛托娃、茨维塔耶娃的压箱底儿的文章中，还要再加上一丝生命无常的虚无感，以及对于这几位俄罗斯饱受摧残的卓越诗人强烈的爱的情感，这些都使这几篇文章成为整个诗学批评领域里难得的精品，他从这些文章中站起身来，接受大家的鼓掌和致敬，实在是当之无愧。

在《小于一》和《悲伤与理智》里篇幅最长的几篇是有关文本细读的文章：包括对茨维塔耶娃长诗《新年贺信》细读的《一首诗的脚注》，《论W. H. 奥登的〈1939年9月1日〉》，评论弗罗斯特诗作的《悲伤与理智》，评论哈代四首短诗的《求爱于无生命者》，评论里尔克诗作《俄耳甫斯·欧律狄刻·赫尔墨斯》的《九十年之后》。布罗茨基选的诗都是他热爱的，因而在这些貌似冷静的分析背后，总有一股抑制不住的激情在牵引着布罗茨基分析的触手，赋予这些分析文字以内在的热度，并时常和诗本身摩擦出灵感的火花。总体上，他的细读锐利透彻，有时甚至美妙得令人目眩——的确，在某些部分，布罗茨基有炫技之嫌。他显然是这几位诗人最热心最专注的读者之一，还有谁比他更执着地观察构筑这些诗歌的每一根纤细的线条呢？他的语言繁殖式的写作，在这些细读文章中发挥到极致，一个词一行诗往往就可以引出一长段洋洋洒洒的分析，许多时候这些分析也是他自身创作感受的折射，这一点非常关键，在和所评对象接近的层次上，布罗茨基的灵感得到淋漓尽致的发挥。如此说来，这一种创作方式也是难以模仿的，尽管它有一个似乎可以被触摸到的理性外衣，但是在最关键的核心部位，它仍然是被缪斯牢牢掌控的，没有直觉没有被天启过的批评家如何拧开那理性的阀门呢？他们只能白忙活，正如中国当代那些受布罗茨基影响的细读式批评家，有时候只要瞄一眼他们所评诗作，就知道那些长篇大论根本毫无价值，因为只有不入流的批评家才会在一首劣诗上花费精力。可是如何判断一首诗的优劣呢？很多时候靠的是直觉，理性不过是在进一步证明这直觉的正确性时才有作用。如此说来，诗人批评家大概是诗的批评者里最靠谱的了，布罗茨基显然为这个古老的称号赚得了新的赞誉。如果说有缺点的话，这些细读仍然太长了，甚至库切在有关布罗茨基的一篇评论里也曾抱怨过这一点："论弗罗斯特（44页）、哈代（64页）和里尔克（52页）的讲稿每篇砍掉十页会有好处。"库切说得算是客气，这些细读文章的确有违布罗茨基自己对于诗人散文在简洁方面的称道，而过度沉溺于分析的灵感之火花，则和高涨的情绪也就不远了，那么其中隐藏的危险布罗茨基感觉到了吗？在繁殖式的天才式写作中，依然要警惕臃肿的侵入。考验无所不在，稍一分神，缪斯即会远离，真正的诗人需要永葆一份纯真和谦卑。这太难了，但这不也正是布罗茨基所喜欢的一种"诗意的惩罚"吗？

原刊于《新京报》2015年5月23日

辑三

经典的惯性

马斯特斯：生活包围着我

在某种意义上,《匙河集》可以说是埃德加·李·马斯特斯的代名词。作为一名成功的律师和勤奋的业余作家，马斯特斯在八十一岁（1950）的年纪上辞世时，一共出版了五十本书，包括多卷诗集、若干剧本、一部自传（《匙河对岸》）、多本传记（包括《林肯其人》）、五本小说，还有一部试图重温其巨大成功的续篇《新匙河集》，但真正能流传后世的只有一本《匙河集》，而他也将因为这本诗集，作为再现一座美国中西部小城风情的作家而为后人铭记。这样的作家形象看起来对其后的不少美国作家有一种奇特的吸引力，虽然没有直接证据，但我感觉舍伍德·安德森的《小城畸人》应该受到《匙河集》的影响，两者都聚焦于美国中西部小城里形形色色的小人物，都试图揭开日常生活裹挟在普通人身上的伪装，去真实地呈现卑微的小人物的理想和宿命，欢乐与悲伤。从出版时间上看,《小城畸人》首版于1919年,《匙河集》首版于1915年，而后者一经出版即风行一时多次再版，有着相似的小城生活经历的安德森应该看过此书，并从中受到启发和激励。此后，福克纳用十九部长篇和一百二十多篇短篇小说虚构的约克纳帕塔法县，则将这一类美国中西部小城故事推向极致，福克纳从安德森那里沿袭而来的创作手法，也已经是众所周知的事情了。也就是说，《匙河集》开辟了美国文学中的一个小小的传统，那种相对封闭的地理区域，形形色色小人物的众生相，人物之间错综复杂的关系，立足于本地却奋力触及永恒主题的野心，都已经深深打上"美国文学"的印记，而其中较古老的一只脚印应该来自于《匙河集》。

马斯特斯将诗集里虚构的小城命名为匙河，但它的原型很可能是伊利诺伊州的刘易斯敦，他曾在位于那里的父亲的法律事务所学习法律，并在迁居芝加哥以前在那里执业一年。小城生活经历显然给马斯特斯留下难以磨灭的印象，早在1906年马斯特斯就曾向他父亲谈及写小说的计划，试图反映小城的律师、银行家、商人、牧师及好色之徒在本性上相同的主题，这部小说没写成，但那个想法却时常萦绕着马斯特斯，为诗集《匙河集》的诞生奠定了思想和经验基础。1914年5月，诗人母亲来芝加哥看他，母子俩聊起往事，回忆起他们曾经住过的小城刘易斯敦和彼得斯堡两地的奇闻趣事，无意间触发了他的灵感，从5月到12月马斯特斯一鼓作气创作了二百一十四首墓志铭形式的短诗。诗人一开始并没有把自己随手写下的这些以“逗趣”为目的的小诗当回事（这种创作心态大概也是整本《匙河集》语调轻松自然，少有斧凿痕迹的一个原因），但是随着这些墓志铭诗在杂志上的陆续发表，竟然迅速引起读者和诗坛的热烈反响。次年，这些诗在当时著名的文学赞助人哈里特·门罗的帮助下得以出版，题名《匙河集》，不久又经过扩充，于1916年出版修订本，收诗二百四十余首。

整部《匙河集》除了第一首序诗《山岗》和最后一首具有总结意味的长诗，其他二百多首诗都是以匙河墓中死者自述的口吻写成的墓志铭。这使《匙河集》立刻获得了一种众生喧哗的印象，而且由于是墓志铭，说话的死者都很直率，恰恰是日常生活中被他们紧紧守护的秘密，成为他们倾吐真情的谈资。这些秘密主要是一些深埋在日常生活和谐表象之下的故事，人们或者尔虞我诈或者沮丧厌世或者通奸作恶，总之都是一些令人瞠目结舌大跌眼镜的事情。这些墓志铭共同组成了一部对一个日益衰落的乡镇生活的冷峻评论，揭露了这种生活的虚伪以及对正直和诚实等正面品质的败坏能力。

从主题看，《匙河集》很像某些批判现实主义的小说，好在它是一部诗集，那么它的优异之处也主要体现在它的形式上。墓志铭要求的是精炼，一般都在十行以内，顶多十几行，否则得要多大一块大理石才能容得下滔滔不绝的自述啊，而且自述者谈论的往往是自己一生中最为纠结念念不忘的事情，两百多个人生所发生的那些最稀奇古怪的事情，很自然地使这些诗作规避了通常诗歌最容易犯的毛病——空洞、言之无物。对于盯着细枝末节做无病呻吟状的诗歌，马斯特斯在《佩蒂特，一个诗人》里做了正面嘲讽，《匙河集》里写到好几位小镇诗人，但是只有在这首诗里，马斯特斯正面谈到诗歌观念，这是《匙河集》里少有的一首元诗歌，在很大程度上反映出马斯特斯自己的诗观，对理解整部《匙河集》有重要提示：

犹如干豆荚里的籽，滴答，滴答，滴答，
滴答，滴答，滴答，犹如螨虫在争吵——
犹如那微风完全苏醒过来的微弱的抑扬格体诗歌——
但是松树由此演奏了一出交响乐。
八行二韵诗，田园诗，十四行诗，二韵叠句短诗，
由陈词滥调的节奏所谱写的叙事诗：
昨日的雪和玫瑰都销声匿迹了；
爱情是什么？除了一朵褪色的玫瑰。
在村子里生活包围着我：
悲剧、喜剧，豪迈和真理，
勇气，坚贞，英雄主义，失败——
全都赫然耸现，那是怎样的图景啊！
森林，草地，小溪和河流——
我的全部人生无视这一切。

八行二韵诗，田园诗，十四行诗，二韵叠句短诗，

犹如干豆荚里的籽，滴答，滴答，滴答，

滴答，滴答，滴答，多么微妙的抑扬格体诗歌，

当荷马和惠特曼在松林里放声歌唱？

“在村子里生活包围着我”这句是对诗歌主题的强调，之后列举出的一长串词汇——悲剧、喜剧、豪迈、真理、勇气、坚贞、英雄主义、失败——的确是马斯特斯在《匙河集》里予以特别关注的主题，与此相对应的则是对“微妙的抑扬格体诗歌”的讥讽，这些纤细敏感的诗歌在马斯特斯眼里犹如“干豆荚里的籽”，发出轻微的“滴答”声，“犹如螨虫在争吵”。这里连续两个比喻都是负面的，体现出马斯特斯对于这类诗歌的轻蔑，他所推崇的则是“在松林里放声歌唱”的荷马和惠特曼。从整部《匙河集》来看，马斯特斯的调门虽然没有惠特曼那么高——他所擅长的其实是语调低平的娓娓道来，但是直率地谈论人生中重要事情的姿态则和惠特曼接近，对于诗歌中戏剧冲突的强调则可以看到荷马的影子。

当然，在这方面马斯特斯有一位更重要的在诗集中并未提及的导师——罗伯特·勃朗宁，为了克服比他稍早的浪漫主义诗人过度主观性的空洞，勃朗宁将戏剧中比较激越的独白部分从戏剧故事的冗长累赘中抽离，发展出一种更为客观更为鲜明

的诗歌风格。勃朗宁曾经描述过这种诗歌："虽然经常是抒情性的表达，但总有着戏剧性原则，众多的言词表达出自众多想象的人物，而不是我自己的话语。"对此，马斯特斯一定非常认同，而且这显然也奠定了《匙河集》诗歌风格的基础。马斯特斯在诗集中之所以敢于粗率地使用"我"这个其他诗人颇为忌讳的人称代词，是因为在《匙河集》中"我"已然异化，是众多人物的化身，"我"已从一般诗人自恋的标识变身为深入他者灵魂的探针，可以便利地出入于人物外部的经历遭遇和内部细微纠结的情感。这也是为什么致力于戏剧独白的诗人需要一个外在面具的原因，那是想象力得以飞升的跳板，诗人借助于它才能在他人的世界尽情遨游，并洞悉他人生活和灵魂的秘密。

《匙河集》的独特性还在于它是一部罕见的有着缜密结构的诗集，一般来说诗人的个人诗集往往就是这位诗人的作品合集而已，并不需要主题上的一致性，但是《匙河集》描述的是小镇上生活的芸芸众生，在他们各自述说的故事中难免会和他人发生瓜葛。比如：霍特·帕特因为艳羡比尔·皮尔绍生财有道，而去从林里抢劫游客，结果失手将游客杀死，被判绞刑后其坟墓又和皮尔绍的挨在一起；自视甚高的萨默斯法官对自己的坟墓没有墓碑愤愤不平，而蔡斯·亨利——那个小镇上的酒鬼，"骨灰罐上反倒矗立着大理石墓碑"；鲁宾·潘尼特在自己的墓志铭中倾诉对于自己中学老师艾米莉·斯帕克斯的爱，而斯帕克斯则在下一首墓志铭中对潘尼特的爱给予热烈的回应，“那个我所有学生里我最爱的男孩”；黛西·弗雷泽则在诗中抱怨温登编辑、巡回法官、彼特牧师和西布利牧师道德上的败坏，以为自己的吝啬做辩护。

诸如此类的例子在《匙河集》中比比皆是，人物之间错综复杂的关系将诗集里的诗作很自然地串联为一个整体，因此《匙河集》的张力不仅来自于语言本身，也来自于人物之间的关系，或者说后者强化了整本诗集的张力。应该说，这种魅力几乎是《匙河集》所独有的，其他诗人的作品，哪怕勃朗宁篇幅更长的戏剧独白体诗歌，每一首就是一个自在自为的世界，诗歌的声音随着最末一行的结束也就随之销声匿迹，他的手段再高超也只能在一首诗的范围内一较高下。而《匙河集》里每首诗的因子则可能潜藏在诗集的任何地方，每首诗都有可能因埋伏在别处因子的激发而获得重生——当某个暧昧不明的伏笔在另一首诗里豁然开朗，再回过头来看之前的那首诗作，你会获得非常不一样的感受，这显然增加了诗作本身的维度和魅力。因此，就每首诗而言，马斯特斯写得并不费力，他信手拈来，一个个生动的人物形象却跃然纸上，这很大程度上得力于诗集内部每首诗的相互提携。一些悬念是通过让一个人物提到某个在后面的墓志铭中将进一步展开的人或事件而制造的，这通常是小说惯用的手法，马斯特斯将其运用在诗集里，的确堪称别开生面。

《匙河集》里隐含着十七条故事线索，比较核心的是经理托马斯·罗兹打理的银行的倒闭，以及由此引起的一系列连锁反应。诗集里至少有十几首诗提到托马斯·罗兹和他儿子拉尔菲·罗兹：大老粗威尔迪在工作中被火烧伤，罗兹的儿子虽然拥有那家工厂，但是却买通法官，将责任推给一个威尔迪根本不认识的人，从而得以逃避赔偿的责任；杰克·麦克奎尔虽然用枪击毙罗根警长，但是因为他的律师也正在帮老托马斯·罗兹的银行倒闭打官司，律师动用罗兹和法官的关系使麦克奎尔逃脱死罪，只是被判了十四年徒刑；八个孩子的父亲巴里·霍顿因为将农庄抵押给托马斯·罗兹而陷入困境，因为厌倦怀孕妻子的牢骚而将妻子砍死；乔治·里斯太太则为自己在银行做出纳的丈夫成为银行倒闭的替罪羊而不满，她认为罪魁祸首正是托马斯·罗兹和他虚荣的不择手段的儿子；尤金·卡曼则因为自己对主人托马斯·罗兹唯命是从而深感羞愧和自责，如此等等。从托马斯·罗兹在诗集中出现的次数，我们就知道这是《匙河集》里的重要人物，但是从诗集中归纳出一个流畅完整故事的企图也是不切实际的，理由很简单，因为马斯特斯很明确自己在写一部诗集，那么语言和情感将是他首先考虑的事情，而故事情节作为一个背景置于诗句的远景中也就够了，如此，情节和语言各就其位，而诗将从这两者健康的关系中获益——试想一下，诗人如果在诗中纠结于描述一个个完整的故事，那将是一幅怎样可怕的场景，保证故事流畅的情节链条将摧毁诗歌天生的跳跃性的步伐。

因此，《匙河集》虽然有十几条故事线索，但马斯特斯没有将其条理化、清晰化，每首诗之间固然可能会有联系，但是诗人也没有试图将每首诗的位置固定下来，除了第一首《山岗》和最后一首诗有明确的统领和总结的意味，其他诗作在诗集中的位置有一定随意性，很可能只是简单地以诗人写作的时间先后为序的。那么，为了凸显诗与诗之间的关联性，马斯特斯习惯将两首相关的诗作排在一起以强调两者之间的对话性。但是和戏剧里的对话不同，《匙河集》里的两首关联性很强的诗，哪怕是两首夫妻的墓志铭，它们都不是彼此的听众，实质上它们都在面向读者和公众说话，而这两人之间仿佛竖立着一堵高墙，这堵墙的存在使他们面向大众的说话更加直接和坦率，很多时候后一首诗作往往在揭露前一首的谎言，而诗作内部的嘲讽意味则更形强烈。比如：当本杰明·潘尼特刚刚以哀伤的语气在前一首里，抱怨自己被妻子赶到办公室后面肮脏昏暗的房间生活，紧接着后一首本杰明·潘尼特太太就在后一首里予以揭露：

但想象你是一位女士，具有雅致的品味，
讨厌威士忌及洋葱的味道，
以及华兹华斯的“颂诗”节奏跑到你耳朵里。
当他从早到晚都这样

重复着那些微不足道的小事；
“噢，为什么人类的精神就应该值得自豪？”
然后再这样想象一下：
你是一位有着优越天赋的女人，
只有和这个男人，法律和道德
允许你们拥有婚姻关系
一个如此令你作呕的男人
每次你这样想想——当你这样想
当你每次见到他的时候？
这就是为何我赶他离开家
让他和他的狗生活在一个昏暗肮脏的房间里
在他的办公室后面。

如果说潘尼特夫妇是我们在生活中不难碰见的相互嫌恶的夫妻的话，梅耶斯医生和他太太则是同气相求的夫妇，梅耶斯医生在诗里说他倾尽全力拯救女诗人密涅瓦，但失败了，因此遭到控告和报纸的羞辱，夫妇俩饱受压力而相继辞世。在后首诗里，梅耶斯太太就起身为自己的丈夫辩护：“他用他的一生抗议/报纸恶棍般散布关于他的谎言；/对于密涅瓦的堕落，他并没有错，/只是试图尽力去帮助她。”马斯特斯对于帕克派勒夫妇的讥讽则更加溢于言表。帕克派勒是那种典型的自我感觉良好的男人：“她爱我。噢，她多爱我。”在他不无得意的自述中，他太太完全不能离开他，他私奔出去一年，随随便便撒个谎就可以蒙混过关，“我告诉她当我乘坐一艘划艇时，/在范布伦街附近被密歇根湖的海盗俘虏了，/被锁链锁住，所以我不能给她写信。”而他太太则哭着吻他，对他所受到的磨难充满怜悯之情。可是在接下来的一首诗中，帕克派勒太太在墓志铭中袒露心声，原来她对自己丈夫的把戏完全了然于胸，甚至也知道自己丈夫在和女帽制造商威廉姆斯太太偷情，只是出于对婚姻的维系不予点破而已：

但是承诺就是承诺
婚姻就是婚姻，
出于对我拥有的角色的尊重
我拒绝卷入一场丈夫计划的离婚事件中。

这三对夫妇每一对夫妇的诗相互之间都有很强的互文关系，后一首妻子的诗对前一首丈夫的诗或者是强化或者是揭露，也就是说你只有读到后一首妻子的诗时，才能准确了解前一首里的措辞到底是何含义，才能准确了解作者本人的态度，前一首中那些摇摆不定的情绪才可能落到实处。这样处理无疑增加了诗作的悬念，刺激了读者的好奇心，并且当心中疑问在随后的诗作中解开时，会有一种识破秘密的小小喜悦。

因为众多人物的存在，以及人物之间错综复杂的关系，整本《匙河集》有很强的戏剧性，但和通常的戏剧不同的是，马斯特斯并不用费心去经营一个故事，串联出符合逻辑的情节。这固然会影响诗集探索人类灵魂的深度，但是却为自身赢得某种难得的自由，换言之，马斯特斯可以完全沉浸在形形色色人物内在的灵魂之中，而情节在赋予这些诗作硬朗质地的同时，并没有束缚人物跳跃的思绪和语言自由的联想。马斯特斯免去了陈述完整故事的累赘，和通常的戏剧相比，《匙河集》情节和语言的高潮更为密集，因此这本诗集的魅力主要来自于抒情诗短促又直接的鼓点，而不是戏剧情节起承转合的幽微和曲折。

《匙河集》侧重对阴暗面的描写——堕胎、自杀、通奸、栽赃等等，这无疑使整本诗集沾染了灰色的基调，可是如果读者时刻谨记这些诗作都是以人物死后的口吻叙述出来的，一种穿透日常虚饰性礼节的揭露语调几乎就是必然的——人世的基调原本就是灰色的，只要你是诚实的人，就不会否认这一点。想想我们自己的生活吧，哪怕是现在，哪怕是在蓝天晴日下，稍有阅历的人都知道，谎言、欺骗和罪恶依然无时无刻不在生活的版图上占据并扩张着自己的地盘，因此就这些恒在的主题而言，《匙河集》是一本不会过时的诗集，那两百多个原本陌生的名字，至少其中的一部分将会随着我们的阅读变得熟悉和生动起来，变成我们身边的张三和李四。

《匙河集》的生命力还体现在和现代诗歌思潮的暗合上，之所以说是“暗合”，是因为马斯特斯对和自己同时代的现代诗歌领军人物庞德和艾略特并不买账。庞德开始时喜欢《匙河集》，并热心建议马斯特斯要浓缩和精炼诗句，但马斯特斯拒绝按他的标准加以修改，因此使他感到不快。艾略特对马斯特斯持冷淡态度，马斯特斯同样对艾略特也不以为然，批评“他们没有原则，没有个性，没有道德规范，没有根”。但在几个重要的形式上，《匙河集》又和在其后逐渐兴起的现代派诗歌不谋而合，只是对于马斯特斯来说，他首先考虑的并非形式创新，而是忠实于人物的生活环境和内在的灵魂。这个进入诗歌的入口显然和庞德、艾略特他们立足于诗歌创新的入口不一样，但是当马斯特斯全神贯注于小镇上那两百多个小人物的生活时，《匙河集》的主题范围得到极大拓展，传统诗歌的爱情婚姻生死等主题固然为《匙河集》所关注，但是小镇的社会政治生活也很自然进入马斯特斯的视野。一般来说，法官、律师、洗衣工、药剂师、警察局长、水手等职业人士是很难进入传统抒情诗的领域的，因为传统抒情诗人对于自己声音的执著，使他们很难进入他者的生活和世界，而马斯特斯采用最典型的现代诗歌手法——戏剧化（当然得再次强调马斯特斯并不是首先考虑这个因素，只是下意识地运用了这一手法，这种对形式感的相对迟钝，大概也是马斯特斯在《匙河集》之后难以再创杰作的一个原因），使他得以顺利潜入他者的生活和灵魂，并顺便更新了自己诗歌的词汇表。

对于诗歌词汇表的关注，大概也是更关注碎片式技术的现代诗人的一个发现，波德莱尔早就讲过，观察一个诗人的简单方法，就是看他的诗歌里那些最常出现的词，后来布罗茨基也在文章中提到诗歌里的那些名词将构成一个诗人的基本质地，其潜台词则是名词词汇量越少的诗人很可能就越贫乏无味。另一方面，美国现当代诗人对于“具体性”的共同追求，则是波德莱尔和布罗茨基发现的一个变体——要想具体，自然是词汇越多越准确越好。按照这个标准，《匙河集》显然是令人羡慕的，打开诗集，新鲜准确的词汇比比皆是，而且并没有后来的现代派诗人有意驱赶某个冷僻的词语进入诗篇的生硬和别扭（这大约也是批评观念先行的一个弊病）。诸如起重机车、制桶工人、浴盆、女帽制造商、四轮马车、短柄斧、蚯蚓、钢质产钳、猩红热、干豆荚、水磨坊、报摊等词汇（都是从《匙河集》中随意找出的），大概很难在另一本诗集里同时找到，这些都是传统抒情诗人不太常用甚至很少用的“非诗性”词汇，但它们都非常熨帖地出现在《匙河集》中，由人物的生活和活动自然涉及，那么作为一个标识，我们也就可以感受到《匙河集》是一本现代感十足的作品，对于它经久不衰的生命力也就不难理解了。与这些词汇相对应的，则是马斯特斯对于社会生活关注的广度，可能是因为马斯特斯自己的律师身份，《匙河集》里有不少诗篇涉及法官办案、律师辩护、议会竞选等内容，很难说这些诗作都很出色，甚至可以说这部分诗作是《匙河集》较少为人注意的，但是如果没有它们，《匙河集》描述的美国中西部小镇生活就将缺乏完整性，就将被那些爱情婚姻家庭等主题的诗作带回到浪漫主义诗歌的自留地。

无论从主题还是形式看，《匙河集》都是一部现代感十足的作品，虽然总体而言，诗集里大量的生活、故事情节在夯实了诗集质地的同时，在更高的意义上也对词语伸向虚空的神秘性努力形成某种障碍，也就是说《匙河集》可能还缺乏最顶尖诗人参透生活的深度，还缺乏解放词语内在力量的主动意识。但无论如何，马斯特斯在《匙河集》中找到了一种轻松的口语化的语调，并以这种貌似简单的语调为武器，尽力拓展着世俗生活的疆域，他知道这冒险开辟出来的疆域，其广度和物象的丰富也决定着他自己诗歌的广度和丰富性。应该说，马斯特斯在《匙河集》中达到了预期目的，这是一部具备历史感的有魅力的诗集，而且时间越久，越是可以清楚地看到这一点。

原刊于《诗建设》2016年11月

史大于文的文学史

这是一部雄心勃勃的中国文学史，主编之一耶鲁大学的孙康宜教授在中文版序言里即开宗明义："《剑桥中国文学史》的主要目的之一是要质疑那些长久以来习惯性的范畴，并撰写出一部既富有创新性又有说服力的新的文学史。"这样的诉求应该说非常自然，在现代学术范畴里，历史早已不是那个唯一的僵化的需要被发现的"真实存在"，相反，几乎所有的现代学者都已从各个不同的角度意识到历史有其不确定性甚至偶然性，哪怕面对同样的史料，不同的人通过自己的眼睛看到的依然可能是完全不同的东西。同样，文学史作为广义历史之一种，每一代人在打量过去的文学文本的时候，也一定会有他自己的理解。这样的认识奠定了文学史写作的某种合法性，——美国学者早就说过，每一代美国人都应该有自己的美国文学史，——而文学经典正是在这一遍又一遍的重新打量中塑造了自己变化中的形象，尽管文学经典这个词本身似乎已经在这固执的眼光中正步步向贬义词靠拢。

《剑桥中国文学史》的作者都是美国各大学研究中国文学的学者，那么它自然也就会带有当代美国文艺思潮的深深印记。最明显的一点是，和过去多种中国文学史相比，《剑桥中国文学史》力图突破传统的以文类为基础的叙述结构，另辟蹊径试图采用视野更宏大的文化史视角，那么当我们在书中看到“印刷与考试文化”“宋朝都市里的娱乐”“印刷文化与文学社团”等章节时也就不足为奇了。这样做的目的，自然是为了更真实地呈现某一时期文学的多样性和复杂性，潜台词则是因为不断淘洗而越发精简的经典作品反倒有可能给人造成误读——对于某个时代整体文学风貌的误读。这样的初衷使《剑桥中国文学史》变得庞杂又丰富，这种印象甚至不是来自于它一百一十余万字的巨大篇幅，而是和它对于文化中各个面向主动热情地涉猎有关。在某些方面，它和历史叙述拥抱在一起，另一些时候，它又和文化史熔为一炉。

阅读《剑桥中国文学史》，我们会不断获得很多知识，甚至是从未接触过的“文学知识”，比如在下卷里用整整一章来阐述的“说唱文学”，相信大部分读者都会相当陌生，可是同时我们又隐隐有一种不安有一种不满——难道文学史家不再需要将注意力聚焦于文本本身？不再需要给作品提供解释？以丰富人们对文章和作品的理解和欣赏？但是从政治领域弥漫而来的“民主意识”立刻会给这种迷茫兜头浇一瓢冷水，伴随着语言自省意识而来的怀疑论早已割断了文字和“现实”、“意义”

乃至于“真理”之间的联系。也就是说，谁也不能断定你的判断就一定是真理，甚至于使用那种权威的语气本身都是令人生厌的。这样的思潮早已使几部晚近出现的美国文学史（《剑桥美国文学史》和《哥伦比亚美国文学史》）将部分注意力从经典作家转入寻找以往被忽略、被排除在经典文学之外的作家们。只是美国文学较短的起止时间，以及《剑桥美国文学史》超长的篇幅（八卷），使他们在关注那些之前被忽略作家的同时，依然可以用充足的篇幅来谈论狄金森、惠特曼、爱默生这样的经典作家。

《剑桥中国文学史》只有两卷，用来评述数千年之久的中国文学史本已捉襟见肘，再分出篇幅给文化史内容、说唱文学以及更多的次要作家，那么这本书就不得不变身为概述之概述，书中论述作家很多、线索很多，但总免不了仓促简单的印记。以宇文所安撰写的上卷第四章《文化唐朝》为例，原本我对这一章寄予厚望，一方面唐朝诗歌向来被视为中国文学的巅峰之一，另一方面也是因为对宇文所安的几部著作——《他山的石头记》《追忆》等——抱有好感，可是这一章读下来却让人颇为失望。宇文所安严格按照自己拟定的写作策略，不以文类不以单个作家诗人为单元展开论述，而是综合地考察某一历史时期的文学状况，如此一来，所有的唐朝诗人几乎都是被浮光掠影地提及，书中谈及李白的篇幅不足两页，杜甫稍好一点是三页，因为篇幅太短，我们根本没有办法期望这本文学史可以对这两位中国文学史上最重要的诗人提出某种推陈出新的看法，而对经典诗人深度地再审视不正是有抱负的文学史家和批评家分内的工作吗？

一种多少有点让人厌腻的民主气氛控制着《文化唐朝》这一章，从中我们可以看到不少之前闻所未闻的唐朝诗人，比如女诗人李冶，她是一位女道士，有十六首诗存世，但是书中并没有丝毫论及这些诗有何价值，这让人不得不猜想作者也许只是费尽心思找几位唐朝女诗人出来，以满足眼下的女性主义诉求，薛涛当然会讲到，但作者给女诗人提前安排的椅子显然还空了几把，那么李冶或许只是被勉强拉来占位置的，因为从行文看宇文所安自己对李冶诗歌的潜在价值也没有抱多少信心。“民主”“平等”等政治学理念在政治进程中应该说有它们正面的意义，但是和世间万物一样，它们也不是十全十美的，法国学者托克维尔早就讲过，民主平等意识提高了大多数人的生活水平，但平庸则是人们必须为此付出的代价。同样，《剑桥中国文学史》想要顺应这种文化领域里的泛民主化思潮，那么它也就必然得付出平庸的代价。悖论的是，因为几乎每一个唐朝诗人都没有得到充分、认真的评论，编者所期望的体现总体文化思潮的预期也必然化为泡影。

当然就所有文本质量的高下而言，篇幅大概都是次要问题。当我在上文纠结于《剑桥中国文学史》分配给经典作家诗人们的篇幅太少时，肯定有人会质疑：哪怕在很短的篇幅里也是可以写出精彩有见地的观点的。而这恰恰是《剑桥中国文学史》的另一个问题之所在。我手头正好有一套刚刚购得的米尔斯基二十世纪初撰写的《俄国文学史》，它也是用相对小的篇幅处理较长时段的文学史。在涉及当代（白银时代）的作家诗人时，每位作家也多是一页左右篇幅，但却给人留下很深的印象。主要原因即在于米尔斯基敢于做出个人化的判断，也许和习见不同，但却自有道理。反观《剑桥中国文学史》，主要由描述性的知识构成（实事求是地讲，在这方面各章作者都下足了功夫），作为文学史，以文学史实的描述作为基础无可厚非，但是如果对所叙述的文学史实缺少评价或者吝啬于做出个性化很强的判断（通常这种判断的高下是批评家才力多寡的体现），那么这本书就会显得缺少内在灵魂，其魅力自然也要大打折扣。还是以《文化唐朝》为例，宇文所安在对唐朝诸诗人的简短描述中少有精彩之笔，相反某些老套的判断和语言倒是触目可见。在评述白居易的诗歌时，宇文所安还体现出某种个人化的评判能力："白居易发展出一种亲切、唠叨的诗歌风格，别具魅力。"在另一处："读过白居易全部作品的人看到的，却只是一个在晚年不断重复自己的诗人。"但纵观全部"文化唐朝"，像这样掷地有声的句子太少了。相反，平庸的描述主导了整个"唐朝"，他这样描述王维的《辋川集》："它们赞美了长安近郊的乡野景色、常常与佛教联系在一起的恬淡精神，也赞美了似乎弥漫于此处山水中的神性。"他这样评述杜甫的《三吏》

《三别》:"(它们)生动描写了安史之乱造成的破坏和混乱。"这些算得上中学语文考卷里的标准答案,但对于立意求新的文学史来说,如此中规中矩的评述离人们的期望还是有不小的距离。

相较于唐朝文学的章节,有关宋朝文学(北宋作者是艾朗诺,南宋作者是傅君劢、林顺夫)的章节则要出色一些,大概也是整个两卷《剑桥中国文学史》里最偏离两位主编吁求众参与者按文化史眼光观察文学的既定要求的部分。北宋几位重要作家诗人在《剑桥中国文学史》中都被给予较充分的重视,欧阳修、王安石、苏轼、黄庭坚等都是专节介绍。光是论及欧阳修的文艺散文,就有六页之多。评述王安石诗文的部分是十二页。评述苏轼的诗文部分是十页,随后又在专论宋词的部分又花三页来评述苏轼词作远离女性化的追求。因为有较多的篇幅做保证,这几位宋朝诗人的创作经历和观念都有可能得到较充分的展示。因为唐诗的压力,宋诗一直在找寻另一条出路,虽然没有唐诗那么自然浑成,但是其诗学观念的曲折和幽微也是颇值得玩味的,《剑桥中国文学史》在这一方面着墨较多,艾朗诺这样描述梅尧臣所追求的平淡:"平淡如何成为一种诗歌理想?这只有在改革时期的价值观的语境中才能得到理解。语言淡而无味,才不会妨碍观念的表达。"他描述苏轼诗歌的说理倾向:"苏轼诗歌的说理成分更多是反思性的、哲学的,而非政治性的。"黄庭坚的诗风则是:"黄庭坚转而关注私人生活中的日常事件，他发现了自己的个人世界——沉浸在沏茶、社交、盆栽、艺术品等活动中，足以成为他发展自己文学才能的载体。”

“南宋文学”的作者傅君劢、林顺夫遵循了全书的写作思路，没有给辛弃疾、陆游等大诗人专节介绍的机会，对于南宋的印刷文化和都市文化的重视也迥异于传统文学史，但是傅君劢所著的《文与道：道学的冲击》则是全书中最有理论深度的部分，在二十多页的篇幅里，傅君劢罕见地将控制整部《剑桥中国文学史》的文学史实的叙述抛到一边，对于诗歌究竟是出自文学史的内在资源还是源出外在经验世界——这一令众多宋朝一流诗人文人争执不休的命题，傅君劢给出了充满魅力、细致入微的辨析。他精彩地指出：“陆游的外转，同时也是一种更强烈的内转。陆游的诗论与诗法，是对诗歌复杂的重新定义，以回应道学的道德基础主义。”

一部文学史的好坏，大概并不取决于作者的雄心或者结构方法的新颖，最终还得看它是如何评价它所获得的那些珍贵的文学史料，它的逻辑是否缜密，它的判断是否有勇气和预见性，它的行文是否有魅力。在《剑桥中国文学史》中，艾朗诺、傅君劢、林顺夫三人所撰写的宋朝文学则是最接近我所期望的文学史写作的。同样，他们也不惮对某位作家某部作品给出自己个性鲜明的判断，比如对于范成大的晚年诗作《四时田园杂兴》六十首，林顺夫就认为“其中颇有几首优于陶潜的田园诗”。这样的论调绝对是个人化的，想必也是需要勇气说出的，我喜欢这样的勇气，而不是令人气闷的人云亦云。

相较于《剑桥中国文学史》上卷，下卷的内容大部分读者会更加陌生一些。对于陶潜、李白、杜甫、苏轼这样的经典诗人人们自是耳熟能详，甚至对于王勃、陈子昂、韦应物、孟郊这样的二三流诗人，一般读者也不陌生。可是对于元明清的重要诗人，诸如元好问、萨都剌、陈子龙、吴伟业、龚自珍等，一般读者反而相当陌生。造成这种现象的原因有两个：一是文学批评从来就有贵远贱近的倾向，对越久远的作家诗人人们更容易接受，这大约也是因为那些作家经过了更严格的经典化洗礼。晚近作家因为还没有经过严格的经典化过程，使得极少数真正卓越的作家淹没在一众平庸之辈中。披沙拣金的工作原本是批评家的天职，普通读者感到困难也是可以理解的。二是因为五四运动一味强调文学革命、一味强调白话文学。实事求是地说，二十世纪中国的文化气氛一直处在五四精神的影响之下。为了凸显白话文的重要性，为了打压文言文和古文传统，五四运动诸将胡适、郑振铎等刻意营造了一个现在被广为接受的刻板的文学传统模式，即唐诗、宋词、元曲、明清小说。元明清诗文原本就没有完成经典化，在二十世纪之初又横遭一劫，那么这一时期重要作家诗人的覆没无闻也就是可以料想的了。

五四运动及其所倡导的文学革命，针对古典文学传统应该说取得了压倒性胜利，但是文学史从来就有自我反省和自我修复的功能，还没到一百年，现在五四运动本身也成为被研究和被分析的对象了，人们开始重新审视五四运动所倡导的白话文运动，那么它的局限性也就逐渐暴露出来。《剑桥中国文学史》下卷，尤其是王德威所著的第六章《1841—1937年的中国文学》显示了这一文学自省的成果。孙康宜教授在中文版序言里提到《剑桥中国文学史》在分期上的特别考虑，“传统按照朝代分期的做法有着根本缺陷”，因而《剑桥中国文学史》尝试了不同的分期方法，例如把初唐文学和唐朝其他时段分开，并入南北朝文学。所有这些分期尝试，我以为最有学术意义的还是将五四运动之后的现代文学和鸦片战争之后的晚清文学合并。这个分期本身就蕴含着强烈的文学价值观的取向。在这一章开头，王德威对于习惯上所标榜的五四运动“先进”的现代性给予了某种否定性辨析：“五四运动所宣扬的现代性同样也削弱了——甚至消除了——晚清时代酝酿的种种潜在的现代性可能。如果给予历史另外一种转圜契机，这些可能未尝不会得到发展，使得中国文学的现代性因素呈现更为丰富的结果。”这样的观念必然导致龚自珍和黄遵宪的写作重新被重视，他们的“诗界革命”也就和五四的文学革命有了对话的可能，而后者则被置于更广阔的文学视野中得到观察和评判。

但是一旦进入对现代作家的具体评述，又让人止不住想起夏志清的《中国现代小说史》，和这本小说史相比，《剑桥中国文学史》相应部分的评述仍然显得粗略和过于中规中矩。文学史三个字，前两个字文学占了三分之二，那么对于文学史美学意义上的期待应该算是并不过分的要求，可是《剑桥中国文学史》对于文化视野的一再强调则一再弱化了这一诉求。我们借由这本几乎可以称得上是包罗万象的文学史知道了每个时期活跃着不同的文人，他们缔结文学社团、印刷自己的作品，某些时候还和政治运动和变革扯上了关系。但是为什么我们今天还要、还在读他们的作品？为什么是这位作家而不是另一位作家的作品被后人记住乃至阅读？文学史在叙述文学史实的同时自身能否也成为一部“作品”（像《中国现代小说史》一样），具备某种迷人的品质？这当然是更高的要求和期望，一般来说也只会对那些认真的出色的作品才会提出这一要求，《剑桥中国文学史》配得上这一苛刻的要求。所有这些期望都是以后的中国文学史家可以发力的空间，既然已经有这部勤勉的《剑桥中国文学史》把文学史实部分夯实了许多。

原刊于《新京报》2013年11月2日

经典的惯性

一般来说，经典作品总有某种怠惰的气质。经典作品是文学银河系里的恒星，它们没有当代作品特有的斑斓、活泼的气息，可是作为一种文学背景，你很难挪动它们的位置，所有的质疑和诋毁在漫长的声誉角力中都已经败下阵来，成为历史的遗迹和陪葬品。不管怎样，它们存在了下来而且还将存在下去，带着一种野蛮的惯性，后世读者的讥讽和不屑只会被深不见底的黑洞彻底吸收。

还好“三十年诗歌经典”*中的“经典”因为隐藏的轻佻意味，还没有变得那么可怕，有些当代诗歌已经种在了当代中国人的意识中，但还没有那么深入，更没有达到难以撼动的地步。诗人们在一起谈论食指以来的新诗传统时，往往会谦逊地加一个限定词“小小的”——小小的传统，如此，“传统”这个风尘仆仆的词语才能和“新诗”这个簇新的词语相匹配。同

* 某网站策划的专题，此文是为该网站约稿而作。

样“三十年诗歌经典”这个说法本身也充满张力，如果我们认可经典作品是经受多年（数十年甚或数百年）考验的已经被当代读者不假思索地加以接受的作品的话。

三十年对于个人来说无疑是漫长的，甚至已经超出某些短命诗人的一生了。可是在形塑经典作品的过程中，三十年仍旧如同瞬间般仓促，裹挟在作品之中的某些喧嚣的气息还远远没有散尽，而奠定某些经典作品地位的批评家甚至还没有出生呢。要知道陶渊明作品经典地位的奠基人苏轼是在陶渊明辞世之后差不多七百年才来到人间。当然以此为例不免显得有点迂腐，对急于要在此生见到自己取得经典地位、捞到实际好处的某些当代诗人，三十年已经太过漫长。他们不仅要成为诗歌创作者，还要费尽心机急不可耐地将自己嵌入文学史的浮雕里，而且越深越好。可是这种“乐观”的情绪却古怪地透出某种虚无的滑稽感，越发显出人在时间面前的无助和渺小。在此背景下，经典、大师等词汇在当代文学批评中的流行也就变得顺理成章了，但所有这些概念因为“三十年”的限定都缩小了各自的轮廓，成为微型的经典和大师——那种米粒上雕刻的恢弘意象。

但经典毕竟是经典，它独有的笨拙的惯性，造就了不少当代著名诗人平庸的“杰作”。中国当代作家诗人的早衰已成普遍现象，现在的著名诗人通常在年轻时写过一些有灵气的诗篇，但是因为他们的“经典”地位已然确立，哪怕他们继续写出来的诗作平庸之至，照样可以顺畅地发表，广泛地被赞扬，甚至是被真诚地赞扬。面对这些言之凿凿的赞美，有时我也不免惶惑起来，有那么几次我甚至重新捧起已被我先前的阅读断定为次品的诗作，我希望自己的眼光出了问题，遗漏了杰作，可是很遗憾垃圾仍然是垃圾。

评论当代诗歌，最让人烦心的是，你根本躲不开道德的纠缠——这个道德还不是诗作内部蕴含的道德问题，而是外在的道德操守意义上的道德。以通常作为批评的底线和出发点的诚实为标准，就可以淘汰一大批当代诗歌和诗评，也就是说一首诚实的诗作或者一篇诚实的批评文章在如今的文学氛围里已属难得。稍有经验的诗人都知道这离杰作还远着呢，但是没有诚实作为地基，语言的大厦是根本建立不起来的，顶多那也只会是一幢海市蜃楼，骗骗自己骗骗群氓罢了。从道德再往前迈出一步就是诗歌和社会的关系问题，也就是诗歌的社会功用问题，现在诗坛似乎有一种要求诗人表现时代表现民众疾苦的强烈呼声，这种呼声恰恰反证出这个社会道德的堕落是其表征之一。在我看来，诗人首要的任务是捍卫表达的自由，而整个社会也需要继续学习如何尊重和欣赏多元的声音。有时候一首歌颂花朵的诗篇，在严酷的政治背景下，就可以便当地成为一首政治性的诗歌，同时不会失却自身的作为诗歌的尊严。杜甫我也喜欢，但是需要警惕的是要求诗人都成为杜甫的整齐划一的呼声。在这样的背景下，我不得不说我更喜欢杜牧的风流——一种表面为颓废的抗争。

另外一个困扰当代诗坛的，就是某些富于时代特色的流派标签的误导作用。所有能被轻易归纳的诗学因素都一定是被简化的因素，简化的好处是便于流传便于扩大影响力（想想简化字的诞生吧），甚至便于形成某种权力系统。以近年来经常被提及的两个诗学观念“口语”和“叙述”为例，当初它们被提出的时候都有其针对性，是纠正朦胧诗时期诗作普遍华丽和空洞的武器，可是很快这两种观念习惯性地迅速堕入极端，表象替代了本质。这两种观念都属于诗歌形式范畴，它们仅仅在增加诗歌的表现力方面才具备正面的意义。可是流派之争、影响力之争，突兀地将这两个形式观念作为辨认自己人的醒目标签，甚至越俎代庖替代了诗歌本身的丰富意旨。无论如何，“口语化”和“叙述化”都只是诗歌增加自身活力的手段之一，甚至是古老的手段之一，在历代诗歌杰作中我们都可以找到这方面的例证。但是当它们被抽离出来作为某种派别标签，甚至有了发明者，它们难以避免地变得丑陋不堪，因为恰恰是在它们教导下制作出来的大量平庸诗作让这些观念本身蒙羞。

回顾新诗近三十年的诗歌历程，新诗在促进汉语的多元表达、丰富汉语的肌理方面颇有建树，但是它时常刹不住车，很容易滑入过气、僵化的思维轨道里。的确，一种恰当的分寸感，其实考验着一个诗人综合的语言感觉、技巧以及道德和心灵，换言之，道德并无可能凌驾于语言之上，只要这是并非用于遮掩而是有益于诗歌表现力的道德。无论如何，我同意艾略特的观点——诗人的首要任务是丰富本民族的语言，只有在此基础上诗人的道德和社会抱负才能落到实处，而不是相反——以崇高的名义让语言变得更加僵化和狭隘，最终整个社会将会为此付出代价，在伦理、经济、教育等等方面。

兜了这么一个圈子，实际上我想说的是，当代诗人在总结果实的同时，要清醒地看到当代诗歌自身所处的窘境，这样诗人们也许可以写得更好一点。当然，作为最具进取心的一门当代艺术门类，当代诗歌取得的成绩也是有目共睹的，只要我们不随便用经典这些骇人的概念去涂脏它。

最后谈谈我喜欢的一些当代诗人，由于篇幅所限，我不打算在此细究诗艺，我信奉庞德的名言——“批评即选择”，那么我喜欢的诗人名单本身也就差不多反映出我的观念。我的名单当然受制于我的诗观以及我的阅读视野，好在经典化本身会吸收许许多多“个人”的合理观点，并在未来提出更准确的诗人名单和诗歌篇目，往往未来的选择会和最有眼光的批评家的选择相重叠。我以为最近三十年对汉语做出最大贡献的诗人是昌耀，昌耀在生前就受到骆一禾等诗人的推崇，最近十来年喜欢他的诗人也越来越多，我对昌耀诗歌的热衷也有一个逐渐增强的过程，但是在我看来昌耀目前的影响力还落后于他的创作实绩，昌耀的重要性在将来的岁月中还会不断提升。在昌耀之外，我还喜欢多多、顾城、海子、陆忆敏、黄灿然、蓝蓝、叶辉，他们和诗歌浪潮若即若离的关系反而确保了他们诗歌的个性。如果要列举“三十年诗歌经典一百首”，第三代诗人会占据多数席位，但是我最感失望的恰恰是我曾经很喜欢的第三代诗人，不少第三代诗人在青年时代就曾写出过富有个性的诗篇，而且“第三代”在诗歌表达方式上也非常多元。可是最近十几年第三代诗人几乎集体哑火，当年的某些代表诗人近年的作品，只能用“惨不忍睹”来形容。他们多半也才五十岁左右，而诗歌的火花却早已熄灭，尽管他们还在写被称为诗歌的分行文字。更年轻一辈诗人里也有我偏爱的几位诗人，但是还是先别用经典的帽子压迫他们，让他们在角落里慢慢成长吧，每一代诗人都会不同程度地改变着过去世代的诗歌秩序，在将来的文学史上他们当然也同样会。

原刊于《晶报》2012年1月5日

畅销的余秀华和被遮蔽的工人诗歌
——2015年诗坛回顾

2015年的中国诗坛是热闹的——很可能是过于热闹了。至少在表面上，诗歌逐渐从边缘回到公众关注的视野中，各种诗歌活动和奖项遍地开花数不胜数，例如在11月底的那个周末，光是在深圳就有四场诗歌活动在同时进行，诗人们在书店、咖啡馆、会议室、小剧场，或者干脆就是舞台上朗诵着诗篇，尽管网络上风言风语依然不少（最典型的讽刺之声称这是“一群怪人的自娱自乐”），但是到现场的观众越来越多，数百人围观的诗歌朗诵会也已经变得稀松平常。诗歌出版相应也变得活跃，受到早几年辛波丝卡诗选意外热卖的影响，上海译文、译林、世纪文景等重要出版机构都正在或者筹划出版一系列优秀外国诗人作品中文译本，中国当代诗人诗集的出版相对难一些，但是老一辈的诗人北岛、多多、芒克、杨炼等都已经有多种装帧精美的诗集问世，年轻一代的八零后诗人也经常在各种诗歌活动中奉送出自己公开出版的个人诗集，虽然装帧粗糙一些，但是相比于十几年前诗人们在交流时拿出的自印诗集或者更简陋的打印手稿，已经有天壤之别。

往上再追溯几年，当时最优秀的中国诗人昌耀甚至在五十岁的年纪上都在为自己的诗集出版发愁，而九十年代中期奖金不过一万元的刘丽安诗歌奖因为获奖诗人人选问题引发诗人间的各种矛盾，现在的诗人们恐怕会觉得不可思议，因为现在众多诗歌奖很多时候就像是发给诗人的生活补助，年龄大点的名气大点的诗人几乎每人名下都有几尊这样那样造型奇特的奖杯，诗人变得心平气和，谁还会为是否得某个奖项而牵肠挂肚呢？当然，诺贝尔文学奖是例外，不过因为它距离遥远，尽管中国诗人依然看重这个奖，但是对他们的杀伤力并不大，而为它忐忑过一阵子的北岛大概也早就心如止水了。

一句话，诗坛变得越来越热闹，而诗歌的魅力在于，无论多么热闹，诗人们总是要回到书桌前，独自面对空白的纸页或者电脑屏幕的空白文档上那个孤独的闪烁的光标。诗歌某种内向的品质从来不曾更改过，而诗句本身的评价标准也不会随外部情势的改变而改变，相反，真正的诗歌和诗人总是善于将围绕在自己周围的尘嚣变成安静的旋律或者干脆变成安静本身。一种无处不在的与世俗的对抗是诗歌得以维持其恒久魅力的保证，在这一点上，真正的诗人从来心知肚明，并且善于以诗句的沉默呼应世俗的邀约。也就是说，一种更内在本质的年度诗坛回顾将避开耀眼浮华的诗歌活动和奖项，回到诗本身回到诗句本身。可是一旦做出这样的调整，我们眼前的场景立刻变得惨淡，这一年的诗歌收成实质上远远谈不上丰收，新涌现的优秀诗人和诗歌一如既往地匮乏，而且一点不让人意外地，有限的新人“恰巧”也在诗坛的聚光灯之外。十几年来，我个人喜欢的中国当代诗人稳定在十个左右的诗人范围内，在这个名单里别说每年就算是十年来增添的名字都极为有限，而诗人的创作也有高潮低潮期，如果他们近年作品不多或者发表得不多，那么今年的汉语诗歌成就在我看来自然就是有限的，外在的诗歌活动再高潮迭起也无济于事。这种认识的基础是，诗歌写作是一项需要持续终生的恒久劳作，它拒绝不劳而获也拒绝短线投资快速回报，那是做生意不是诗歌写作。

但是当我为某个新闻媒介撰写诗坛回顾时，我知道得调整自己的视野，我要放弃一个挑剔的诗人的眼光，代之以较粗放的媒体眼光重新打量诗坛，在这种眼光中，大多数真正出色的诗人依然处在被遮蔽的状态，进入视野中心的是那些更具话题性的诗人。尽管在我看来后者的成色显然不如前者，而对于前者的关注我会持续多年，那么在这篇媒体视角的诗坛年度回顾文章中，我只能暂时将这些真正优秀的诗人放到一边。对于媒体而言，一种社会学眼光明显会超越美学的眼光，公共关注度高的诗人和诗集很自然在它的关注和讨论之列。为完成这篇稿约，我立刻上网购买了2015年度媒体关注度最高的几本诗集——余秀华的《摇摇晃晃的人间》和《月光落在左手上》，秦晓宇选编的《我的诗篇——当代工人诗典》，另一本去年9

月30日自杀的青年诗人许立志的个人诗集《新的一天》因为参与众筹，早已在我手中。余秀华和工人诗歌是媒体编辑先生在给我电话约稿时明确提到的，而我也认同这是本年度最具话题性的诗歌事件，但在具体写作过程中，我更愿意从文本的角度去触及它们，这是对它们起码的尊重。

余秀华诗歌一年来的传播堪称传奇。一年前，甚至在诗坛都少有人知道这位生活在湖北乡间的女诗人，但仅仅一年的时间借助网络（主要是微信朋友圈）几何级数增长的传播速度，余秀华迅速成为2015年出版市场上最“炙手可热”的诗人。我11月底在亚马逊购买的湖南文艺出版社出版的余秀华诗集《摇摇晃晃的人间》，版权页上标明2015年2月第一版，仅过一个月到3月份已经第三次印刷，总印数增至33 000册，同期由广西师大出版社出版的余秀华另一部诗集《月光落在左手上》，其版权页没有标明印数，但是在一个月内已经四次印刷。固然如诗集里余秀华的简历上所说：农民、残疾人、诗人，这三种标签引爆公众对她的热议，猎奇永远是公众兴趣和媒体热情的本质，但是维系这种热议的基础毋庸置疑还是余秀华的诗歌本身，完整的表述应该是，这位农民兼残疾人兼诗人的诗写得不错，有时还相当感人。网民其实很世故，如果仅仅是热点事件，他们喷几口口水也就算了，能劳动他们大驾去书店或者上网购买余秀华的诗集多半还是她的某些诗打动了他们。

我去年年末在微信上首次看到余秀华的诗，有感于她的身世和诗本身的水准，也在朋友圈转发了，其后余秀华热愈演愈烈，出于对新闻热点本能的回避，我没再关注她的诗，只是要写这篇文章才集中看了她公开出版的两本诗集。总体而言，这次较全面的阅读和我最初在微信上看到时的感受相差无几——这些诗写得不错，是基于自身经验有感而发的诗作，但还远没有到达杰作的程度。沈睿在诗集代序《余秀华：让我疼痛的诗歌》里直言余秀华是中国的艾米莉·狄金森，显然是激动过头了，在我看来这是对狄金森和余秀华的双重误读。狄金森是一个更复杂的诗人，某种真挚的情感（估计在这一点让沈睿产生某种幻觉）只是她的一个面向，实际上在意义的复杂性和深度，在语言的实验性方面，在世界范围内狄金森都罕有匹敌者。当然，拿狄金森来和余秀华比高下，对余秀华有点不公平（当代的汉语诗人又有谁可以和狄金森相匹敌呢？），只是沈睿有此一说，忍不住在此要辩驳一下。

还是回到余秀华的诗作。除了公众和新闻媒体的猎奇心理之外，余秀华诗作本身一定有作为畅销诗作的特色。为自己诗集的公开出版，余秀华撰写了一篇自序（在《月光落在左手上》中作为跋），在这篇质朴感人的文章中，余秀华坦言选择诗歌作为表达自己的方式，仅仅是因为她是脑瘫，“一个字写出来也是非常吃力的”，因而在所有文体中字数最少的诗歌自然成为她的不二选择。而当她写道：“我从来不想诗歌应该写什么，怎么写。”我们一点儿也不奇怪，和绝大多数女诗人一样，余秀华也有一种没有野心的野心，她们多半是自身经验的忠实守护者和书写者，她们写诗仅仅是因为有所触动而要说话要表达。而余秀华生活在真正的农村，她的经验自有其不可替代的独特性。自然的乡村意象构成余秀华诗歌的基本质地，河流、麦田、麦子、白杨树、篱笆、牵牛花、野草、苹果、湖水、芦苇、水鸟——这是我随意从余秀华诗里摘取的意象，而余秀华作为诗人的情感和哀伤正是建立在这些意象的基础之上，这些意象使余秀华的诗获得一种传统诗歌的基调，也为她诗集后来的畅销奠定了基础。和勇于创新的诗人相比，公众趣味有一种与生俱来的惰性，在优秀的敏感的诗人对于城市诗歌都感到腻味的时候，公众诗歌趣味仍旧稳固地停留在浪漫主义的余绪上，而自然意象正是这种浪漫主义诗观的土壤。

当然，自然意象只是提供了一种气氛，余秀华诗歌里最可贵的是那种野蛮生长的力量，她直率表达自己的所见所想所感，有时为了迫切表达自己内心的声音，诗句自身的完整被牺牲，许多诗像是信手拈来一气呵成，你能感到某种内心的声音急于冲破语言的桎梏，可它们在破土而出的时候，也冲毁了草草搭建的语言的篱笆，这表现在诗歌节奏的滞涩和诗歌文本散文化的倾向上。换句话说，余秀华的很多诗有冲击力但在诗艺上有所不足，比如《请原谅，我还在写诗》和《深夜的两种声音》都是立足于表达，看起来是迅速写就的作品，它们都只是好诗的胚子，要达到好诗的程度，还需要细细打磨和更多灵感的润泽。同时由于生于乡间居于乡间，自然意象之于她自有一种深入骨髓的贴切，因而我们在她的诗里还可以看到诸如白菜、猪、石磨、螺丝这些不那么常见的意象，这是她忘我地投身到自身经验中的结果，只是这些特别的意象还不是那么多（这也说明她并不是自觉这样做的），还无法从整体上赋予她诗歌崭新的面目。

对于我的立足于诗艺的批评，也许会激起强调诗歌痛感的批评者的反批评，但是庞德差不多在一百年前的一句名言，在我看来在今天依然管用——“技巧检验真诚。”诗歌中的真诚根本无法孤立的成立，不能也无法从诗人自身的真诚去倒推诗歌本身的真诚或者优异，所有诗作都必须得经过技艺的严酷审查，这个标准既不能因为诗人的贵族出身有所放松，也不能因为诗人的农妇出身而有所降低。事实上，余秀华的诗之所以广为流传在某种程度上正是因为她的诗歌技巧（意象、节奏、隐喻等等）达到了一定的高度，这是她诗歌感染力的保证，也是她独特的乡村经验大体能够在诗中成立的前提。阅读余秀华诗集时，在那些我印象较深的诗作上做了标记，有些是因为整首诗的气氛，有些只是因为其中的一两行诗句——《我养的狗，叫小巫》《一个男人在我的房间里待过》《后山黄昏》《晚安，横店》《五月 · 小麦》《出口》《我以疼痛取悦这个人世》《秋》。余秀华的诗谈不上完美，所以那些口无遮拦的赞美是荒唐的，我同意黄灿然的意见——那些过高评价余秀华诗歌的人只是见识太少，那些真正优秀尚处于半遮蔽状态的诗歌显然还不在他们的视野范围内，其实这句话蕴含着歌德的著名判断——阅读最优秀的作品是培养鉴赏力的唯一途径，只有如此，健康的审美谱系才能得以顺利建立。但是实事求是地说，余秀华有诗歌上的天分，她有能力把诗写得更好一些。

2015年另一个成为话题性的诗集也许要算3月出版的青年诗人许立志的诗集《新的一天》和8月出版的《我的诗篇——当代工人诗典》，两者都属于工人诗歌范畴，编选者都是秦晓宇。这两本诗集和余秀华的诗相比更厚重，在对诗歌疆域的开拓和底层经验的书写方面更自觉也更深入，但悖论的是，这两本诗集的公众接受度远逊于余秀华的诗集，这从诗集的生成方式上就可见一斑，两本诗集都是通过众筹出版，没有标明印数，但印数肯定远逊于余秀华的诗集。事实上，以这两本诗集为代表的工人诗歌只能算是诗歌界内部的热点，在很大程度上是和编选者秦晓宇以及背后几家文化公司不断地人为推动有关，尤其是聚焦工人诗歌的纪录电影《我的诗篇》在上海国际电影节上获得最佳纪录片奖，以及随后在各地一系列展映使这股热潮得以延续。

公众对于工人诗歌的冷漠和余秀华诗集的热销其原因是类似的，是一个事物的一体两面，其原因都和公众诗歌趣味的保守有关，尽管余秀华和工人诗歌的作者同属底层，但余秀华诗歌个人化的浪漫主义底色吻合了大众的口味，而以郑小琼和许立志为代表的工人诗歌，自觉以工厂意象为核心的有创新自觉性的写作，则因为远离公众熟悉的传统诗歌意象而遭到大众的忽视应该说并不让人意外。和畅销的余秀华相比，工人诗歌应该说依然处在被遮蔽的状态。而且秦晓宇和蓝狮子文创所推动的一系列有关工人诗歌的朗诵会、研讨会、诗歌奖、诗集出版和纪录电影的播映，在多大程度上能引起诗坛内部的重视也依然是一个问题，至少我还没有看到有关上述两部诗集够分量的评论文章。

《我的诗篇——当代工人诗典》(以下简称《我的诗篇》)堪称近年汉语诗坛难得一见的一部出色诗歌选本，和当下大多数各种以诗人名气和资历拼凑出来的选本相比，《我的诗篇》无疑拥有敏锐的批评嗅觉和清晰的诗歌立场，而且它还难能可贵地兼顾了底层视角和诗艺的平衡。这是一部以题材的独特性为基础的诗歌选本，但是也处处可见编选者对于诗歌本体文学价值的强调。秦晓宇在卷首那篇雄辩的长序里透露，有人建议他从1950年代选起，他显然也动心过，但是“阅读了许多资料后，我发现很难披拣出真正富有文学价值的作品”，因而只是从1949年至1976年海量工人诗歌中拣择少许尚可一观的作品汇为一辑，作为附录。同时，对于当代工人诗歌中少数受到关注和认可的，编者也没有照单全收，而是将“作品薄弱徒有虚名的”清除殆尽。如果说郑小琼和谢湘南等工人出身的诗人早些年已经获得诗坛认可，具备一定的影响力，那么田力、绳子、杨东等优秀的工人诗人大概还是借助《我的诗篇》的出版首次进入人们的视野，甚至像笔者这样常年专注于诗歌的写作者，也是通过《我的诗篇》才首次读到他们精彩的诗作，由此也可见出他们被遮蔽的程度之深。

这种遮蔽的主要原因还是在于近三十年来工人地位下滑之烈，原本就没有多少话语权的工人在堕入社会底层的同时，他们原本就很微弱的话语权更是被进一步稀释。没错，他们可以写出优秀诗歌，可哪怕是优秀的诗歌都宿命般带有某种沉默的特质，它们需要阐释者需要发现者，它们等了太久，终于等来了秦晓宇。我马上要强调的是，上面这句话里没有丝毫戏谑成分，事实上我觉得秦晓宇这件事干得很漂亮，这本诗集连同卷首那篇漫长的序言，都将会被写进中国诗歌史，而且很可能是浓墨重彩的一笔。一颗敏感的诗心有直接拥抱经验的能力，也就是说，没有受过多少高等教育的工人诗人完全可以凭借自己的热情和天赋写出优秀诗歌，而批评虽然在文类的层级上明显逊于诗歌，是次一等的写作，但是批评写作往往和权力纠缠在一起，批评家往往依附于某个学术机构，这个机构会天然地赋予批评家某种权力背景（姑且不说他的批评能力如何）。批评层级不高，它不需要写作者的直接经验做基础，但是它对写作者的阅读量和学术训练有所要求，而满足了这个前提的作者将会很自然地脱离底层工人的行列，因此工人诗人多半无法完成对自己阶层诗歌写作的阐释，也就是他们无法完成成为自己发现者的职责，那么它们只好等待，而被遮蔽的命运也就是无法避免的。好在，现在有了《我的诗篇》。

《我的诗篇》分两辑，辑一的作者均为城市产业工人，从结果看多是工人出身在新诗史上有其地位的著名诗人，有关工人题材的诗作。不过这些诗人对工人身份并没有很深的认同感，对于他们而言，诗人和工人这两种身份是割裂的，后者是他们所轻视的或者说要摆脱的，而诗人则是他们认可的第一身份。这种认知使他们并没有有意识地使用自身的工厂经验，是啊，什么题材都可以写出很好的诗，事实上他们中的大多数也做到了这一点。曾经做过工人的舒婷和顾城，只有收入《我的诗篇》中的两首（《车间与库房》和《流水线》）和工厂经验有关。朦胧诗那一代工人出身的诗人不在少数，北岛、江河、顾城、舒婷、严力等都有工厂工作的经验，可是在他们笔下，工厂经验几乎完全消失了。这种缺失除了和对工人身份的认同感较低有关，也是朦胧诗自身的诗观造成的。朦胧诗尽管在一个特定的解冻的历史时期产生了很大的社会影响，也贡献了几位卓越的诗人，但是客观地说，朦胧诗在诗学观念上是比较幼稚的，至少逊色于上世纪四十年代的九叶派，是某种陈旧的浪漫主义诗观的回潮，他们的异军突起和之前的三十年整个中国社会对文化的残酷破坏有关，在一片废墟上，一朵鸢尾花或者一堵洁白的墙也会让人们思绪万千。在这样的诗学背景下，生硬的工厂意象——诸如车间、机床、轴承、吊车、螺丝等——如何进入诗歌将是一个巨大的挑战。从《我的诗篇》辑一选的诗看，只有到更具实验性的第三代诗人（以王小龙和于坚为代表）那里，工业题材和工厂意象才成为他们自觉努力的方向，无论是因为影响的焦虑还是对自身创新的要求，都使第三代诗人里比较敏锐的诗人将自己的诗笔对准了烟囱和锻工，而且与此相称，于坚和王小龙的诗歌语言也从朦胧诗时代流行的高调抒情转向平实冷静的口语。

辑一里的前工人诗人工业题材的作品风格的区别是非常明显的，总的来说仍然反映出他们总体的诗歌倾向，比如舒婷、顾城、梁小斌的工人题材诗歌仍旧带有朦胧诗的鲜明烙印，同样王小龙和于坚的工厂题材诗歌也是典型的第三代诗歌样本。但是和辑二的农民工诗人作品相比，那种巨大的差别则将辑一里的诗归为一类，也就是说，辑一里诗歌之间的差别反而变得没那么明显甚至于可以忽略不计了。当辑一里的那些城市产业工人在写作时，中国的社会化分层还远没有像后来那样剧烈，社会的两极分化还没有造成巨大的难以跨越的社会鸿沟。改革开放之前三十年的社会主义改造虽然具有极大的破坏性，但是以富有为表征的上层阶级确确实实被摧毁了，而且由于严格实行的户籍管控政策，以及人为造成的城乡二元对立，反倒使城市里的产业工人成为某种轻度的既得利益者（和完全处在自生自灭状态的农民相比），他们是工人说明他们有工作，很可能还是国营企业工人，在当时这原本就是有优越感的身份，那么在社会主义体制下，他们的医疗、福利等是有一定保证的，而且更重要的是作为社会主义工人，他们头上并没有一个生活质素明显高出一筹的资产阶级。也就是说，这些城市产业工人处在当时社会分层的有利位置，由于社会流动才刚刚获准，他们向更上层社会层级流动的机会也是比较多的，比如通过写作变成受人尊敬的作家、诗人或者记者、编辑。所有这些，使他们在处理工厂题材时有一种相对轻松的心态，正如唐欣在座谈会上所言："容易写得放松、客观，甚至有些幽默。"他们写工厂，主要的压力来自于美学创新，而不是来自于生存压力。在这一点上，他们倒是和二十世纪二十年代在意大利和苏联颇具声势的未来主义文艺运动有几分契合之处，于坚的《赞美劳动》很像是这场西方现代派思潮的遥远回声，而庞培的《码头上的风景》则是一幅典型的未来主义小幅油画。在这种思潮中，工业意象作为传统自然意象的抗衡物而受到礼赞，显然这是一种建基于诗歌史的带有策略考虑的写作，生存压力的缺失以及人在劳动中异化主题的缺失，使得这种写作缺乏批判性，在这里我们不得不重新正视经典马克思主义的阶级斗争学说，没有深入到经济关系考察和批判中的工业题材写作，说到底是欠缺深度的。在这一点上，我同意唐欣的观点：以谢湘南、郑小琼、许立志为代表的年轻的打工诗人写得更好。

如果说辑一着眼点在于对中国当代工人写作的历史梳理的话，辑二才是这本诗选实实在在的贡献，我相信辑二里的那些带有悲剧性的直指底层生存经验的诗作，是秦晓宇最初起意写作那篇刊载于《读书》上的《共此诗歌时刻》的原因。财经作家吴晓波看到此文颇受感动，找到秦晓宇请他编一部当代工人诗选，遂有《我的诗篇》诗集和同名纪录片。在如今这个年代产生优秀的工人诗人，在我看来也是形势使然。上世纪五十年代以来一直扭曲的农村政策，终于在最近三十年产生了有中国特有的“农民工”这个带有歧视性的奇葩标签。郑小琼在工人诗歌座谈会上断然否认农民工是工人，秦晓宇在序言中对此从生产关系上予以反驳，但是我在情感上理解郑小琼说这句话时隐藏的愤懑。如果在我们耳边嗡嗡响了几十年的话语——诸如“工人阶级老大哥是社会主义国家的领导阶级”等——是事实的话，农民工当然不属于这个阶层。他们是失去土地的农民，而在城市里他们又被严苛的户籍制度拼命往外推，他们将何去何从？他们无所适从，只有在世界工厂里被无情剥削。这种残酷的生存经验催生的悲情，使这些农民工诗人坚定了自己为底层代言的立场。谢湘南的《请多些谢湘南这样的诗人》、陈年喜的《意思》、郑小琼的《语言》、程鹏的《建筑工人之歌》、许立志的《我谈到血》等都表达了相似的写作立场。

更重要的是，这种底层立场首先不是一种写作策略，这些诗人本身正是在城市的渊薮里艰难谋生的农民工，他们只要如实地描述自己的生活，就是对社会最有力的控诉。同时，中国当代诗歌经过几代诗人的努力，也在诗学观念上做好了迎接黑暗的工业意象的准备，打工诗人虽然受教育程度不高，但是网络的普及逐渐弭平了知识的鸿沟，通过网络打工诗人可以较方便地看到当代中国甚至国外最优秀诗人的作品，而网络论坛则给他们提供了最初的写作练习场，当他们掌握的写作技巧（许立志就有明显模仿海子的诗作，而郑小琼在一次访谈中谈到庞德和金斯堡对自己的影响）和他们极为独特的生活经验（邪恶的时代赐予他们的）相遇，一种崭新的诗歌带着虎虎生气就此降生。他们为了自己所属的这个阶层，也为了诗歌内在质地（长期的诗歌写作使他们对此有一种批评意识上的自觉），他们大密度地使用工业意象，比如郑小琼收入《我的诗篇》的第一首诗《生活》，这首十八行短诗使用的工业意象包括：工卡、流水线、合同、机台、铸铁、铁架床、机器、工资单、图纸、金属制品、合格单、次品等，当这些意象嵌入传统诗歌意象——乡愁、爱情和青春时，后者的属性势必被改变，一种被管控的压抑情感则跃然纸上。

和辑一城市产业工人倾向于乐观的情绪不同，农民工出身的诗人作品的底色是晦暗的，基调是沉痛的，他们将一个社会阶层的悲苦诉诸自己的笔端，他们持续地眼睛不眨地盯视着自身卑微的处境，盯视着包围着自己的冰冷的工厂和机床，他们盯视着铁，直到铁生出幻觉变得柔软，露出胆怯和羞涩的本性，而那几乎是他们自己的化身。一般来说，过分的伤感会减弱诗歌的力量，但是当悲苦正是农民工生活的真实写照时，我们无法套用批评的教条来看待这些晦暗的有着浓重死亡意识的诗篇。整个农民工阶层悲苦的生存处境逐渐在农民工诗人的笔下打开，展现出它们浓墨般黑暗的本质。不少农民工诗人有意识地书写身体之殇，往前更进一步就是无法回避的死亡主题，而这正是才华横溢的年轻农民工诗人许立志最重要的诗歌主题。2014年9月30日下午两点，二十四岁的许立志从深圳龙华一座大厦的十七层纵身跃下，随后他的诗作在微信朋友圈流传，我也是在那时首次看到他的诗，并震惊于他的才华。今年三月通过众筹许立志的诗集《新的一天》得以出版，这本诗集和《我的诗篇》一样，我以为是今年中国诗坛最重要的收获之一。翻开这本诗集，诗句呈现出的诗人悲惨处境让人难受，而浸透纸页的死亡意识则让人不忍目睹。这是怎样的诗句怎样的诗篇，我们无法不被打动，他是在用自己的生命和鲜血书写。有经验的诗人都知道诗句某种程度就是谶语，许立志的许多诗句实实在在地指向死亡，可是不用生命和鲜血来写，这个贫穷羸弱的农民工诗人能动用什么资源呢？对于这样的写作，用文学批评的套路和术语来评判都有不道德之嫌，也许我们可以做的只能是脱帽致敬吧——向许立志，也向他所代表的那个正在被剥削正在被奴役的阶层。

2015年因为有《我的诗篇》和《新的一天》这两本诗集，显得充实一些了，至少在我眼里，它们胜过一百场在华灯照耀下进行的高雅的朗诵会。

原刊于《凤凰周刊》2015年12月25日

日常的奇迹是怎样炼成的

读《奇迹集》中的诗篇，我时常会想起佩索阿《惶然录》中的一段话："聪明人把他的生活变得单调，以便使最小的事故都富有伟大的意义。——真正的聪明人，都能够从他自己的躺椅里欣赏整个世界的壮景，无须同任何人说话，无须了解任何阅读的方法，他仅仅需要知道如何运用自己的五种感官，还有一颗灵魂里纯真的悲哀。"黄灿然正是动用了自己的五种感官，把一个报馆职员普通得不能再普通的日常生活锻造成绚烂诗篇，其秘诀恰恰是因为诗人那颗纯真灵魂里的悲哀在起作用。通过《奇迹集》里的诗篇，我们大致可以勾画出诗人的日常生活：他在傍晚时分上班，乘坐巴士，到茶餐厅就餐，凌晨时分穿过寂寥的大街回家（此时高楼大厦林立两旁，周围是无尽的灯火）。周末或者节假日他会带着小狗去附近的山上散步，或者和来港的外地友人去梅窝以及其他的香港离岛郊游，有时也会途经维多利亚公园去中央图书馆，偶尔他也会和家人返回故乡参加某位亲人的婚礼。几乎是第一次，俯身屈就的缪斯充满惊奇地看着这一切——“这一切不就是诗吗？”最后这句话是缪斯通过黄灿然之口说出的。

如果说这些日常生活有什么特别之处的话，在我看来，所有这些诗中的日常生活场景是以异乎寻常的无声的方式在诗人的笔端展开的，就像默片时代的电影。发黄的胶片，持续的寂静（整个世界里恍惚只有放映机卷动胶片的轻微响动），将人们引入对日常生活里每一个寻常举动的细察，并最终将它们从物质世界中抽离，带入一个空蒙的诗的世界。《奇迹集》中，有几处提到和他人的交流，给我留下深刻印象。在《小伙子》一诗中，诗人写道：“你是三个月来/第一个跟我说话的人。”而《陌生人》一诗则描写了一个在“我”身边徘徊不去的姑娘，最后一节让人惊讶：

> 但请不要再走近一步，否则我会惊逃，
> 请一定不要开口对我说话，否则
> 我们立即就会变成陌生人——
> 真正的陌生人。

两首诗都从反面点出诗人绝对孤寂的状态，诗人在香港这个繁华都市里生活、穿行，周围是鳞次栉比的楼群，街道上是川流不息的人群，在诗里诗人对这座城市的描绘可以说是巨细靡遗，但是他越是细致入微地描写周围的人群、景观，诗人和周遭世界之间的鸿沟似乎就越是扩大。诗人在诗里反复强调的对于普通事物的爱，却从另一面暗示出他实际上和这个物质世界格格不入的真实状态——某种程度上，我们可以说，在语言之内的讴歌正是基于对物质世界的弃绝。这是一个孤绝的看的世界（“在我看之前我的眼睛已经看很久，/而现在我才看，才不停地看。”），很少有接触、触摸，诗中描写的众多人物都和诗人保持着一段社交上的距离，哪怕是声波的抵达对于诗人似乎都是一种冒犯。唯一的例外大概要算《钢琴家》这首诗所描绘的，“她丰满而忧郁的身体几乎紧挨着你的”——但到底是没有挨着，因为“她一定是在爱着某人，另一个人”。立足于看（观察）使诗人获得了一个谦卑的视角，这个视角排斥通过主观训练而来的意象和诗情的排山倒海的轰炸，而是乐意维持一种既平常又峻拔的存在。诗人通过对日常生活细节持续的关注，通过陈述性的平淡语调试图和世界建立一种可靠又谦逊的关系，至少对于诗人这是一种强烈的渴望，虽然当那个世界真的向他凑近的时候，反而会让他觉得惊愕。

悖论在《奇迹集》中无所不在，许多意见相左的诗句在《奇迹集》中构成一个又一个语言漩涡，这些漩涡不断消解着语言近乎疯狂地繁殖出的意义之流，而在这个过程中某种最初怠惰的诗意被逐渐高速运转起来而变得迷人。读者甚至不再去纠缠诗句本身的粗粝，而是和诗人一样“懒得去描述我作为人的那部分活动”，因为“我的灵魂倾听那大合唱，至今没有回来”。在《奇迹集》许多首诗的内部，这种悖论关系是结构诗篇的重要基石，这是《鼓励》一诗的最后两节：

所以对于绝望的人我鼓励他更绝望些，
对于满怀希望的人我鼓励他满心也希望，
对于沉默的人我说还可以更沉默还有更沉默的，
对于爱说话的人我说你说得还不够。

我还可以一直这样说下去，
最后变成沉默，而沉默
滔滔不绝，浩瀚如海……

对于彼此完全相反的概念，诗人都在诗中给予毫无保留地支持，在其热烈的语调之后其实蕴含着虚无，因为诗人犀利的直觉和敏锐的观察力，使他得以看到两种对立的观念其实在秘密地媾和。说就是沉默，而沉默导致滔滔不绝，——正如我们在诗集中看到的那样，这位对任何生活细节都要描述和感慨一番的诗人，实际上却是一个孤独的沉默的人，这和整本《奇迹集》透露出的热烈生机看似矛盾却是统一的。研究中国古典诗词的大学者顾随曾经讲过："必须热闹过去到冷淡，热烈过去到冷静，才能写出热闹、热烈的作品。"因为"热烈皆从寂寞心生出"。而从西方诗学的角度，这也可以视作静默的词对于热烈的物的占领，这是许多优秀诗人做的同一件事——他们的作品生机盎然，他们的生活平静如水。在这里我们不妨引出《奇迹集》里隐藏很深的一个形式化观点：诗歌有其自身的现实，无论是以何种手法何种观念写作，诗歌的成立最终都要落实在语言奇观得以建立的基础之上。

环绕纠缠的观念构成《奇迹集》中大多数诗篇的美感之基础，这也使黄灿然可以放心地祛除过于耀眼的艳词丽句，从而听凭陈述性的句子平淡的语调成为《奇迹集》最显著的修辞特征。在我看来，《奇迹集》中的观念悖论实质上是西方现代派诗歌所惯用的矛盾修辞的变体，矛盾修辞是将两个对立的词语强行并置，从而产生诗句内部的不和谐音，一般来说矛盾修辞适于表达复杂的灵魂状态。《奇迹集》中广泛使用的观念悖论则没有拘泥于词句内部，而是将矛盾修辞扩大到整首诗的范畴，这样做减少了词语的炫目效果，但是却在诗歌背后增添了一层隐藏的张力纽带。诗句本身的非诗化倾向和诗歌内部纠缠的观念也顺便形成另一层紧张感和张力。比如《消逝又重生》末尾：

我相信某一天
我在我眼前和我看不见的
消逝又重生又消逝了不知多少回的事物中
消逝了，而我现在是他的重生。

生死轮回的观念以一种复杂的方式在诗中重演。《奇迹集》中的某些诗句看起来有点绕，甚至略显拖沓，那正是观念悖论引导而来的极致效果。

从总体上看，悖论也是整部《奇迹集》得以建立的基础。悖论赋予整部诗集一种扭结的力量，那也是《奇迹集》口语化的貌似平常的语言实际具备某种魔力的秘密所在。黄灿然将《世界的光彩》作为诗集的开卷之作绝非偶然，它既是诗人对于这个世界爱的宣言，也是诗人诗学观念最直接的表达：

可他们到处碰出火花，
生机勃勃：他们就是能源
所以不需要太阳；本身
就是内容，不管形式。

正是因为有了这个“本身就是内容，不管形式”的观念，黄灿然敢于在整部诗集中大胆地粗率地使用语言，其潜台词则是对于那种过于雕琢的片面寻求语言内部张力的诗歌的不屑。在写作《奇迹集》之前，黄灿然已经有了二十多年的诗歌创作经验，他早年写就的一大批情感激越质朴的抒情诗，现在看依然动人，而他对于西方现代诗学的熟悉，当然让他很清楚现代派诗歌写作的很多规条，比如意象派所信奉的“诗要具体不能抽象”，比如诗要强调隐喻，等等。可是在《奇迹集》中，黄灿然将这些规条完全弃之不顾，其中许多诗篇——诸如《慈悲经》《痛苦》《认识》《看》等——是不折不扣的抽象诗篇，完全是诗人某种观念的展示，在这些诗中你甚至找不到一个意象。《奇迹集》中更多的诗篇虽然有意象和对事件的描述，但是诗人关注的焦点依然是某种观念的传达，比如《两种爱》《来生》《自由》《生命的意义》等诗作。黄灿然之所以毅然将形式问题丢到一边（不管形式），是因为他对于“能源”的信赖。惠特曼在《〈草叶集〉初版序言》中尝言："一个英雄人物会随意跨过和走出那种不适合他的习惯、先例和权威。”相信这也是黄灿然对待文学规条的态度。现代诗学已经发展到极其复杂繁复的地步，当黄灿然将他的注意力全部集中在他所面对的物质世界或者抽象观念的表达时，他的诗学观念依然会不可遏制地涌流而出，哪怕是从反面。这个时候就算黄灿然在诗中使用典型的十九世纪浪漫主义语汇（诸如歌唱、灵魂等等），他依然具备了打量自身的某种具有现代感的形式化眼光，只是这形式已经突破了现代主义诗歌形式的樊笼，获得了更大的内涵。

《奇迹集》没有标明写作时间，根据我和灿然私下交往的印象，《奇迹集》最初的几十首诗作（我以为这也是《奇迹集》里质量最高的一批诗作）是在2006年春夏之交的大约三个月内创作出来的，在此之前灿然诗歌写作节奏并不算快，许多年里他保持着一年十几首的数量。创作《奇迹集》对于灿然是全新体验，我记得那几年在多次见面中他都感慨于此次诗思的迅捷与宏大，也是因为这个原因，灿然将这批诗作命名为《奇迹集》。之前许多年，灿然一直在寻求一种更加粗糙、视野宽广和更有活力、力量的诗风，其间创作过诸如《新闻翻译》《亲密的时刻》等佳作，但在不那么成功的诗作里，我们也能感受到诗风转变的艰难。此次一泄如注般的诗情爆发，其创作自身的喜悦也浸透在诗句的字里行间：

> 我的诗不像我的，而像一阵阵夏雨，来自天上，
> 下在高楼大厦上，下在高楼大厦外墙上、窗台上
> 跟下在那些出入高楼大厦的人身上是一样的。

在另一首诗中，灿然率直道出自己的诗观（准确地说是写作《奇迹集》时的诗观）："我决心要让我的诗更包容、更粗犷、更庞杂、/更多泥沙，更拗口、更散乱、更铺张，/更笨拙、更坚硬，更原生、更有力量/和更有原生的力量。"所以我们在阅读《奇迹集》时偶尔被拗口的语句和节奏打断正常的阅读节奏，那是诗人有意为我们设置的意义或者音韵的陷阱，那仍然是诗人所追求的一种陌生化效果，从反面讲，诗人对过于光滑的诗歌节奏、过于明了的诗歌意义的厌恶是溢于言表的。灿然显然羡慕并渴望拥有的是像惠特曼那样的诗人所具有的刀劈斧砍般的力度，而不是敏感纤弱的诗人手里细腻的针线活。

无论是从诗人自身的创作经验，还是从当代诗歌场景的高度来考察,《奇迹集》都给人一种独特的耳目一新的惊艳之感，但说到底,《奇迹集》仍然是当代诗歌诗潮几股合力作用下的产物。可以粗略地把《奇迹集》中的诗分为两类，一类是诸如《善》《看》《痛苦》等纯观念演绎的诗篇，更多的则是聚焦于事件的描述性或者说是叙述性的诗篇，这类诗作构成《奇迹集》的主体。其中的许多诗篇起首都是一个陈述性的句子，比如:"星期天傍晚我去中央图书馆""我来到大街上，阳光猛烈""我躺在露台上""我在地铁里看见一个小姑娘""晚饭后我打算去菜市场买个木瓜""今天下午我如此匆忙地赶去上班""晚饭后我和妻子沿着海旁散步""快两点了，我走路回家"。这些是我随意从诗集里找到的，像这样陈述性的首句还有很多。如果孤立地看这些句子，它们更像是小说或者散文里的句子，它们都不具备通常（也可以说是传统）诗句高昂的语调以及出人意表的词语搭配。我以为这些陈述性诗句的大量出现，正是上世纪九十年代以来，诗歌叙述性观念逐渐扩大自身领地的一个结果，至少在潜意识里，灿然已经接受了以平淡的语调、陈述性的事件描述为代表的反抒情化的诗歌诗潮。

读完整本《奇迹集》，我们的脑海里会留下许多人物形象和故事性细节，其每一首诗既是整本诗集里的片段，而它们自身又拥有一种完整性，全然不像我们阅读朦胧诗时代的诗人专集时所获得的破碎印象。朦胧诗时代的诗人，以多多和顾城为代表，他们对于语言能指的尝试几乎达到极致，顾城在论及自己的组诗《水银》时就曾多次讲道：在放弃对字的管束的时候，字的天性、个性、活力呈现出来，于是它们自行组合成诗。其结果往往是出人意表的妙语和不知所云相混杂的语言奇观。而强调诗歌的叙述性则是在某种程度上放弃语言实验，当然在多大程度上恢复诗歌的叙述性和完整性，又和每个诗人写作的观念差异紧密相连。有诗人试图在这两者之间做一种调和，而灿然的《奇迹集》则是较明显地倾向于叙述化的诗学观念，其中的许多诗都是在清晰准确地描写某个观察到的人物或者事件，它们和小说语言的差别往往依赖于观察者（写作者）自身所携带的巨大能源——一种精神强光的照射，这让那些看起来平实的句子仍然有可能获得一种突然异化的诗性效果。不过话说回来，对于顾城、多多等朦胧诗人极端的语言实验，我依然充满好奇，词与词之间奇异的婚配造成的炫目（剔除过于做作不知所云的部分）依然让我有点神往，坦率地说，这也是我在阅读《奇迹集》时稍感遗憾的地方。语言实验并不像它字面所呆板显示的那样仅仅是一种拙劣的形式实验，语言实验的真正目的应该还是通过语言内部富有创造力的工作，去触及人的理性无法便利达致的永恒。在文学艺术史中，“弑父”现象是每一代新人成就自我的必经之途，但每每被革新的观念中往往也有可取之处，这大概难免要考验诗人敏锐的分寸感，当然当分寸感也被当作革新对象时，我们所能做的只能是祈愿和祝福。

另一个对《奇迹集》有潜在影响的诗潮是口语化诗潮，某种程度上，它和叙述化诗潮是一个事物的两面，都是针对已成滥调的抒情语调的反拨，以期给当代诗歌注入活力。《奇迹集》中的许多诗句很像诗人自口中的娓娓道来，比如我在上文引用的那些诗歌首句，都是人们在特定语境下会脱口而出的，它们不是高度书面化和文人化的语句——想想多多的诗句，大多数都不是人们在日常情景中能够脱口说出的。当然《奇迹集》和典型的口语派诗歌又不同（以他们诗派为代表），因为灿然更强调精神力的作用，在《奇迹集》中频繁出现的“灵魂”这个词是以确凿的褒义面目出现的，而他们诗派迫不及待的反讽倾向似乎在解构一切。《奇迹集》里的许多诗来自于最普通事物的刺激，黄灿然之所以能够把这些普通得不能再普通的日常生活场景锻造成一首首诗，是因为他怀着一种感恩的心情看着这一切：

> 我凌晨走路回家，在黑暗中，在霓虹灯下，
> 经过一棵棵树，经过一根根电线杆，
> 经过寂寞的公园，经过热闹的夜店，
> 经过巴士站，经过一幢幢高楼，高楼上
> 人们正酣睡着，我感到他们的呼吸，
> 夜空美丽，我感到自己被垂爱着。

这些寻常的物象和生命最神秘的节奏因此暗合在一起，这些物象也就不再是它们本身，而是被还原成生命的最初形式和诗的最隐蔽的隐喻。在一种巨大的感恩之中，这些诗被快速地写出，因为喜悦总是加速度的，催促诗人快步向前。因而不少诗中的某些诗句看起来极为普通，甚至有些拗口，全然不顾及寻常所谓的“诗意”，可是和黄灿然此前一些不太成功的诗中的犹疑不同，这些直率的诗句仍旧被喜悦贯穿，成为诗的整体不可或缺的一部分。

《奇迹集》除了最显著的对于精神力的强调，许多诗作的即兴色彩也赋予整部诗集轻逸的特征，这对于集中占大多数的奋力探究灵魂和生命意义的“重量级”诗篇也起到一个平衡作用。通常诗歌是以留白来扩大自身的张力和统摄力，而灿然则反其道而行之，在《奇迹集》中他紧紧抓住时间和生活的缝隙，让语言在其中疯狂繁殖，《奇迹集》中的许多诗都像是从表盘里溢出的奶酪，沾染着时间的芳香和宇宙恢弘的影像。许多诗像即兴的快照，某个过马路的老人、某个巴士上打瞌睡的妇女、某段他上班途中经过的僻静街道，都能激起诗人如潮的思绪，而他所有的思绪都朝着一个方向：

统统向天上望去，好像已忘了人间，
一种伟大的存在，倾听更高的召唤。

从小到大，从日常到永恒——这一许多出色诗人屡试不爽的写作路径，也正是黄灿然写作《奇迹集》的路径。

爱默生在《超越灵魂》一文中的表述，想必灿然是赞同的:“我们的生命连绵不断，又各自独立，细微而又渺小。而人的内心却是整个灵魂；明智之静默，宇宙之绝美，世界万物每一部分，每一微尘都与永恒有关。”灿然在《奇迹集》中专注于瞬间的场景，正是为了要紧紧握住倏忽闪过的永恒。读毕《奇迹集》有很多意象挥之不去：一个孩子落在母亲身后，仰起脸为了感受从天上掉下的零散雨点；巴士上，一个妇人的大耳环在摇晃；下午空寂的酒吧里，男侍应正在看报纸；穿背心的杂货店老板在搬一箱汽水。这类城市生活意象的白描性诗作，和其他那些强调精神力以“我”的视角和语调带入的诗篇相比篇幅更短，用笔更减省，像是一幅幅画家的速写，其用意则是试图捕捉到日常生活里一瞬间的饱满诗意。在诗人看来，哪怕是普通的城市意象，也有其自足的一面，诗人需要做的只是将这些隐含有深意的意象从繁杂的场景里挑选并镂刻出来，而速写笔调的自然和随意也完全符合灿然近期的语言观念。

原刊于《书城》2013年12月号

蓝蓝：影子抡圆胳膊

对于中国当代诗歌近些年的道德化倾向，前些年我还持一种犹疑的态度。许多鞭挞丑恶的诗篇，尽管存在明显的艺术上的粗糙，但是一想到这些诗篇所捍卫的弱势群体的惨状，我难以亮出自己的艺术标尺，我把它藏在袖口里保持沉默，或者像一个没有主见的旁观者一样，跟着众人对“丑恶”吐上一口唾沫，以使我自己不至于显得过于奇特，或者也是通过这个简单的行为为自己贴上“善”的护身符，以表明我和“恶”还隔着一公里远的安全距离，至于苍白的艺术我只能偷偷趁人不注意的时候小声对它说声“抱歉”，在中国的现实语境下，艺术似乎真成了一件奢侈品，它所能做的好像只能是为自身的优雅而感到羞惭。但是随着这股思潮的泛滥（在我看来），任何公共事件几乎都能激起诗人们匆忙表达的欲望，一次自然灾害可以造就成千上万首诗歌，诗人们讽刺性地按照门户网站的重点新闻开始便利地确立自己诗作的主题——这倒是一件省心的事，可是被节省下来的时间似乎并没有被用到主题的姊妹——形式上，成千上万“正义”之声还没来得及从网络转移至纸页上就已经夭亡。

由于对这些被滥用的良知的厌恶，我决定像我所热爱的诗人兰波那样，“我把自己武装起来，反对正义”。正是在这样的语境下，我迅速理解了《地狱一季》序诗里初看时感觉非常突兀的诗行。茨维塔耶娃在《诗人与时代》一文中，语气铿锵地表述过“歌颂革命的诗人和革命的诗人完全是两码事”，同样，我想说的是，怀着正义和良知的动机写下的诗篇和正义的诗篇本身也完全是两码事。在它们之间横亘着的正是那个苍白的艺术，所有的激情——情欲的、社会的、政治的——如果想要安全地抵达词语，用词语塑造自己稳定的形象，都必须跨过艺术这道关隘，哪怕这艺术和光怪陆离的现实比起来低调寡言一点也不起眼，既缺乏英雄主义色彩又缺乏悲剧的光芒，但悖论的是这不起眼的艺术正是这色彩和光芒的源泉，它滋养着正义和良知，使它们不至于迷失方向，甚至于走向它们初衷的反面。只有敏感的时刻不忘自省的诗人才会知道这一点，并在自己的诗作中敏锐地驾驭着它的缰绳（那可是一匹烈马），蓝蓝正是这样一位诗人。

蓝蓝的早期诗歌——以《内心生活》（春风文艺出版社，1997年）和《睡梦，睡梦》（河北教育出版社，2003年）这两本诗集为代表——树立了自己“大自然的歌手”这一最初的诗人形象。在这些早期诗作中，黄昏、秋天、芦苇、栗树、野葵花、苹果树、节节草等大自然的意象构成其诗歌的基本质地，这些诗作在情感上敏感细腻，在语调上却有着金属撞击般的硬朗，在我看来正是这音调保证了蓝蓝早期诗作的力量，哪怕她在为一滴雨一朵花或者一棵树发出轻微的叹息，也不会被我们的听觉所忽视，倒是在静谧的自然的背景里，这叹息慢慢演变成诗的狂飙，让人无法抵挡：

野葵花到了秋天就要被
砍下头颅。
打她身边走过的人会突然
回来。天色已近黄昏，
她的脸，随夕阳化为
金色的烟尘，
连同整个无边无际的夏天。

穿越谁？穿越荞麦花的天边？
为忧伤所掩盖的旧事，我
替谁又死了一次？

不真实的野葵花。不真实的
歌声。
扎疼我胸膛的秋风的毒刺。

这首《野葵花》大概是蓝蓝早期诗歌中被传诵最广的，一次不经意的田野远足倒成了通向死亡的旅程，一朵普普通通的野花却负载了整个宇宙的悲伤。这首诗印证了蓝蓝在早年的诗学手记里提到的“所有的问题都在最小的问题里藏身”。诗人深知世界得以存在的原理，一阵微风一滴雨水里包含着世间全部的秘密，只要诗人敢于将自己全部的热情和爱恋投身到这一阵不经意的微风里或者这一滴似乎马上就要被吹干的雨水中。和许多诗人一样，蓝蓝从情感的小径踏上诗歌之途，她诚实地听命于内心的声音听命于词语轻微的律动，很自然地将自己和诗坛上形形色色的流派划清了界限，她为抒情诗在今天争取到应有的空间，赋予爱和赞美这样的传统主题以持久的魅力。她写作那些早期清澈的诗篇时，仿佛整个现代派诗歌是不存在的，而当我们读着这些真挚的诗篇并为这些诗篇所感动时，我们不免要怀疑诗歌的创新是不是一个过于狡猾的策略。

2007年年底，当我看到蓝蓝的组诗《从这里，到这里》时，老实说我有点意外，在这组诗里，蓝蓝写到艾滋病村、矿工、酒厂女工、民工、中国的教育问题，以及题献给“石漫滩75·8垮坝数十万死难者”的《真实》等，蓝蓝似乎突然从执著于内心冥想和个人情感的诗人，转向对于社会性题材的关注。虽然诗人从个人情感转入对更宽广世界的关注几乎是每一个有成长能力的诗人的必由之路，但是由于对蓝蓝早期诗歌的固执印象仍然使我对她的转向颇感惊讶，当然我的惊讶里也包含着对于当代诗歌介入社会的呼声的警惕。随后的几年，蓝蓝不断有社会性题材诗歌问世，而她也随着这些诗作的广为流传而声誉日隆。但对我来说，我感兴趣的不是蓝蓝诗歌题材的转变，而是蓝蓝的社会性题材的诗歌为何仍旧保持着不逊于她的大自然诗篇的水准，为什么她没有像许多投身“社会关怀”的诗人那样，被正义沉重的冠冕压垮诗艺。对于我的疑惑，蓝蓝的一首诗正像是给我的回答：

一整夜，铁匠铺里的火
呼呼燃烧着。

影子抡圆胳膊，把那人
一寸一寸砸进
铁砧的沉默。

这首诗题为《诗人的工作》，写于2005年12月。这首诗虽然很短，但却体现出蓝蓝对于诗艺的复杂理解。在我看来，它探讨的是一个经典性的现代诗学问题——词与物的关系。蓝蓝以铁匠在铁匠铺里打铁这么一个司空见惯的日常行为作为隐喻，来探讨诗艺与现实的关系。第一节的两行诗是一个非常写实的场景，立刻把读者引入铁匠铺热火朝天的现场，并为整首诗奠定一个基础性的氛围。因为有第一节提供的现实场景，第二节开首的“影子”的出现就变得顺理成章，而“影子抡圆胳膊”则是这首诗里最为关键的句子，一方面你仍然可以将它视为写实性的句子，因为那就是铁匠挥舞手臂打铁时投射在墙壁上的影子，任何一个在夜晚造访铁匠铺的人都可以看到这个情景。另一方面诗的标题“诗人的工作”立刻就把这个句子变为写作的隐喻，文字的确就如同现实事物的幻影，它呈现在轻飘飘的纸页上或者闪着荧光的电脑屏幕上，诗人在工作就像影子在较劲，他似乎拿这个现实世界毫无办法，别说打铁，影子何尝搬动过一片落叶？对于这种困惑，西默斯·希尼在《舌头的管辖》一文中用散文的方式表述过："在某种意义上，诗歌的功效等于零——从来没有一首诗阻止过一辆坦克。"但是，希尼马上迫不及待做出补充说明："在另一个意义上，它是无限的。"蓝蓝对此肯定也感同身受，因为在她的诗中，“影子”随后就把那个实实在在的人“一寸一寸砸进/铁砧的沉默”。这宣告了诗艺对于现实破坏性地侵入和占领，也就是说，在蓝蓝看来，在诗艺和现实的对抗中，现实永远从属于被动的一方，而正是由于诗艺（影子）的强力，它可以和冷冰冰的现实（铁砧）融为一体，在此，诗人工作的意义被确认，诗歌自身的律法也就可以施加到万物之上。而世界（现实）在这种互动中被影子视为手中的工具，如同铁匠手里的铁锤，而影子眼中唯一的现实则是艺术品本身。

对蓝蓝来说，这是一首纲领性的诗篇，它既预告了日后蓝蓝那些社会性题材诗歌的诞生，也点明了她写作这一类诗歌的方式——影子抡圆胳膊，而不是相反——胳膊抡圆影子；它既反映出蓝蓝作为诗人对于掌控现实经验的渴求，也反映出她对于语言的信念，我以为正是后者把她和大批被现实激励却无法保持诗艺纯洁性的诗人区分开来。

通过这首诗，我们也发现之前对于蓝蓝传统抒情诗人形象的误解。现代诗歌和传统的浪漫主义诗歌的一个最大区别就是，现代诗人在写作的时候，是受到激情和对于词语效果的理性甄别这两种力量的驱使（传统抒情诗人则缺乏对于语言自身的警醒），一种冰与火的双重淬炼。诗人头脑里理性的部分始终牢牢掌控着激情，以使这激情得以更加充分地迸发，换言之，理性激发了激情而不是相反。更为重要的是，诗人对于理性的强调往往就意味着对于“善”的追求，因为按照托尔斯泰的观点，“善”往往是抑制热情的，而“美”却是我们一切热情的基础。而现代诗人的梦想或者其最重要的工作，就是要将“善”和“美”这两者统一在自己的诗句中。这无疑是艰巨的工作，但铁匠铺里的铁匠正挥汗如雨。关于这一点，蓝蓝早在九十年代中期的写作手记里就有清晰的表述：“感情的表达应该有理性来指导——克制、准确，恰如其分。”在这里，对于理性的强调和对诗艺的精益求精有着相似的内涵，同时意味着善的观念开始进驻蓝蓝诗歌观念的核心。这使蓝蓝在处理任何题材（情感的、大自然的、社会性的）时，都不会简单地听凭激情的驱使。在蓝蓝最好的那些诗中，她赞叹她歌颂或者她也激愤和斥责，但她从未丧失抒情诗自身的自娱功能，她深知所谓的正义和真理最终是由诗人对于词语的忠诚来维护的，只有在这个前提下，词语也才可能反过来忠诚地服务于诗人，搭载着诗人在大自然或者城市的陋巷之上自由穿行，也只有在抒情诗成就自身的前提下，诗人的各种诉求——包括社会的诉求——才可能发挥影子的伟力，而不是相反听凭诗歌堕落为政治檄文，纠缠在具体的得与失的诉求中。

《诗人的工作》提供了蓝蓝诗歌写作基本的方法论，它就像阿基米德那个著名的支点，蓝蓝全部的诗歌写作都能从中受益，而对于抗争性主题的诗歌，蓝蓝在另一首短诗《反抗》中做了另一番表述：

忍冬花开放，野草生长
风要吹拂，大地隆起成为群山
……
这其中的殊死搏斗。

诗人啊！茫茫宇宙教会我这样理解：
当人们说起一切铁条和锁链——

前两行“忍冬花开放，野草生长/风要吹拂，大地隆起成为群山”描述了四种大自然寻常的景观，似乎平平无奇，——花开放，草生长，风吹拂——有什么奇怪的？但随后的转折至关重要——这其中的殊死搏斗，这句诗一下将隐藏于万物之中的残酷本质揭露出来（这种本质是以生和死的竞争与轮替作为主要特征的），并为第二节诗人主旨的出场奠定基础。“诗人啊！茫茫宇宙教会我这样理解：/当人们说起一切铁条和锁链——”显然蓝蓝是以铁条和锁链（枷锁）象征着人间暴力性和政治性（很多时候两者是一回事）的对抗，并对这样的对抗方式不以为然，因为那是政客的对抗方式，无论以怎样冠冕堂皇的理由，都难免要堕入暴力和戕害也就是堕入恶。对于诗人，他要学习宇宙的律法，懂得更超然也许也是更善的抗争方式，就像花朵开放野草生长那样，不以伤害为目的，而只是以自身孤寂的生长从更高的层次上达致对于恶的弃绝，只有这样，抱有善良的初衷的反抗者才不会被他所抗击的恶拖入泥潭，以反抗的名义成为恶的同谋。以此类推，在一个极权的社会中，以自己的方式独立地生长发出自己的声音，这本身就是一种抗争，既顺应了正义的要求也无损于美。对于所有诗人，这首诗不啻为一个警钟，提醒诗人们免于堕入简单对抗的单调。

如果说《诗人的工作》反映出蓝蓝对于语言的信念，那么《反抗》则反映出对于爱的信念，一度平行的大地与天空最终在遥远的地平线那里融合为耀眼的诗。地平线有点模糊不清，正预示着诗的内容和形式间暧昧不明的复杂关系。蓝蓝像许多杰出的诗人那样善用隐喻，因为这几乎是准确表达唯一可资利用的手段，也因为这一点，蓝蓝的许多诗既像一种工具化的表达，也同时保持着诗自身的欢娱。这种极富魅力的矛盾，在蓝蓝几首被广为传诵的社会性介入的诗作里有充分体现，这就像西默斯·希尼在评论美国女诗人毕肖普时提到的那样："诗歌环绕着无言的悲痛，当它环绕着它们，诗行对这些苦难施予催眠术并迫使它们服从于创造的意志。"让我们走上前来，近距离地观察蓝蓝是如何在表达激愤情绪的同时施展她的催眠术的：

死人知道我们的谎言。在清晨
林间的鸟知道风。

果实知道大地之血的灌溉
哭声知道高脚杯的体面。

喉咙间的石头意味着亡灵在场
喝下它！猛兽的车轮需要它的润滑——

碾碎人，以及牙齿企图说出的真实。
世界在盲人脑袋的裂口里扭动

……黑暗从那里来

这首题为《真实》的诗有一个副标题——献给石漫滩75·8垮坝数十万死难者。石漫滩水库垮坝发生在1975年8月，造成河南驻马店地区数十万人死亡，如何在一首短诗里写出这个悲剧的实质，对诗人来说无疑是一个考验。蓝蓝聪明地收束缩小诗歌的入口，将重心放在事件被刻意隐瞒的事实上，从而使诗句获得尽可能大的爆发力。构成这首诗的仍然是蓝蓝习惯使用的自然意象——清晨、林间、鸟、风、果实、大地、石头等等，她并没有像某些拙劣的诗人那样在诗中直接阐述惨剧的事实，在她看来这种方式无疑属于报告文学的范畴，其过于写实的笔触难以厘清恶的纹理，诗人得用自己的方式发出激愤之音，并以此保证诗人在其中追求的善不会变质。

在这首诗里，众多蓝蓝在早年的创作中经常使用的自然意象依旧被委以重任，它们环绕着无言的苦痛，而苦痛的阴影则被折射到这些自然意象上，表面上似乎是减弱了苦痛的程度，但是这种间接化的处理使得这些苦痛终于可以被直视终于可以在诗的音韵和节奏中被诉说，或者正如希尼所言被施予催眠术从而可以被艺术驱使，而直接的活生生的苦痛只会让人们噤声和哭泣。在此状态下，所有的表达在根本上都会被视作不道德的——人们在受苦，你却在写诗？更高的善在要求着具体的行动，哪怕是给受苦的人们递上一杯水。也就是说诗人首先得通过艺术确立表达自身的合法性，惨剧的事实本身并不能天然地提供这样的支撑。这真是残酷的悖论，因为在诗歌之中的确存在着某种天然的自足和与真实的绝缘，而这首诗恰恰叫着《真实》，它以词的虚无呼唤着“真实”，而它只能躺在纸页之中。在这暧昧的当口，《诗人的工作》里在呼呼的火焰前挥动铁锤的铁匠形象难免又要浮现在读者的眼前——不！应该是“影子”抡圆胳膊，必须是影子，才可能通过文字貌似虚无的力量给现实以重击，并顺便将道德与正义囊括其中。某种激愤的情绪赋予这首诗铿锵有力的节奏，尽管在2007年的时候，蓝蓝才刚刚转入对现实题材的关注，但是这首诗金属撞击般的节奏，我们一点也不陌生，这节奏在蓝蓝书写大自然和爱情的早期诗篇里已经被锻造得娴熟，现在用它来处理这样的题材显得水到渠成。

经过数年对现实题材诗歌的不断掘进，如果说《真实》还是一首激愤之作，挑剔地看它的情绪还稍显单薄的话，那么蓝蓝2009年的诗作《七月——给新疆》则将激愤、悲伤和绝望等诸种情绪熔于一炉，无论在诗艺还是感染力方面都显然要更胜一筹。

和大多数蓝蓝社会性诗歌一样，蓝蓝将笔触对准自己那一刻的真实情感。在这首诗里，蓝蓝站在人性的高度，对事件中的两方面都有着母性地近乎怜悯地斥责，如果诗人要有什么立场的话，这就是诗人唯一可以秉持的立场，一种宇宙的律法，超越政治意义上的对错，而看起来有点苍白的艺术则是这种立场唯一的栖身之所。诗的最后两节则集中写诗人对此感受到的痛苦——像一把刀子剖开我的胸膛。这首诗的意象和节奏都极为优美，它们和诗中的绝望主题似乎相悖，但是英国浪漫主义诗人济慈所奠定的真与美之间宁静和谐的关系在此发挥了作用，从而使这优美的意象和节奏像刻刀般将绝望从政治事件的喧嚣和残酷中镂刻出来，逼真无比，令人震撼，以至于人们来不及体察其后隐藏着的秘密的艺术的快乐——而且必然带着羞耻之心。

关于这羞耻之心，蓝蓝在最近的一首诗中予以猛烈的清算。在我看来，这首诗仍然是对早年的《诗人的工作》所做的回应。蓝蓝继续在她一直关注的词与物之间摇摆，这摇摆在我看来恰好证明蓝蓝近年来一直处于上佳的创作状态中，许多时候她仅仅凭借自身的敏感就可以在这两者之间寻求到一种平衡感，哪怕是短暂的平衡。这首《审判》比较长，但仍然值得全文引用：

我已经做好了准备，我已经打算
在写这首诗时接受审判。
我放弃为自己的辩护——
但是——我恳请大地的原谅
请我深爱的草木、溪流、故乡的群山
原谅。我恳请我侍奉了半生的诗神
原谅我的无礼和冒犯。

原谅我，我钟爱的汉字
这不是我应该站立的位置——
一个起诉人，一个被告席
这就是我今天的双重身份。

我并不打算丢掉诉说爱情的美丽衣裙
这是否有些可耻？
也绝不想使一个渺小的人的话成为真理
以坠入更丑陋的罪恶。
至于体面——让体面的人保持他们的优雅和卫生
以免血渍沾染了他们的纯洁
以免哭声打搅了他们的睡眠。
没有什么神圣在我的头脑中
也没有什么调音器卡在我的喉咙里，
只有生活在逼近，只有几乎窒息的肺叶
在寻找一个地方能够呼吸

甚至——那语言的利刃
——那语言的盔甲——
试图让我松开手，听命于痛苦的心的啜泣
听命于道路抽搐的扭动
去稍微偏离那精致的韵律的吸引

疑虑着我对诗行的田垄立过的誓言——
如果这些种子永远不会发芽
我的犁就是个笑话

我曾多么迷恋手艺的美妙
迷恋标点的妩媚、转折和断裂的
威力；正如此刻我依旧以这迷恋起诉着
它冷漠和圣洁的面容。
我写下过的一切都在诅咒它自己的诞生
——我的手已经不再干净

肮脏的伤口和脓水是否可以写成诗句
——假如它也意味着对“美妙”的赞颂？
如果可以起诉一颗颤抖的心
在这颤抖的心上奏出的音乐
便如被献祭的贡品——
拖着它叮当的镣铐之声。

还有什么不可言说？——既然野兽在撕咬
体面的人在沉默，受苦的人在哀号；
还有什么能够超越——既然你撞上了地狱之墙
而语言也能变成集中营的铁网——

（哦，持左轮手枪的债主，请放过这一首诗
语法课伟大的导师，请允许我朝窗外的哭声探望——
在我的诗歌作业中
必须能容纳所有的美和所有的肮脏……）

——这双重的忤逆便是我的罪行：
如果要起诉这个可憎的世界
那就请从对一个诗人的审判开始吧——

《诗人的工作》里建立的对于语言的信念，在这首诗中受到强烈质疑，蓝蓝恳请她"侍奉了半生的诗神"原谅她的无礼和冒犯，因为她打算用她曾迷恋的"手艺的美妙"去言说野兽的撕咬和受苦之人的哀号；她恳请"语法课伟大的导师"，允许"我朝窗外的哭声探望"，因为"在我的诗歌作业中/必须能容纳所有的美和所有的肮脏"。这是一首复杂的辩白之诗，反映出在词与物的角力中诗人所受到的最大幅度的震荡，而颤抖的良心则是这种震荡必然的产物，良心在抖颤但似乎也有点无所适从。就在这首诗中，蓝蓝也写道："我并不打算丢掉诉说爱情的美丽衣裙/这是否有些可耻？/也绝不想使一个渺小的人的话成为真理/以坠入更丑陋的罪恶。"甚至她还意识到，她是用美妙的手艺在起诉着手艺冷漠和圣洁的面容。词与物的纠结在这首诗里达到了无以复加的程度，这反映出艺术内部那固执的愉悦在和惨淡的生活邂逅时所产生的近乎惭愧的尴尬。持续的真诚的自我省察和自我剖析，就会带来这样盘根错节的结果，一劳永逸地获得一个解决方案是不可能的——除非是自欺欺人或者是伪善，而艺术的价值也将在这种迟疑（颤抖）中得到体现。

东欧诗人由于和中国当代诗人处境相似，他们的许多言论往往能得到中国当代诗人的好感和认同，波兰杰出的诗人赫伯特就曾说过，诗人现在的任务是“从历史的灾祸中至少拯救出两个词，没有这两个词，所有的诗歌都将是意义与外观的空洞游戏，这两个词就是：正义与真理”。这其实可以被视作德国思想家阿多诺的名言“奥斯维辛之后，写诗是野蛮的”一种变体，他们显然都赞同那种深入地狱的生活和写作，而把轻狂的使人迷醉的艺术幻觉当作假想的对立面。对于这样的说法，蓝蓝在情感上有着某种程度的认同，她2007年以来被强化的社会性题材的写作正是这种认同的体现，但是《审判》这首诗说明这种认同对于蓝蓝来说并非是轻而易举的，伴随着这种认同的往往是另外一种纠结和羞惭，在我看来这种感觉尤为可贵。通常为“正义与真理”辩护似乎总要让人变得理直气壮一些（例如赫伯特和阿多诺），而为艺术的辩护似乎总有那么一点底气不足，仅举一例：1942年10月的战时伦敦，当艾略特正在写作《小吉丁》时，他给友人布朗写了一封信：

> 眼看着正在发生的事情，当你坐在写字桌前，你很难有信心认为花一个又一个早晨在词语和节奏中摆弄是一种合理的活动——尤其是你一点也不能肯定整件事会不会半途而废。而另一方面，外部公共活动则更加是一件毒品，倒不如这种经常令人觉得毫无意义的孤独差事。

请注意信中“倒不如”这三个字，尽管艾略特断定外部公共活动是毒品，但是他还是不能为自己转入内心的写作求得百分之百的自信，至少不像赫伯特和阿多诺那么自信。不过有意思的是，蓝蓝在《审判》里的歉意并不是针对外部世界的，而是在她决定去靠近令人作呕的政治现实时，向她深爱的大地、草木、溪流、故乡的群山和诗神发出的，所以她会在诗的末尾说“这双重的忤逆便是我的罪行”。还好这是一首诗，试想如果蓝蓝用散文表达这么复杂的观念，她又将陷入怎样的窘境（就像现在的我），也就是说，在自省的最关键时刻，仍然是看起来并不牢靠的艺术让她从两难境地里脱身，使她可以去尝试实现容纳所有美和肮脏的愿望。

艺术的成立有时候确实意味着其后隐藏的道德是站得住脚的，但这样的时刻永远稀少而罕见，我们往往会沮丧地发现艺术和道德的背离是其常态。一首诗的好坏，通常在其中起决定性作用的往往不是题材的重要与否，但一首美妙的小诗确实更容易被忽视。对于蓝蓝来说，她对于词语和艺术的敏感，或者说她在词与物这两种观念之间的纠结，使她的那些社会性题材的诗在很大程度上保存了艺术的自足——她有些社会性题材的诗确实出色，并且不露痕迹地利用了题材本身的炫目作用。可是为此她依然不得不付出代价，那就是她的许多其他类型的优美诗歌被淹没了，对这些“小诗”评论者很少去踏踏实实地关注（我的这篇文章不也同样如此？）。其实从更长远的时间看，等那些喧嚣的“现实”褪去之后，那些小诗将是蓝蓝作为诗人的荣誉中最结实的铆钉。这样的小诗不在少数，在这里我仅举有关她女儿的两首小诗：

天黑了

天黑了。高过树枝的鸟叫
落回到低处的巢中。

你的大女儿在刷碗。小女儿
收拾桌子。

幸福的路人看到了祝福
不幸的人却看到悲苦——

温暖的光透出你家的窗户。

建材西路

妈妈带着她的两个女儿出门，
三棵杨树走在路上。

这不是没有可能的事——

三棵杨树走在路上，棉花小狗
跟着她们。木头鸽子骑着柳絮带路。

没有人感到吃惊。清洁工在跳扫帚舞
一辆公共汽车央求
扛着站牌疾奔的退休老人停下脚步。

三棵杨树手拉手，骄傲而碧绿
风把她们干净的布裙子吹得闪闪发亮。

那是妈妈带着她的两个女儿
走在西三旗建材西路上。

这两首写女儿的诗有着即兴之作的迅疾，诗人准确抓住生活中一闪而过的感念，主题并不宏大，但却感人至深，在洗涤心灵的功效和艺术的完善方面，我一点也不觉得它们比《真实》那样的诗差，相反，由于前两首诗来自于生活本身的直接触发，它们比《真实》更有一种浑然天成的品质，的确如希尼所言，诗的作用在本质上不是恳求性或传递性的，它存在在那里，在最细微处不动声色地改变着“恶”的DNA，而世界的秩序必将因此而崩塌。

回到蓝蓝社会性题材的诗歌，这些诗歌深刻触及现实，这颇让人尊敬，不少蓝蓝的评论者就是这么看的，但是在我看来如果仅止于此，那么对于蓝蓝诗中所透露出的复杂性，这种赞美无异于贬低。对于诗中的道德评判，蓝蓝有一种近乎本能的警惕，在她最好的那些诗中，伦理原则和语言决定论之间始终保持着某种紧张状态，这两者之间因此形成的罅隙充满活力，我甚至要说其实也充满欢娱，哪怕是在处理那些令人痛苦的事件时。蓝蓝的诗篇总有一种明快的节奏驱散着某些主题自然携带的浓重阴影，在这个意义上，她的诗具备某种程度的祛魅作用，因而通过这个幽径——从广场上激动的人群身边走过——蓝蓝终究回到了她从一开始就讴歌的爱和赞美的主题，或者也可以说她从来就没有离开过这个主题，她所有的激愤所有的嘲讽也都从属于这个主题，并最终将自己和那些充满怨恨（虽然口中高呼着“正义”）的诗人区分开来。蓝蓝的诗篇触及到各种主题——情感的、社会的、艺术自身的等等，她的诗自由地在乡村的大地和城市的街道上穿行，她写到各种身份的人——

农民、学者、工人、爱人、僧人等等，所有这些日益扩大的诗歌形象背后，都有一个共同的底色——赞美和热爱的底色，我以为那正是诗人在铁匠铺里唯一正当的活计。蓝蓝有一首诗对此做了诗意的阐发，它和现实性的事件无关，但它是蓝蓝最好的诗作之一，在这首诗中，蓝蓝将她忧郁的眼眸投向了蔚蓝的存在、语言或现实？唯一可以肯定的是，它和人间的争斗无关，它也和词与物的争斗无关，它包容一切，它就是诗，它叫《永远里有……》：

永远里有几场雨。一阵阵微风；
永远里有无助的悲苦，黄昏落日时
　　茫然的愣神；

有苹果花在死者的墓地纷纷飘落；
有歌声，有万家灯火的凄凉；

有两株麦穗，一朵云

将它们放进你的蔚蓝。

原刊于《山花》2012年11月号

策兰：一道伤口舔向高处

这个只能结结巴巴跟随的世界

这个只能结结巴巴跟随的世界，
我将成为这世上
曾经的一个过客，一个名字，
从墙上渗下来，
墙上，一道伤口舔向高处。

这首短诗是保罗·策兰遗著《雪之部》中的一首，写作时间是1968年1月23日，距离策兰1970年4月20日自溺于塞纳河尚有两年多时间。相对于策兰后期诗作普遍的晦涩难解，这首诗显得难得的清晰，整首诗很大程度上是策兰一直强调的诗观的诗意表达。策兰的写作简言之就是在“言说”和“存在”之间寻求平衡的过程，因为对抽象的“言说”本身策兰给予了充分重视，也因为策兰诗歌在处理现实经验方面的俭省，甚至于现实经验在他的诗中被简化到单个意象和词语的程度，策兰在世时他的诗就被经常阐释为某种“绝对隐喻”的纯诗和纯语言，甚至把他和一生致力于词语自决的马拉美相提并论。对于这样的观点，策兰几乎在每一个重要场合都不忘表明自身立场，迫不及待地与之划清界限。

策兰生前获得过两个重要文学奖项，每一次在获奖致辞时，策兰都不忘就这个问题阐释自己的立场，在1958年不莱梅文学奖获奖致辞中，策兰写道：“因为诗歌不是没有时间性的，诚然，它要求成为永恒，它寻找，它穿越并把握时代——是穿越，而不是跳过。”也就是说，策兰试图从自身和时代的经验出发，去达到存在和言说完全统一之处，那样的地方显然只能在“高处”——伤口试图企及的“高处”。1960年策兰获得德语文学里最重要的毕希纳文学奖，为了写获奖致辞，策兰做了充分准备，最终将上百页的笔记荟萃为最终十六页名为《子午线》的版本，策兰再一次语气坚决地表明态度：“绝对的诗歌——不，肯定是没有的，不可能有！”不仅断然否定绝对的诗，还把诗歌界定为“现实化的语言，是在一种完全个人化的迹象下释放出来的”。又过了两年，1962年4月24日在给少年时代的友人埃里希·艾因霍恩的信中，策兰的表白更加直白：“我从未写过一行与我的存在无关的文字，我是一个——你也看到了——现实主义者，我自己方式的现实主义者。”

对于现实主义者身份的强调，从外部即点明策兰诗歌现实经验层面的来源，而策兰身上所负载的经验又是如此黑暗和沉重，在很大程度上，策兰后来被公认为二战后最重要的德语诗人，和他自觉地承担这些痛苦的现实经验密切相关。他无所畏惧地穿越那个黑暗时代，最终把这些悲惨的人世经验提升到诗的高度，并以此永恒地留存在人类的记忆里。他是这个黑暗时代愤怒的痛苦的然而又是结结巴巴的见证者，的确，面对这样的人世经验，谁能坦然而毫无愧疚地使用流畅华美的语言呢？——策兰年少时在纳粹集中营的经历，他的父母先后惨死于集中营，父亲不堪沉重的劳役而死，一直深爱的母亲则被纳粹枪杀；策兰在切尔诺维茨、布加勒斯特、维也纳以及巴黎的流亡生涯；诗人伊凡·戈尔遗孀从1953年开始的对他恶意诽谤的剽窃指控；策兰逐渐加重的精神分裂症；等等。此外，作为一个隐蔽的“政治诗人”，策兰的视野其实比人们所能想象的要广阔得多，他在自己的写作中身体力行了“穿越时代”的承诺，他所生活的那个时代的许多重大事件都在他的诗中留下印记，尽管是以极为隐讳的不易为人察觉的方式，这些事件包括：西班牙内战、1934年维也纳工人起义、1945年8月的广岛原子弹爆炸、越南战争、1968年巴黎五月风暴以及1968年的布拉格之春。所有这些被策兰关注到的事件都和这地球上被贬抑和被侮辱者有关，用策兰自己的话——这是“被迫害者结成晚到的，不/沉默的、耀眼的联盟”。

对这些政治事件的关注，并没有使策兰成为人们印象中的那种大声疾呼的政治诗人，因为策兰说得清楚："我是我自己方式的现实主义者。"关键在于"我自己方式"，这也是策兰没有被"存在"淹没的重要原因，换言之，策兰在关注现实的同时一点也没有放松对诗歌语言本体的思考。这方面的思考伴随着对于哲学家海德格尔著作持续多年的细读，而这两位二十世纪中叶最重要的德语思想家和德语诗人在语言里的相遇本身就堪称传奇。根据对策兰私人藏书的研究，策兰开始认真研读海德格尔著作是在1952年3月，首先阅读的是海德格尔的名著《存在与时间》；他首次听说海德格尔还要早些，应该是在1948年，那一年年初刚从布加勒斯特流亡到维也纳不久的策兰认识时年二十二岁的女作家巴赫曼，并产生了一段延续多年对二人都产生深远影响的恋情。巴赫曼当时正在以《对马丁·海德格尔存在主义哲学的批判接受》为题撰写博士论文，巴赫曼对海德格尔思想某些方面持赞许态度，同时对海德格尔过去的纳粹分子身份持批评的态度，这种矛盾以后也贯穿在策兰对海德格尔思想的接受和拒斥的整个过程。

更神秘的是，早在策兰知道海德格尔之前，他的一些想法和措辞就和海德格尔有着惊人的相似之处，体现出两人之间存有某种先天的联系。在撰写于1948年的《埃德加·热内与梦中之梦》一文中，策兰某些明显矛盾的思路听起来似乎直接来自于海德格尔："那隔离了今天和明天的墙壁，必须被摧毁，而明天也将会成为昨天。"策兰这篇早年试图建立自己诗学主张的文章，表现出诗人对于诗性语言的源头所进行的探索。而海德格尔在他后来的著作中也不止一次地讨论过这个话题，他认为思想的语言和诗歌的语言实际上具有同一源头，这也是这位思想家喜欢借助荷尔德林、特拉克尔等诗人作品探讨哲学问题的原因之所在。在《存在与时间》中，海德格尔对存在进行了考察和理解，并提出他的目的是要回复到源始语言，在后来的《何谓思想》中，他又说他的目的在于革新德语，以便由此从根子上革新对存在的思考。在对此毫不知情的情况下，策兰在《梦中之梦》中指出，他的意图也在于净化“几个世纪以来关于这个世界的古老的谎言的残渣”所使用的语言，以便恢复源初的诗性语言。由于对这些问题共同的兴趣和探讨，这两位诗人和思想家的相遇变得不可避免。

策兰的藏书中有八十多位哲学家的作品，其中他做过读书笔记的有四十多位，但再没有哪一位哲学家作品像海德格尔作品那样激起他巨大的热情，他广泛阅读海德格尔作品，并做了大量笔记，在吸收海德格尔语言观和哲学观的同时，策兰甚至直接从海德格尔颇具诗意的语言中获得创作诗歌的灵感，像著名诗篇《带着一把可变的钥匙》中的核心意象“语言之屋”以及《从黑暗到黑暗》中的“摆渡人”意象都来自于海德格尔著作。当然这并不奇怪，对于胃口旺盛的诗人而言，他阅读的任何语言材料都有可能成为他创作的刺激之源。策兰的阅读其实极为庞杂，他读报看书，从文学到历史、哲学、地质学、植物学等等，而某些偏僻的专业术语在策兰诗歌中频频出现，确实在一定程度上给策兰诗歌带来陌生化的奇异效果。

可是随着策兰对于海德格尔思想以及过去纳粹经历的深入了解，策兰也开始对海德格尔的不少想法产生抵触情绪，1957年年底巴黎福林科尔书店向包括策兰在内的一些作家和哲学家征集关于他们自己在当时的工作描述。策兰在回复中提到海德格尔著名的观点，即语言向诗人说话，而不是一位通过自己的想象力来创作诗歌的自主的创造者促成了诗歌的出现。尽管没有完全放弃海德格尔的观点，但是策兰以迂回的方式对这一观点做了清理，从而表明自己就这一问题的独立看法："我肯定，在这里起作用的不再是语言本身，而总是一个从存在的特殊角度说话的'我'，他总是关注大致的轮廓和方向。"从这里出发，策兰在毕希纳文学奖获奖致辞中斩钉截铁地宣布"绝对之诗"的不可能就变得顺理成章了。但是策兰对于哲学的浓厚兴趣，对于海德格尔著作精深的研究到底赋予策兰观察现实之眼的独特视域。策兰是在表现他所经验的现实是在穿越他所处的黑暗时代，但是他的哲学和语言训练仍然保证了他的现实主义是独特的，是以他自己的方式在较高的哲学维度上展开的现实主义。

以此为基础，我们仍然要回到形式分析，去探究策兰诗歌形式上的哪些特点保证了策兰诗歌介入现实的独特性。在我看来，策兰的诗歌形式在三个方面有着清晰的独创性的贡献。首先对于作为诗歌构件的词语给予了充分的重视，当然所有诗人都会为自己的诗作精心选择准确的词语，但是策兰还不止于此，他试图在一种全神贯注的静观中给词语注入某种神奇的巨大能量，在给朋友汉斯·本德尔的信中，他直承写诗就是“祈祷练习——用精神的感官”。1961年，为策兰青少年时代作传的作家沙尔芬，曾请策兰帮他解读那些难懂的诗歌，策兰对此的回应仅仅是:“读吧！不断地去读！意义自会显现。”策兰的回答绝不是敷衍，因为就像宗教里的诵经一样，反复诵读这一外在形式有可能在某个特殊的时刻，会突然启动人们脑海深处的意义之舟，将人们带至自己都感觉惊异的顿悟状态，那时意义之门将会以自主的神秘的方式向读者打开。

这种观念和二十世纪初在英国兴起的意象主义运动颇为接近，可策兰比努力挖掘意象深层含义的意象主义诗人还要走得远。二十世纪初的那些意象主义者对于意象的强调实质在于对二十世纪之前西方诗歌过于信赖理性的一种反拨，他们认为直接呈现的意象往往有超出人们理性之外的丰富意旨。策兰诗歌中也有一些他偏爱的反复使用的意象，比如花、头发、雪花、杏仁、水晶等等，但是策兰并没有停留在那些意象主义者开拓的道路上，而是继续向纵深探索。策兰并不满足于传统诗歌常用的意象（词语），而是尽可能在自己的诗作中拓展诗歌词语和意象的疆界，策兰青年时代的作品多借用中古德语和意第绪语，在后期则习惯在北方德语语汇中找寻更忠实的记忆之镜，所有这些陌生语汇经过策兰的“热处理”，那种自发的生僻的词源就产生作用，使得词语入诗后立即进入另一个完全不同的语境，释放出新的观念联想，这也可以解释为什么策兰诗作中有那么多地质学、矿物学以及生物学等领域里的专有名词。除了词语本身所携带的深远含义（通过不同语境下的引导或者通过冥想本身），策兰还经常使用复合词来持续地给词语施加压力，让一个词语在内部即产生某种扭结作用，那么这个复合词就比单纯利用意象自身的呈现更具主动性地创造作者渴望的诗意。举几个例子：策兰1970年在离世后出版的首部遗作《雪之部》（Schneepart），德文“der Part”源自法文词“la part”，其基本释义为“部分”“份额”，又指声乐或器乐的声部以及戏剧中的角色，故《雪之部》又可以译为《雪的声部》或《雪之角色》；策兰还喜欢把两个常用词用某种方式组合起来，让新词变得陌生，比如“gedichtlang”（像诗歌一样长的）；或者随便组合可辨认的词语，但却具有了新的意义，比如“Seinswurzeln”（存在之根）。这些手法加强了策兰诗歌中单个词语可能携带的含义，让词义和诗歌都变得更丰富也更含混。这纠结在德语词根里的诗意也使策兰诗歌的翻译变得困难重重——这些富于创见的复合词，在别的语言啰唆的解释中只能是诗意尽失。

这种给词语施压的方法和观念，也必然使策兰诗歌在用词上变得越来越俭省。策兰将写诗视作“祈祷练习”，确属洞见，从一般诗歌在纸页上的呈现方式即可明了这一点。诗歌字迹在纸页上较多的留白（和小说、散文比）确实可以让读者注意力更集中地投射到诗歌的词语上，有一种精神聚焦作用，而我们都有过这样的经验，当我们长时间盯着一个熟悉的字词时，这个字词往往会慢慢变得陌生，甚至会让凝视者产生天马行空般的联想。这就像我们在人头攒动的体育场里一张人的面孔都可能记不住，但是当偌大的体育场只剩下几个人时，我们也许可以记住在场每一个人的形象甚至气质。在这种作用力下，越是短小的诗歌，越是容易进入策兰所期盼的“祈祷”状态，那么诗歌的神秘性也就越容易获得。也因为这种聚焦作用，稍稍挪动几个词语位置，就可能会产生让人意想不到的惊人效果，这大概也是策兰诗歌越到后期变得越短小晦涩的原因之一。在长时间的凝视（祈祷？）之后，策兰希望诗中每一个词都生发出巨大的能量，希望每一个词都携带着一个大厅，在那里面似乎应有尽有。这是一种典型地以小求大的近乎极致的方式。

从这一点出发，我们可以考察一下策兰和另外两位诗人的关系，一位是俄罗斯诗人曼德尔施塔姆，一位是意大利诗人翁加雷蒂。和许多诗人一样，策兰也是一位杰出的诗歌译者，他翻译过四十多位诗人的作品，其中被广泛称道者包括对莎士比亚十四行诗、瓦雷里的《年轻的命运女神》以及狄金森等诗人诗作的翻译。曼德尔施塔姆和翁加雷蒂，策兰也是通过翻译他们的诗和他们“相遇”的。策兰1958年开始翻译曼德尔施塔姆的诗作，并立刻为他的诗作所折服，这种“极其欣赏”也包含一些外部因素，比如他们同为犹太人，也都是杰出的译者，对母亲都怀有深沉的爱，两人都因为各自出身遭受过政治和文学上的迫害，曼德尔施塔姆也曾受到一次无根由的剽窃起诉，而当时策兰正遭受诗人伊凡·戈尔遗孀对自己的莫须有的剽窃起诉，并深受困扰，这件事也使策兰在整个六十年代堕入精神分裂的深渊。当然对曼德尔施塔姆诗艺上的钦佩才是最根本的，在给一位编辑的信中，策兰道出他热爱曼德尔施塔姆的原因，这些话语用来比喻策兰自己似乎也完全合适："在他（指曼德尔施塔姆）那一代俄国诗人中，我不知道还有哪一位跟他一样处在时代的最前列，思考时代又超出时代，一直把一件事情想得通通透透，想到了时代的各个细节，大大小小的事件。他用的那些字眼直面时事，并且经得起时代的考验。既是开放的，又与世隔绝。"在总的观念上，策兰和曼德尔施塔姆确实颇为接近（尤其是"思考时代又超出时代"这句），可是具体到诗歌风格上，两人还是有较大差距。策兰诗作越到后期越是像在做减法，诗和诗句都变得更短，试图将情感和政治历史方面的压力直接灌注到单个词语内部，让它们最终产生炫目的效果；而曼德尔施塔姆的诗歌则是旺盛的繁殖式的，曼德尔施塔姆有将视觉场景迅速诗化的能力，他诗歌中的意象更多更具现场感，在诗句方面曼德尔施塔姆也不惮于让一些直白的口语入诗。这些特征都和策兰诗作相去甚远。曼德尔施塔姆的诗作总体而言是即兴式的，可以迅速触及事物瞬间的神秘，意旨同样非常丰富，而策兰诗作则有明显雕琢用力的痕迹，就这一点而言，策兰对曼德尔施塔姆产生艳羡之感实在是自然而然。策兰也翻译过翁加雷蒂的不少诗作，虽然谈得不多，但是策兰和翁加雷蒂其实渊源更深。两人在诗歌的极度凝练方面有着惊人的相似性，句子都很短，往往一两个词就是一行，诗句之间的空隙很大，在引导读者注意力和想象力自主的发挥方面都有很强的愿望和功效。同时，翁加雷蒂所强调的“词语应该是对沉默的一次短暂开裂——正如马拉美所为。词语是一个断片，颤抖着立于被匆匆触及却层层掩隔的世界和立刻又在这世界之上合拢的宁静之间”，也一定会引起正试图从沉默中挖掘深意的策兰高度认同。两者明显的差异在于，翁加雷蒂对这个世界存在的意义持一种相对乐观的态度，他的诗句虽短，但在单位意义上仍然是完整的，而策兰哪怕在极短的诗句里也不忘使用他惯用的扳手，把平常的或者在他看来庸常的语义扳断。

策兰第二个重要的个人化手法是所谓的“凝结”。策兰在各个场合一再强调自己是现实主义者的一个前因是，在他的诗中确实不太容易直观地看到现实因素的存在。策兰放弃像别的诗人那样（比如曼德尔施塔姆）着力于现实场景的诗意描绘，如果说一般的诗人得用几行诗来描绘一个现实场景，策兰则经常用一行诗带出数起事件，有时甚至是重大的公共性事件。这样做确实很俭省，但也必然有晦涩之嫌，那根纤细的事物之线自然不时也就有被扯断之虞了。策兰曾经说过，诗歌是一种“浓缩了我们所有年期记忆”之聚合体，他所指的实际是个人记忆在延伸意义上的更新，这种更新有的来源于个人经验，有的来源于阅读获得的公共经验。就以标题为《凝结》的这首短诗为例：

还有你的
伤，罗莎。
你的罗马尼亚野牛的
犄角之光
替代了星星于
沙床之上，在
兀自言说的，红色
灰烬般强悍的枪托中。

这首诗的核心事件是女革命家罗莎·卢森堡之死，她曾经在狱中通信中描述了她在狱中看到的一头被凌虐的罗马尼亚公牛的细节，而罗莎最后也死于看守枪托的虐杀之下。在另一首诗中，策兰还描述过罗莎·卢森堡浮尸护城河的情景，可见策兰对于这位令人尊敬的同为犹太人的女革命家怀有怎样的同情。可是诗中罗莎这个含糊的名字（本来策兰可以用更清晰明了的“罗莎·卢森堡”，在诗的初稿中也确实是这么用的），正是聚合“所有年期记忆”的事物之线，因为这里的罗莎也可以暗指卡夫卡小说《乡村医生》中的那名女仆，那个成为残忍仆从牺牲品的姑娘也叫罗莎，此外，1945年前后，策兰在布加勒斯特曾和一位名叫罗莎·莱博维奇的姑娘关系甚密。有关这首诗的最明确说法来自于策兰给自己布加勒斯特时代的密友所罗门的一封信中："在诗集《换气》第79页，罗莎·卢森堡透过监狱栏杆所看到的罗马尼亚水牛和卡夫卡《乡村医生》中的句子汇聚到一起，和罗莎这个名字汇聚到一起。我要让其凝结，我要尝试让其凝结。"策兰利用这种手法，常在一定的语境中记录下确实的生平经历，文字却又超出纯传记式记载，曾经的经历被改写成谜样的、只能被"远远"解读的文字。这种手法在使用较少的词语材料创造更深远宏大的背景时确实效果显著，但一首诗或者一行诗所携带的经验密码是否越多就越好呢？这倒是未必，可以想见的是这些密码设置，给学者解析诗歌提供了一条可资利用的秘密通道，就一首短小诗作，学者们也可据此洋洋洒洒写出很长的解析报告，可是严格地说，这种解析并不能决定这种批评的好坏，自然对于诗歌好坏大概也帮助不大。一首好诗有时候并不取决于它所携带的意义的多少，很可能倒是在于语言、情感和哲学思辨在一瞬间所取得的音韵上的和谐。也就是说一首即兴诗作反而有可能比一首处心积虑的诗作拥有更多更丰富的意旨，而且遵循着美的规则。

策兰第三个常用的艺术手法是句子语义的断裂。如果策兰对于单个词语都以祈祷的态度进行美学观照，这种殚精竭虑的写作方式，也必然会体现在策兰诗作独特的造句方式上。策兰的诗句一般很短，有时候一个完整的长句子，策兰也要将其排成数行，以使每一行诗都只有几个词语，这样做的好处是长句子里的每一个词语都可以在诗行中被充分凸显，词语因而免于在拥挤的单行排列的长句中被忽略，如此安排的每一个词和意象都有可能最大限度地发挥出自身的能量。这是我在孟明翻译的《策兰诗选》中随意翻到的一页（269页）里的几行诗：

光明饥渴——伴我
登上面包
之梯，
来到盲人的
钟下：

这五行诗按照常规排列其实是两行诗：

光明饥渴——伴我登上面包之梯，
来到盲人的钟下：

可是策兰的排列方式显然最大限度地凸显了诗句中的如下意象：面包、梯、盲人、钟等，使读者的注意力在这些词语上做更多的停留，那么这些词语（意象）本身所携带的复杂含义，就从各个向度里充实作为整体的诗的含义。有时候策兰对于单行诗句的加工保持在诗句之内，他不再用分行的形式外在地使诗句的语义发生断裂，而是通过使用标点符号的间隔，在一行诗句内部造成人为的停顿，而且被标点隔开的每一个词组之间的排列往往也是出人意料或者是有意制造出理解上的障碍或壕沟，从而使每一行诗内部都产生理解的歧义或者更多的可能性。以《话语之栅》中的《在远方》为例：

无声，又一次，广袤，一间屋——
来吧，你应该来居住。

光阴，美如沿途的厄运：可以抵达
避难地。

更害人了，那残留的空气：你得呼吸，
呼吸和做人。

诗中每一节第一行都由三到四个词或词组组成，这中间的逗号有时候仅仅是一种停顿作用，以凸显诗人想要强调的词语，比如“光阴，美如沿途的厄运：”中间的逗号，而诗的第一行中，三个逗号起到一种分隔和并置作用，广袤土地上一间屋子的孤独在突兀的音韵中即表露无遗。后面两节第一行冒号后的词组既是对冒号之前内容的应答又开启了下一行的内容，同时这种句子内部的扭结也对应着诗句意义的犹豫和踌躇，换言之也就是扩展了诗句的意义空间。作为杰出的翻译家，策兰在翻译中使用这种手法更是明显和普遍，因为有被译诗句的原文做比较。这里限于篇幅，仅举一例。策兰是莎士比亚十四行诗的著名德文译者，在翻译中策兰也将自己喜欢的语句断裂的方式带入自己的译文。莎士比亚十四行诗第六十五首中有这样两句：

美，她的活力比一朵花还柔脆，
怎能和他那萧杀的严重抵抗？

对比策兰译文：

Und sie, die Schonheit, soll dagegenstehen?
Sie, eien Blume, hier Kraft entfalten?
(而它，即美，竟能抵抗死亡的蛮横？
它，那一朵花，竟能在此展示强力？)

但所有的技法都是一种双刃剑，这种语句断裂在增加诗句含义或丰富诗歌的节奏方面也许很有效，但它也是以牺牲诗句本身的自然和流畅为代价的。

不管怎么说，这三种技法的普遍使用，使策兰的诗歌风格得以凸显，据此我们也可以轻易就克莱尔·戈尔对策兰造成深重伤害的剽窃指控做出判断：伊凡·戈尔诗作风格和策兰诗作风格实在相去甚远，甚至他们混入对方诗集里的每一首诗都可以被辨认出来，那么所谓的剽窃指控实属空穴来风，实际上只是克莱尔·戈尔变态的嫉妒心的展现而已。虽然在当时就有一众杰出的诗人作家（巴赫曼、恩岑斯贝格等毕希纳文学奖获奖者们）毫无保留地为策兰做出了辩护，但“剽窃者”的恶名依然如幽灵般尾随着策兰，给他带来巨大伤害，并直接导致他精神分裂症状的加重。直至2000年德国才出版了近千页的对这起所谓“剽窃事件”巨细靡遗的调查报告，从文献角度反驳那场把策兰拖入其中的疯狂事件，从而彻底洗刷了这一强加在策兰身上的耻辱。

策兰诗歌鲜明的风格也使策兰免于淹没在他所处的黑暗时代肮脏的河水里，就算策兰明确打算“穿越”自己的时代，他也是以他独有的方式，带着他破碎的诗句所携带的形而上意旨独自以肉身穿越他所经历的巨大苦难，在这一过程中，策兰的肉身难免被击穿以至于千疮百孔（多年的精神分裂症以及最后的自溺皆是明证），而苦难和纯哲学思辨两者却互为镜鉴相得益彰（尽管是以残酷的方式达致），正如那首《这个只能结结巴巴跟随的世界》结尾所言：“一道伤口舔向高处。”这种向上的维度，也使策兰诗中之伤最终摆脱了个人的苦难，上升为二战之伤、大屠杀之伤。在此意义上策兰和贝克特一起被誉为典型的战后作家也就不足为奇了。作为二十世纪中叶最重要的欧洲诗人，很难想象他能避开那些残酷的历史和事件，而策兰恰恰以自身的苦难烛照了整个西方的苦难，他因此将会被永远铭记。他的诗最终没有辜负他自己的祈愿。

原刊于《书城》2011年6月号

注：本文所引用策兰诗句皆出自华东师范大学出版社2010年9月版《保罗·策兰诗选》，孟明翻译。

狄金森：使凶恶的房间变成一个家园

合上艾米莉·狄金森诗集，我马上记起的诗句竟然是："坟墓里的笑靥/使那凶恶的房间/变成一个家园——"这个酷爱以诗歌曲折地表白心迹的诗人，为何将自己终日盘桓其中的房间定性为"凶恶"？为何她越是狂热写作，她的形象却越发缄默？那个开启她灵感之源的"导师"究竟是谁？那趟决定性的费城之行到底发生了什么？她对自己耗费一生心血写作的诗歌持有怎样的态度？

读狄金森的诗越多，那个席卷一切的"上面带有凹痕的漩涡"似乎就越是巨大，而那个成年以后终日身着白衣，在房间里飘忽不定的身影也就越发扑朔迷离。最后，我只好把自己狐疑的目光定格在她的一张照片上，这张照片被广泛地使用在她的各种诗选和传记的封面上，几乎成为她面对这个世界唯一的表情：这个脸上长着雀斑的女人（诗中自况），在时光的显影液中显得异常白皙，她的坐姿端庄，腰板挺直，头发整齐地梳向脑后，穿着领口白色的深色连衣裙（据此可以判断这张照片照于三十岁之前，因为三十岁之后狄金森只穿白衣），她白皙的颈项上系着一条简单的饰物带。她的右臂搭在身体右侧的桌几上，桌几上铺着花桌布，上面有一本书籍（《圣经》或者《莎士比亚戏剧集》？这是她最喜欢的两本书）。她面容端庄，眼神里有着不容置辩的坚毅，正是这眼神将狄金森灵魂的秘密泄露。狄金森确实身材矮小，在给希金森的信中，她这样描绘自己："我的身材纤小，像一只鹪鹩；我的头发蓬乱，像毛栗的针刺；我的眼睛，像客人留在杯里的褐色葡萄酒。"诗人小巧、温和、惹人怜爱，但是她所写的每一个字无不蕴含着她对自己潜在能量的清醒意识，而她外在的自我认知不过是那个时代女性意识的一种惯性而已，谁也没有把她的这番谦词当回事。请看希金森（狄金森曾给他写信寻求指导）对与狄金森首次见面的记载：

> 宛如急促奔跑的孩子的脚步中滑进来一个小巧普通的女人，她有两股光滑的红色头发，一张小脸有点像贝尔·多弗；不会更平常，也不漂亮的相貌——穿着朴素但精致洁净的白色凸棉花衣，还有蓝色带网状毛线披肩。她走近我，孩子似的把两株百合递到我的手里说："这是我的引见。"

但这个小巧的女人却让希金森感到一种奇特的精神压力，

在给自己妻子的这封信的末尾，他的结论是异乎寻常的："我还从未与让我如此紧张的人相处。不用接触她，她即把我拉向她。我很庆幸没有和她住得很近。"这是一帧少有的有关狄金森的文字肖像，因为她成年后基本与世隔绝。她在二十二岁那年性格有了根本改变，找各种借口不参加社交活动，尽可能避开外人，到二十八岁时这已成了她生活的固定模式，三十岁时她完全隐居在房间不出门，就算是有朋友造访，也只是把房门虚掩着和屋外的人说话。她把自己收缩到如此之小的空间里，诗歌史上没有任何诗人像狄金森这样主动将自己监禁在方寸天地之间。有人认为狄金森的隐居生活是一种反对结婚生子的性别角色选择，旨在使自己获得自主的写诗自由，这未免夸大了狄金森坚强的一面。也有人把她的隐居生活视为与生俱来的对于挫折、焦虑和疯狂的逃避，把她仅仅看成一个受害者，这又夸大了她柔弱的一面。在著名的给匿名"导师"的信中，狄金森倒是坦白道出她避不见人的缘由："老师——敞开你的生命，把我永远接纳，我会永不疲倦——我将永远悄无声息，只要你喜欢安静。我将会做你最乖的小姑娘——除了你谁也不会见到我。"没有人怀疑这封信在情感上的真实性，可是一个女人在自己心仪的男人面前展现柔弱的一面，大概也算得上是某种自信的变体。

不管真实原因到底是什么？隐居本身确实给狄金森的写作带来重要影响。从狄金森很多诗句，我们知道她深知这世间普遍存在的悖论。从外部世界的撤离，势必从客观上积聚了内在力量，狄金森的许多诗都善于从很小的事件和细节入手，通过精神力量的强力参与，从不为人知的另一面抵达宏观世界的核心地带，通常这地带涉及生命与死亡、爱情与永生、宗教和灵魂、自然与艺术等永恒的主题。这样的观念很可能首先来自于爱默生，人们都知道爱默生对于惠特曼的影响，可是对于狄金森的影响连爱默生自己也未必了解，对于那个时代女诗人的评价，爱默生看走了眼，他和许多人一样认为其中的佼佼者是狄金森少女时代的闺中密友海伦·杰克逊，现在这位女诗人只是作为狄金森最早的激赏者才被世人记住。狄金森在书信中多次提到爱默生，爱默生来阿默斯特讲学期间，曾去狄金森哥哥奥斯汀家拜访，正是在那里，狄金森见到了爱默生，不过爱默生绝没有想到，这位穿白衣的矮小谦卑的女人竟然就是他曾经在文章中呼唤过的美国的大诗人。当后来狄金森把爱默生的名作《代表人物》送给希金森夫人时，她称之为“你可以信赖的一本坚如岩石的小书”。在《超越灵魂》一文中，爱默生阐述了超验主义教义的核心：“我们的生命连绵不断，又各自独立，细微而又渺小。而人的内心却是整个灵魂；明智之静默，宇宙之绝美，世界万物每一部分，每一微尘都与永恒有关。”狄金森一定对这些话感同身受，她全部的诗歌创作似乎都在印证爱默生的这一论断。

一再向内的退缩，使这个小个子女人身体里横冲直撞的巨大能量，最终对准了写作这个突破口。狄金森深居闺房，终日操持繁重的家务，但是写作对于她并不是闲暇时候的怡情养性。她很早就意识到诗歌是她的领域、她的王国，如同圣徒对神顶礼膜拜一样，狄金森崇拜词语。狄金森的世界主要是一个文字构筑的世界，她对于文字表达有一种狂热的激情，因为"文字能以惊人的威力，把各式形态远距离向人们展示"，和近在咫尺的亲朋好友狄金森也喜欢和他们进行通信交流。文字本身的精神性和抽象性，使狄金森获得了另外一个广袤的宇宙，物质世界的逼仄不再能够束缚她，那个"凶恶的房间"不再能够监禁她——她运用意志的强力将其驯服，变为她据以建立庞大文字帝国的最稳固的家园，如此写作对她意味什么也就不言自明了。狄金森对写作的态度在她早年给哥哥奥斯汀的一封信中表露无遗，她哥哥在前一封信中暗示他打算练习写诗，这让一直对父亲在智力上偏心兄长有所不满的狄金森立刻有了激烈的、本能的反应，她罕见地用尖刻和戏谑的笔调对奥斯汀转弯抹角地进行了讽刺和挖苦：

奥斯汀是诗人了，奥斯汀写赞美诗。滚一边去吧，珀伽索斯乖乖地呆在奥林匹斯山上吧，这对他已经足够了，九位缪斯女神，也用不着再来纠缠我们！

我的珀伽索斯哥哥，现在我要告诉你真相——

我自己早已养成了写东西的习惯，看起来你是要夺取我的专利，所以你得注意，我会去叫警察！

写诗是狄金森的“专利”，而词语则是她通向外部世界的桥梁，也是她的外部形象与最隐蔽的心灵沟通的媒介。尽管她的诗在她的时代显得曲高和寡，欣赏者寥寥，但是狄金森对自己的专利从来没有怀疑过，多年后在给那封著名的致匿名“导师”的信中，她再次直率地谈及自己的抱负：“我希望我很伟大，就像米开朗琪罗，那样我就能为你画像。”从“专利”到“伟大”，狄金森的自信心显然有了长足进展，的确，在写那封信时，狄金森已经写下几百首诗歌，虽然它们还不为人所知，但是狄金森已经有足够的底气说——我希望我很伟大——她是她自己最好的评论者。

狄金森的自信也奇怪地流露在她和希金森的通信中，狄金森一生的通信者有九十九人，希金森是其中仅有的两位文学圈中人士之一（另一位是女诗人海伦·杰克逊）。1862年，狄金森在她常年订阅的《大西洋月刊》上看到希金森为辅导青年作者而写的《致一位年轻的投稿者》之后，主动写信给他，并附上四首诗请希金森判断“我的诗是否活了”。在随后的通信中，狄金森用一种近似于学生和女儿的温顺口吻说话，以隐藏她话语里过于激烈和自信的部分，在1862年4月25日的信中，她写道：“这个冬天有两位报刊编辑到我父亲家里——向我索取我的才华——我问他们‘为什么’，他们说我吝啬——而他们要为世界而加以利用。”当希金森建议狄金森推迟发表那些还不成熟的诗作时，狄金森的回信有几分不屑：“读到你建议我推迟发表，我不禁哑然失笑——发表的念头和我的想法相去有如天渊。”这些都充分说明狄金森早就知道自己的分量，希金森当然也没有被狄金森语气里表面的谦卑所迷惑，他的回信毫无“导师”的倨傲：“有时，我拿出你的书信和诗歌，亲爱的朋友，我感觉到其中的奇妙，在过去的几个月中，其实不是这种奇妙令我感到难以下笔。我希望经常收到你的来信，然而我又羞于动笔，生怕我的信不能达到你精妙思想的边缘，因为我很可能词不达意。”除了称谓，两人的主从关系在信的具体内容中早已颠倒过来。在很大程度上，狄金森给希金森写信，只是为了得到一位高水平的通信者，以满足她对于写信（写作）的狂热，因为正如哈罗德·布鲁姆所言，狄金森的书信“并不是任何普通意义上的书信，而是散文诗，都写得犀利如她的抒情诗”。

一座由棕色砖石垒砌的巨大宅邸，窗外是高大的浓荫蔽日的树木，围绕宅邸的则是一片花园，长满了紫罗兰、天竺葵、康乃馨、蒲公英、紫菀、黄水仙和鼠毛菊等各色花草，狄金森经常穿过这片花园，沿着那条“仅够一对情侣并肩漫步”的小路，到篱笆那边的哥哥家。狄金森自己居住在宅邸二楼一间最小的房间，冬天，舒适的卧室里，炉子里的火苗把房间烤得暖洋洋，几盆风信子给房间增添了几分亮色，窗旁放着一张书桌，她常在那里沉思默想，在小纸片上写下不朽的诗歌和书信。她和妹妹拉维尼亚一起操持家务，给父亲做面包和布丁，给孩子们做他们喜欢吃的姜饼，她的侄儿和邻居家的孩子在花园里玩耍累了，会扬起手绢，此时狄金森会把装满姜饼的篮子从窗口吊下。

这就是狄金森生活和写作的地方，普通又安逸，在这样的环境里，她写下了一千七百七十五首诗和一千零四十九封信（现存数目）。所有这些围绕狄金森的可见意象——花园里的植物、窗外的树木、房间、家里的炉火、被子、卧床、睡袍、夕阳和晨光等等——都在她的笔下出现过，它们簇拥着狄金森物质世界的生活，而和它们对应的文字则构筑了狄金森精神生活的底座。她的想象力则会沿着物质的轨迹将她带到遥远的星空和天堂，在一首诗中，她以一种不加掩饰的骄傲的口吻谈到自己无所不能的想象力：

我从未见过荒野，
也未见过大海；
但我知道石楠的模样，
也知道波涛的姿态。

我不曾与上帝交谈，
也不曾造访天堂；
我却能找到她的位置，
仿佛有路标指示方向。

像所有的大诗人一样，狄金森既善于利用她所处的环境，也善于利用这些可见的意象和有限的经验，将它们作为往精神世界跃升的跳板。当她的诗被意象所主导时（通常是自然意象），她的诗往往显得清新欢快：

小草很少有事可做——
一片纯净的碧绿世界——
只能孵几只粉蝶
款待几只蜜蜂——

应着和风的轻快曲调，
整天摇晃不停——
把阳光搂在怀里，
向万物鞠躬致敬——

正是这样的一些清新的小诗，最早为狄金森赢得了公众的喜爱。二十世纪初期，意象主义诗歌运动兴盛的那几年，狄金森理所当然地被视为“以为未被列入意象派诗人名单中的意象派诗人”。当时的意象派诗歌的领军人物艾米·洛厄尔也开始在诗歌讲座中介绍狄金森的诗歌，并把她写入《批评性的寓言》一书中。但这只是表象，狄金森的诗中当然不乏清新生动的意象，但总体而言，诗歌对于狄金森来说是认知世界的方式，她并不像那些意象主义者那样迷信意象本身自足的魅力和神秘性。狄金森极富创意的修辞能力则使她认知世界的方式变得灵活无比，她以敏捷的诗的方式探讨爱情、死亡、宗教、灵魂、词语等问题，每每触及这些问题最为微妙和复杂的痛处。对此，哈罗德·布鲁姆曾经悲叹：“我在不同时期教授她的诗时，都感到十分头疼，因为其诗的艰深超出了我的极限。”狄金森在上世纪三十年代被艾肯、泰特等新批评批评家所激赏（那是狄金森诗歌第一次进入学院派批评家的视野，对她经典地位的确立有举足轻重的作用）绝非偶然，因为狄金森的那些有如魔咒般的小诗，完全经得起新批评放大镜近距离地审视。然而悖论的是，研究一首诗歌的时间越长，诗歌就变得越难懂越晦涩。确实，分析和诗歌本身相比永远都显得笨拙不堪，最终它被自己清理出来的无数杂乱的线头绊倒。大约半个世纪之后，德国的哲学家海德格尔对于诗和思的问题有过精深的思考，可是早在十九世纪这位貌似平常普通的女诗人的笔下，诗和思早就合二为一，浑然天成了。一种被舒坦地安置于诗中的思想，不可能被同样适当地安置到别的地方，哪怕那是学识渊博的学者的缜密思维。狄金森写诗看起来似乎信手拈来不事雕琢，但是却给人一种立体的、坚实的、雕塑般的印象。词语的效果非常硬朗，像是用花岗岩刀砍斧凿出来的一般，每一个词语都有它沉甸甸的分量，至少不是那种漂浮的花哨的效果。词语貌似粗糙的外表一直掩盖着狄金森精致的思想和感情，这就和她躲在深闺不愿被人看见一样，粗心的读者未必能觉察到这一点。

在诗歌的外在形式上，狄金森的诗歌似乎并不复杂，多半是短诗，基本在二十行以内结束。对于这种片段式的诗歌写作，弗吉尼亚·伍尔夫曾经从女性主义角度做过解读："书的形态和人的躯体状况相对应。女作家的作品比男作家的更短小，内容更集中。这样，她们便无须长时间不受干扰地投入工作，事实上，她们经常受到各种干扰。"狄金森要做繁重的家务活（在十九世纪，家务活可不是一件轻松的事），后来又要照顾病重的母亲，她大概是不能静下心来以一以贯之的灵感完全投入地写一首长诗。不过，片段式写作却也使她的诗获得了一种又自由又坚硬的气质，长篇作品中那些用于过渡的或者欠缺灵感的部分，往往造成作品的拖沓和冗长，而词语的光芒也随之黯淡。到了二十世纪，雄心勃勃的男作家们终于了解这一秘密，进而将"片段式拼贴"作为结构巨制的核心技巧，艾略特的《荒原》、庞德的《诗章》都是这种结构技巧的产物。可是早在几十年前，狄金森就已经采用了这样的写作方式。从宏观的角度看狄金森全部一千七百七十五首诗，每个局部的片段都被诗人灵感的羽翼紧紧护卫着，少数的词汇在相对狭窄的空间里更加自如地跳动着如同音符，去寻找最敏捷的诗意之途，在这种情形下，诗人对词的敏感以及词语本身的敏感度都得到了提升：

我听到，好像我没有耳朵，
直到一个至上的词
鲜活地一路朝我走来，
我便知道我听见了——

狄金森的诗歌大约有三分之一涉及或者专注于诗歌本身，这说明狄金森的诗歌是一种高度自觉与自省的艺术，而且触及到现代主义诗学的一个核心问题——词与物的关系。这也说明纯粹的诗之思维能冲破多少层理性屏障的围堵，但是狄金森的认知方式又从反面解构了现代主义的文学理论假设，这些假设认为诗歌语言本质上是自我指称和自我封闭的，使艺术作品成为其自身的首要主题。和她同时代的许多诗人相比，狄金森的审美自我显然更为清晰，但还没有夸张到要淹没她对认知的渴望，她在一首诗中说得清楚："词语作成肌肤……/它清楚地呼吸/它不具死亡的能力。"没错，她已经有了一双打量词语效果的现代的眼睛，但这眼睛并不以自身为唯一目的（它不具死亡的能力），毋宁说它在协调着在神学和哲学的丛林里迷乱的脚步——既要前行又不至于跌倒。她不像后来的现代主义者那样极端，尽管在她极度敏感的意识里已经触及到现代主义关心的众多母题，可是话说回来，剑走偏锋的做法往往是虚荣的近邻，那要命的最后一步，狄金森始终没有迈出，她的睿智最终有如璞玉被完好地保存在外表粗陋的岩石之中。狄金森早就知道，完全的提纯断无可能，那只会带来目盲的悲惨结局：

要说出全部的真理，但不能直说——
成功之道，在迂回，
我们脆弱的感官承受不了真理
过分的华美

像用娓娓动听的说明解除孩子
对于雷电的惊恐
真理的强光必须逐渐释放
否则，人们会失明——

从这首诗中，我们可以看出狄金森对于“缺憾”的尊重，她的诗总体上给人不事雕琢的印象是有明确的美学观念做基础的，而片段式写作则是这种承认不完美的表征之一，对诗人来说，没有比一首完美又完整的诗更具诱惑力的了，但那是塞壬的歌声，一个无底的黑洞。综观狄金森全部诗作，她好像始终在这黑洞周围跳舞，时刻有跌入其中的危险，但每一次她都安然无恙，而美则在惊险的舞蹈中熠熠生辉。在狄金森的诗中，每一首诗的片段化还不算什么，更重要的是，她将这种片段式思想移入每一首诗歌的内部。在这里我们就要触及到狄金森诗中最显著的一个形式特征——破折号。她的诗中有太多的破折号，它们就像诗思高速运转时被风吹起的发辫，赋予狄金森诗歌奇特的动感。许多论者注意到这些破折号在诗歌节奏上的作用，为读者提供了一套系统的乐理符号，指导他们抑扬顿挫地朗读狄金森的诗歌。这当然没有错，但是在我看来，狄金森使用破折号更重要的目的是出于意义上的考虑，狄金森诗中的破折号就像万能的黏合剂，可以将任意的两个词、短语或者句子强行黏合在一起，其实质是为了打破词语结合习见的惯性，甚至从外形上看，这些破折号就如同日常语句中的逻辑链条被强行抽走之后留下来的残缺的气息奄奄的经脉，而崭新的诗意则从寻常话语意义的废墟上破土再生。十九世纪六十年代，在狄金森创作力最旺盛的时候，她就曾在给好友鲍尔斯的信中抱怨过:“那些古老的词汇都已麻木了——没有什么新词。”而词语或者短语之间出人意料的结合则是狄金森寻求崭新诗意的重要手段，当然为了不至于过于突兀，她在那些似乎不搭界的两个词之间使用了表示连接的符号——破折号。

狄金森一生都在创作短诗，她最长的诗是1850年二十岁的时候写给当时她所就读的阿默斯特学院的老师威廉·哈罗德的《辉煌的世界已落幕》，不过六十八行，而且在质量上也远逊于她后来的诗作。狄金森的诗用词精简，正如她在一封信中所言："我不知道该用什么词，因为我只能选择极少最重要的词汇。"由于诗人将注意力专注地集中于少量词汇，这些词语似乎被施以魔法，当它们被塞进句子时带着巨大的能量，以至于句子结构摇摇晃晃，自身近乎分崩离析，仅凭着救生绳索般的破折号勉强维系。狄金森诗句本身并不复杂，极少有像里尔克或者庞德那样的要把人绕晕的长句子，可是这种诗歌外部形式的简约并不妨碍狄金森诗歌意义的深邃和复杂，事实上，在狄金森诗集问世的一百多年来，关于她的诗歌的解读可以说无穷无尽。其中最主要的秘密，在我看来，就是以破折号为标志的极为特别的诗歌内部的结构方式——再简单的词汇，如果以有悖常情的方式组合都有可能创造出全然不同的新意。诗总是由词与词的组合、句与句的组合构成，即使是像狄金森这样短小的诗也大多包括这两个组合元素，而这已经给狄金森的才华提供了足够的空间。先看词语组合：狄金森诗中有些破折号确实只是起到控制诗句音乐节奏的作用，把其中的破折号去掉，它们依然是一个顺畅的句子，但在更多的地方，破折号是两个词语间联系的唯一桥梁，比如这样的诗句——"罪过——悬崖峭壁""进入盛年——新月落下——""播种——夏天——坟墓"——它们带给人的联想因为破折号所带来的空隙而增多，意义也因而随之增殖。“罪过——悬崖峭壁”很自然让人想起那位在高加索的悬崖上不断被苍鹰啄食肝脏的普罗米修斯，而“播种——夏天——坟墓”则将大自然和人世的伟大轮回收束在六个字中，一种内在的紧张感撕扯着文字，而意义则在绷紧的张力中扭曲变形，在一种有意的延宕中衍生出新的面貌。这样的例子在狄金森诗中不胜枚举，每一个局部的轻微变形也许不是那么强烈和引人瞩目，但是当所有这些被改造的词语（因为崭新的组合）发生合力的时候，它们必将创造一位全新的令人称奇的诗人。

词语的创新组合已经能产生这样的力量，但是这还不算费解，写出新奇的句子大概也是很多诗人的共识，但是很多人容易忽视句子和句子之间的关系，当你在一个句子里绞尽脑汁寻求词语间的奇异婚配的时候，诗句之间平庸的关系，将会把之前所有的努力葬送。也就是说，在诗中句子和句子之间的关系更加重要，它可以使两个原本平淡的句子或者两个气质完全不同的句子在诗意的逻辑连接下突然焕发出光彩。这也是西方现代主义诗歌运动中的核心技巧，庞德雄心勃勃的《诗章》正是在此原则下一步步向前推进的。但是比庞德早差不多五十年，狄金森已经在诗中对此娴熟地加以运用了，狄金森诗中大多时候是一个客观的理性的声音，但是她也善于利用戏剧面具，让她的声音变为孩子气的机警而天真的声音，从而和之前的理性声音之间形成张力，《篱笆那边》《我是无名之辈》等诗即采用了这样的技法。

狄金森此种创造性使用语言的手法，引来同样对词语力量的打磨格外倾心的后世诗人的关注实在是意料中事，二十世纪中期的德语大诗人保罗·策兰即是其中引人注意的一位。狄金森对于死亡主题的痴迷，对天堂存有怀疑主义的思想当然会引起禀有大屠杀黑暗经验的策兰的共鸣，但不容忽视的是，策兰试图在修辞减缩中寻求词的最大爆破力的做法，和狄金森“我只能选择极少最重要的词汇”的做法几乎如出一辙。到晚期，策兰经常让一个词孤零零地立在一行中，以凸显词语本身携带的光芒和神秘。狄金森没有这么极端，但她显然也谙熟“少即是多”的真理。策兰翻译了狄金森的很多诗（译成德语），他在诗友奈丽·萨克斯生日的时候把这些译诗寄去，并附上这样一句话：“下面是我翻译的狄金森的诗，她出生于1830年12月10日（萨克斯出生于1891年12月10日）。”策兰还用英语为狄金森写了一首短诗：“蛰伏于可能性，/比散文更漂亮的一所房子，/有了数量更多的窗户，/更高级的门。”这首短诗有着和狄金森诗歌相近的简约，但缺乏狄金森式的神秘。

也许是狄金森的诗歌过于超前，那个时代的读者还不知道如何欣赏她的诗，又或者是因为狄金森对发表和名利不屑一顾的态度，早在1863年她就曾在一首诗中说过，“发表，是拍卖”，并且强调宁愿穿一身洁白的衣服去见洁白的上帝，也不愿“用我们的‘白雪’去投资”。狄金森生前只匿名发表过八首诗，而且是亲友在未经她同意的情况下把她的赠诗拿去发表的，直到她去世四年后的1890年，她的第一本诗集才得以出版，是狄金森的妹妹拉维尼亚委托托德夫人（狄金森哥哥奥斯汀密友）和希金森将她的诗编辑整理，两位编辑花了大量精力与时间修改了狄金森诗歌原稿，尤其对诗歌的韵律和音步做了大量改动，以适应当时读者的审美习惯。就是在这种被修饰的“复活”中，狄金森被多愁善感化了，那些有关大自然、爱情、人生等传统主题的诗作被优先挑选出来，以吻合那个浪漫主义依然占统治地位的时代的诗歌趣味。当然在这样的误读中，也有诗人自己有意无意地配合在起作用。在新英格兰盛极一时的加尔文主义到了十九世纪中叶虽然已成强弩之末，但在阿默斯特这样保守的小镇，仍然占据统治地位，虽然狄金森是她家庭里唯一拒绝皈依宗教的人，但是她对宗教信仰持续的抗争从反面证明宗教依然对她有巨大影响，她攻击宗教主张，而这些主张也一直控制着她，她从未完全摆脱，且不说她还写下了大量宗教背景的诗歌，在给友人的书信中也经常引用《圣经》里的段落。因而主要以宗教色彩为背景的阿默斯特小镇保守的气氛，对狄金森显然有很大的影响，当希金森询问她是否读过惠特曼时，她在回信中这样答道：“我从未读过他的书——但是有人告诉我，他名声不好。”狄金森维护自己形象的另一举动则是在临终时让她的妹妹拉维尼亚将她的部分书信烧毁，拉维尼亚严格遵照狄金森的嘱咐烧毁了信件。从现存的狄金森某些书信情感上的强烈程度，我们可以推测那些被烧毁的书信该是多么火热，可能也会有损她的名声？——以当时狄金森所秉持的观念来看。而狄金森的诗稿多年来一直被保存在亲人和朋友手中，他们无论是出于维护狄金森的形象，还是受制于自身的文学观念，都只会把不太会影响狄金森声誉的诗作优先挑选出来出版，由此引发对狄金森的误读也就不难理解了。当然，狄金森以大自然为主题或者哲理性比较强的诗作同样出色，它们为她赢来最初的读者和声誉自然是不在话下。

不过，在大自然中嬉戏和漫游只是狄金森的一个面向，当她猛烈和疯狂的一面随着时间推移，逐渐展示在世人面前时（1955年由约翰逊编辑的三卷本《狄金森诗全集》收录诗作一千七百七十五首），我们才知道这位羞怯敏感的女诗人有着多么巨大的能量。狄金森在一封信中坦言："原宥我在一个疯狂的世界中的独醒。"疯狂和独醒是一组相对的概念，如果这个世界是疯狂而她是清醒的，反过来当这个世界是平凡的，也就是说她是疯狂的。让我们通过一首诗看看狄金森在她幽闭的二楼卧室里都干些什么：

灵魂挑选好自己的伴侣——
随后——把门关闭——
对她那神圣的多数——

从此不再露面——

不为所动——她发现车驾——停在——
她那低矮的门前——
不为所动——哪怕一位皇帝跪在
她的门垫上面——

我知道她——从一个泱泱大国——
唯独把此人挑选——
从此——把她关注的门扇封锁——
如同磐石一般——

这是狄金森在创作力最旺盛的1862年写的一首诗，那一年她写了三百六十六首诗——确实够疯狂的。这是一首以自戕般的激情展示伟力的诗篇，诗人的决绝从第一节还算平静的“把门关闭”开始，第二节两个“不为所动”则把这种近似自虐的信念推向极端，第三节则强调神奇般的力量从外部将门扇封锁，封锁这个词显然又比第一节的“关闭”强烈许多，最后在关闭的通道之上堆上一块磐石，一个完全自闭的精神空间就此形成。她在她的周围竖起了墙壁与障碍，给自己提供了一处隐蔽之所，以摆脱疯狂的人群和家庭生活的压力，使她能发展她隐藏在“灵魂的房间”里的内在财富。由于自主的极度幽闭，诗人所处的客观环境在主观意识的底版上扭曲变形，在狄金森哥特式风格的宅邸内，物变成人，人变成物，所有的一切都在自然残忍的威慑下，沦为肉体伤害的幻觉。这是一首有关蜘蛛的诗歌：

独自地在一个环境中
难以启齿
一只蜘蛛勉强经我同意
不停爬行
它比我感到更自在
迅速长大
我觉得自己像是客人
匆匆撤退。

来自外界的伤害被浓缩在丑陋的蜘蛛的形象上，它们无所忌惮地侵入狄金森的生活，她越是退缩，越是清晰地感觉到外界那些她无法控制的力量对她是一种多么大的威胁。狄金森的隐居生活是一种貌式柔顺的反抗，以过分的寂静去凸显外部世界的嘈杂和混乱，一方面她是重视名誉的忠诚的女儿（常年操持家务，照顾卧病不起的母亲等），甚至极力去迎合众所期待的文化规范，但是她许多阴冷的诗篇暴露出她对世俗世界的抵抗有多么强烈。她的隐居生活没有超脱文化的限制，反倒凸显了文化烙印，用史蒂文斯的话说就是，狄金森文本和生活中内在的暴力，反映出外部世界的暴力。请看狄金森在诗中是如何表达对于隐居的复杂感受的：

这座监狱是多么温柔
阴森的铁条是何等甜蜜
不是暴君，而是羽绒王
发明了这种休息

如果这就是命运的全部
倘若他没有附加的疆域
那地牢不过是亲戚
监禁——则是家居。

狄金森以一种轻松的语气谈起“这座监狱”，而监狱窗口的铁条既阴森又甜蜜，温柔和暴烈直接对立起来，那是她惯常的手法，也是事物存在的本质使然。狄金森许多诗作都在强调自我的力量、完整性和充分性，同时也在质疑、揭露和颠覆这些主张。她用词语表达她内心严重的不和谐，表达整体的支离破碎，而这些都是通过诗人直接的精细的观察得来的，她的每一首小诗都悖论般地展现了宇宙的广袤。从封闭到实现、从放弃到实现的超越，狄金森的诗很多时候提供了观念碰撞和磨砺的场域，这种对事物内在的矛盾性的敏感使她非同寻常地保持着一种不变的身份危机状态（独身）和宗教危机状态（信仰），最后获益的则是认知的精微以及词的创造。

狄金森内心观念的激烈冲撞，导致她长期处在紧张的静止状态之中，当物的灵魂被人的感官主体不断吸纳，很自然地从她冰冷的诗歌中开始浮现死亡的主题。死亡是狄金森无止境探究的黑洞，在世界文学史上还没有哪位诗人像狄金森那样试图对死亡进行如此细致入微的解码。比狄金森晚一百年的美国女诗人普拉斯有名句——“死是一门艺术，我要使它分外精彩。”这句诗有着行动者的决绝，但是和狄金森数十年盯着死亡细加端详相比，数十年打磨这个主题直到几乎穷尽了它的各种可能相比，普拉斯的句子还是稍嫌稚嫩。狄金森毫不畏惧地面对死亡，不放过其中任何犄角旮旯，通过一层又一层的渴望又恐惧、谦恭又反叛的探究，狄金森也创造了自己，并且以她惯用的悖论方式描画出死亡的反面——生命——的生动肖像。狄金森有关死亡的名篇非常多，而且毫不奇怪地比她的那些有关大自然的活泼明朗的诗篇更见深度：

因为我不能停步等候死神——
他殷勤停车接我——
车厢里只有我们俩——
还有“永生”同座。

我们缓缓而行，他知道无需急促——
我也抛开劳作
和闲暇，以回报
他的礼貌——

我们经过学校，恰逢课间休息——
孩子们正喧闹，在操场上——
我们经过谷粒耀眼的田野——
我们经过沉落的太阳——

也许该说，是他经过我们而去——
露水使我颤抖而且发凉——
因为我的衣裳，只是薄纱——
我的披肩，只是绢网——

我们停在一幢屋前，这房子
仿佛是隆起的地面——
屋顶，勉强可见——
屋檐，低于地面——

从那时算起，已有几个世纪——
却似乎短过那一天的光阴——

那一天，我初次猜出
马头，朝向永恒——

这首诗是狄金森死亡诗篇里的精品，有美国论者认为此诗堪与惠特曼的《我和生命的海洋一起落潮》媲美，是著名的描述自我反思的诗歌典范。整首诗语调舒缓，死神似乎也显得格外温文尔雅彬彬有礼，他殷勤地邀请忙于劳作和闲暇的“我”，一起跨进车厢（柩车），车里坐着他俩，还有“永生”。在这里“永生”是一个讽刺性的存在，也是狄金森诗作中较常见的对立性力量并置的产物，在其后的诗篇中，“永生”一言不发，但是它显然带着讽刺和讥诮的情绪俯瞰着这一切，并成为一种隐蔽的威胁。“我见过一只垂死的眼睛/在屋子里不停地旋转——”这是狄金森另一首诗的起句，“永生”和这只垂死的眼睛有着相似的气质，它们不动声色注视着万物，而世界终于在一种莫名的威慑下战战兢兢显出原形。在第二节里，对于温柔的死亡，“我”同样以礼相待，反映出诗人不惧死亡的平静气度，事实上整首诗舒缓的节奏在一种相反相成的张力里，既从反面凸显了死神的可怕，也从另一个角度体现出诗人过人的勇气。第三节中的学校、庄稼和落日则象征着童年、壮年和暮年这三个人生阶段。第五节中“隆起的地面”则意指坟墓——人生之途必然的归宿。从诗歌开篇的具体形象转变至结尾的抽象形象，让“我”得以对在坟墓中度过的“世纪”加以评述，而“我”在对两个不同的时间概念的对比下，发现时间的超验性质，同时对生与死的关系做出她一贯的暧昧的探究。狄金森堪称灵魂的地质学家，她的诗以硬朗的质地不断穿过感情和思想的外壳，直透意识的深处，以帮助她在持续面临两种极端的感情和观念挤压时保持惊险又优雅的平衡。

狄金森的诗中有大量的身体意象，除了诗人们普遍喜欢用的心、眼睛、脸庞、嘴唇等意象，她的诗中还涉及大脑、肺、神经、额头、胸膛、绒毛、脚指头、耳朵、大动脉等等。而且伴随着这些身体意象一起出现的往往是身体的伤害，比如：眼睛——“在被人挖掉眼睛之前。”脚——“但欢乐稍稍一推/就把我的双脚扭断。”心——“一颗可怜的——撕碎的心——一颗残破的心。”胸膛——“切除我布满斑点的胸膛。”大脑——“我丢掉了我的大脑。”神经——“神经中的钻子/撕裂皮肉更为优雅——更为恐怖。”美国学者帕格利亚在《性面具》一书中把狄金森充满暴力倾向的诗句收集起来，细加分析，令人信服地给我们呈现出一个和我们最初印象完全不同的诗人形象——具有施虐受虐倾向的阿默斯特小镇上的萨德夫人；而通过分析狄金森的名作《我的生命是一支子弹上膛的枪》，指出其中“上膛的枪”是男性生殖力量的图腾，得出狄金森也有着易性癖的倾向。可是在我看来，证明这样的倾向并不难，对于一个终身未婚常年隐居的女诗人，性的压抑无可避免，这通过常识即可做出判断。在这里帕格利亚再次显出当代西方文学理论的流弊，即以所评作家的作品作为印证自己先在的文学观念的证据，而不去触碰似乎难以阐发其实至关重要的美学判断。

在这里更关键的在于，狄金森是以何种方式把身体里被压制的能量转化为诗歌的能量，她如何把每一个不幸都转换成创作的冲动，屈辱和幻灭变成储存能量的抽象结构。一般来说，过分的感伤（以用词过猛的方式）会减弱诗歌的能量，但这种感觉在读狄金森诗歌时并不明显，从宏观的视角看，这些有关身体伤害的诗仍然是狄金森诗歌的一部分，她的那些有关大自然的较为明朗的诗，那些带有天真语调的孩子气的诗，对于这部分晦暗的诗起到了一个平衡作用。在这些身体之诗的内部，这些暴力的句子往往也是狄金森诗歌认知链条上的一环，她超强的思辨能力在诗的内部减弱了这些句子的暴力色彩，并且把它们变为增加诗歌能量的有效筹码。维特根斯坦在《哲学研究》中写到过："人的身体是人的灵魂的最好图画。"——看起来就像特意为狄金森的那些身体之诗写下的。随着狄金森对各种身体器官的切割、戳刺，她对于灵魂的透视也相应得到深入，但是其代价则是狄金森曾经在诗中命名的"神圣的伤害"。当她在诗中说道："我害怕拥有一个身体。"接下来的诗句则必然是："我害怕拥有一个灵魂。"身体和灵魂，它们相互支持又极端对立，这也是造成狄金森诗歌高度紧张感的主要原因。在狄金森的诗中，从身体到灵魂的距离，和从身体到词语的距离几乎是等长的，狄金森高度自省的诗歌艺术是和她对身体的极端敏感相吻合的。

狄金森的许多诗就像是紧紧收缩在一起的谜团——在一首诗中，狄金森写道：“我能否为上苍解释？/谜团静静躺着！”可是她的用以解释上苍的诗作似乎又带来了更多的谜团，也就是说所有的谜团都不可能在一种完全松懈的状态下解除自身的紧张感。狄金森在生活中遭遇到或者某种程度上也可以说是主动收集到的紧张关系——性别的、宗教的、物质的等等——将她所操控的词语推进到炽热的白热化的地步，而思维之线和意义之途则在其中重新焊接或者逃逸。就像她缄默的身世，狄金森的诗本质上是一种自言自语，它不期待交流，它唯一的效用（对狄金森而言）只是为了洗刷庸常的思维的尘垢，让自身腾飞，以取代被压抑太久的性的快乐和思维的快乐。任何人想要探测其中深藏的含义，都必须首先学会探究自我。这是一种极为罕见的神秘的理性，只有通过直觉才能勉强触碰到。诠释狄金森的诗没有比她自己的诗更合适的了，这是绝望的循环，但那正是狄金森诗的本质：

诗人们只把灯点亮——
他们自己——则走开——
灯芯他们来刺激
如果生命之光的存在

与太阳的存在相同——
每个时代便是透镜一块
把它们的
周缘扩散开——

原刊于《文景》2012年8月号